Andrea Pfrommer

DER TOD LÄUFT MIT BEIM SCHÄFERLAUF

Krimi

Oertel+Spörer

PROLOG

Es war so dunkel, dass man kaum die eigene Hand vor Augen sehen konnte, und das war gut so. Sie zog den warmen braunen Mantel enger und schlug den großen, spitz zulaufenden Kragen nach oben. Maria fröstelte vor Kälte. Ihre vollen, rot gemalten Lippen bibberten und ihr Atem entwich als weiße Nebelfahne. Die kleinen, glatten Muskeln in ihrer Haut zogen sich am ganzen Körper zusammen und die kurzen, feinen Härchen richteten sich auf. Zitternd steckte sie die zierlichen Hände in die Taschen ihres grauen Wollmantels, so als ob sie den Ehering vor sich selbst verbergen wollte. Immer wieder drehte sie sich verstohlen um. Hoffentlich war ihr niemand gefolgt.

Ein leises Rascheln im Unterholz ließ sie aufschrecken. Zum Glück huschte nur ein Mäuschen oder ein anderes kleineres Tier über den Weg an ihren Füßen vorbei. Sie konnte es nicht so deutlich erkennen. Es war nicht das erste Mal, dass sie mutterseelenallein durch diese einsame, dunkle Gegend lief. Aber heute fand sie es unheimlicher und düsterer als sonst.

Immer wieder zog es sie hierher, immer wieder war es wie ein Sog, und sie musste sich heimlich und still durch die Nacht an diesen Ort schleichen. Sie war ihren Gefühlen gegenüber völlig machtlos, zu schwach, um zu widerstehen, egal was ihr die Vernunft sagte. Auch die Gespräche mit dem Pfarrer und seine Ermahnungen hatten nicht helfen können.

Ihr Mann war ihr in diesen Momenten gleichgültig. Er hatte sie gegen den Willen seiner Eltern geheiratet, die sich eine Schäfertochter und keine Bauerntochter für ihren Sohn gewünscht hatten. Er hatte sich für sie entschieden, trotz des ewigen Streits zwischen ihren Familien, und nun betrog sie ihn. Ob er sie auch noch wie eine Prinzessin behandeln würde, wenn er dahinterkam?

Die Nacht war heute so finster, dass sie die Umrisse der Tannen kaum noch erkennen konnte. Der Nebel legte sich auf den Weg und umspann die dunklen Bäume wie Zuckerwatte. Am Himmel waren schwere Wolkenfetzen zu sehen, die ein düsteres Licht über dem Wald verbreiteten.

Irgendetwas war heute anders. Aus dem Dickicht drangen unheimliche Geräusche und sie zuckte erschrocken zusammen, als sie ein leises Knacken vernahm. War da doch jemand? Der Ruf eines Käuzchens schreckte sie aus ihren Gedanken auf und sie ging etwas schneller.

Endlich erreichte sie atemlos die alte Holztür. Plötzlich zögerte sie. So wie jedes Mal, wenn sie davorstand. Sie spürte die Anspannung und Vorfreude zugleich und konnte das Kribbeln, das ihren Körper durchdrang, fast nicht ertragen. Eine Gänsehaut überzog ihren ganzen Leib und ihre zitternde Hand machte das, was sie immer tat, wenn sie hier ankam. Sie klopfte. Erst schwach, und als niemand öffnete, stärker, fordernder. Da wurde die Tür aufgerissen. Die von ihr so geliebten haselnussbraunen Augen waren aus dem dunklen Wagen heraus nur zu erahnen. Eine kräftige, raue männliche Hand schnappte aus dem Schäferwagen heraus, voller Verlangen nach ihrer zierlichen, zarten, weichen Hand, und zog sie ungeduldig und doch zärtlich hinein. Da lief es ihr bei jedem Treffen kalt den Rücken herunter, weil sie es nicht mehr erwarten konnte. Jedes Mal durchflutete ihren Körper ein unbeschreiblich erregendes Gefühl der Vorfreude und Anspannung. Spätestens in diesem Moment verschwand die Eiseskälte aus ihrem Körper und wich der ansteigenden Hitze der Erregung.

Es wurde nicht viel gesprochen. Sie fielen übereinander her wie ausgehungert. Er war sowieso kein Mann der großen Worte. Seine Qualitäten lagen woanders. Trotzdem hatte sie ihn verdammt gern. Viel mehr, als für sie beide gut war. Ja, man konnte sagen, sie liebte ihn.

Zum Glück war noch niemand dahintergekommen, sonst »gnade Ihnen Gott«, wie der Pfarrer immer sagte.

Genauso schnell, wie es begonnen hatte, war das Ganze auch wieder vorbei. Von dem aufregenden Gefühl davor war nichts mehr übrig. Die Angst, entdeckt zu werden, begleitete sie die gesamte Zeit, in der sie zusammen waren. Immer waren sie wie gehetzt, während sie sich liebten. Kein gemütliches, verliebtes Kuscheln im Nachhinein, kein Sich-in-den-Armen-Liegen.

Er drehte sich auf den Rücken und blickte sie mit seinem warmen, liebevollen Blick an. Am liebsten hätte er sie wieder zu sich auf die Matratze gezogen. Sie zupfte ihren Rock zurecht, wickelte sich in ihren Mantel, hauchte ihm einen kurzen Handkuss zu, den er mit seinen verführerischen, vollen Lippen erwiderte. Ein kurzes Lächeln, bei dem seine perfekten schneeweißen Zähne zum Vorschein kamen, und sie schlüpfte zur Tür hinaus.

Sie begab sich ohne ein weiteres Wort und mit schlechtem Gewissen in die dunkle, kalte Nacht, wie sie gekommen war, und machte, dass sie nach Hause kam. Zurück in ihr »normales, geordnetes, langweiliges Leben«, zurück zu Mann und Kind und all dem Wohlstand, der ihr so viel bedeutete, dass sie auf die wahre Liebe an der Seite eines liebenswerten Mannes verzichtete. Dieser hatte zwar intellektuell nicht viel zu bieten, aber das hatte für sie keinen Einfluss darauf, wie sehr man jemanden liebte. Sie nahm dafür in Kauf, dass sie sich verstecken mussten, sich in Gefahr brachten.

Sie spürte, dass diesmal etwas anders war, wusste aber nicht, was.

Sie wurde beobachtet, als sie kam und als sie ging. Diesmal war ihr Tun nicht unbemerkt geblieben. Solche Heimlichkeiten blieben nie für immer im Verborgenen. Das Gefühl, dass ihr jemand gefolgt war, entsprach den Tatsachen. Sie hatte sich das nicht eingebildet.

Als das Dunkel des Waldes sie verschluckt hatte und sie weit genug entfernt war, klopfte es noch einmal an der alten knarrenden Holztür.

Nanu, was war das? Hatte sie etwas vergessen? Das war ungewöhnlich, dass sie zurückkam. Ein Schimmer Hoffnung überkam ihn. Vielleicht gehörte sie ihm endlich für immer. War sie jetzt bereit, mit ihm zusammen zu sein, zu kämpfen? Den Kampf zu führen gegen alles, was sich ihnen in den Weg stellte und gegen die Angst, nicht mehr im Überfluss versorgt zu sein? Mit ihrem Mann würde er schon fertigwerden, wenn er Schwierigkeiten machte.

Er erhob sich, ging zur Tür und öffnete. Eine grobe Hand packte ihn und zog ihn aus dem Wagen hinaus in die Dunkelheit. Ein harter, schwerer Gegenstand traf seinen Kopf. Dann ein Faustschlag und noch einer und noch einer … Er taumelte, während er immer weiter fiel, bis in seinem Schädel nur noch Dämmerung herrschte. Er war nicht tot. Nein, er spürte, wie sein Körper bewegt wurde, er spürte das Seil, das man ihm um Arme und Beine zog, bis es ins Fleisch schnitt. Den Stoff, der schmerzhaft seinen Mund verschloss und ihm die Luft nahm. Er war zu schwach, um Widerstand zu leisten. Sein Körper fühlte sich schwer an. Er spürte die Wunden an seinem Kopf, Blutstropfen, die über sein Gesicht liefen. Sein Schädel brummte wie eine Horde Hornissen und er ahnte, dass sein Ende nahte. Sein Körper wurde grob auf eine harte Fläche gehievt. Ein schmerzhaftes

Stöhnen entwich seinen vermummten Lippen und alles drehte sich. Er hörte einen Motor aufjaulen, das Fahrzeug setzte sich in Bewegung und er wurde durcheinandergeschüttelt. Ihm wurde übel und langsam wurde das Geräusch des Wagens, in dem er lag, leiser. Erinnerungen schwebten durch seinen Kopf. Er wusste, es gab kein Entrinnen mehr und er hatte sich geirrt. Sie war nicht zurück und sie würden sich nie mehr wiedersehen. Ihre Gestalt verschwand vor seinem inneren Auge immer mehr. So lange, bis sie ganz verschwunden war. Sein Herz schnürte sich zusammen. Er war dem Tode geweiht. Dabei dachte er nur an sie. Es wurde still … immer stiller um ihn herum … und das Leben wich endgültig aus seinem Körper.

Verdammt, er war tot. Dass es jetzt so gekommen war, schien vielleicht sowieso das Beste, was passieren konnte. Was nun? Wohin mit ihm? Tot konnte man ihn schlecht wie geplant mitten im Wald aus dem Wagen werfen. Seine Leiche musste an einen versteckten Ort, wo man ihn hoffentlich für immer und ewig verschwinden lassen konnte. Wie konnte man verhindern, dass nach ihm gesucht wurde? Ein Plan musste her.

Die Eingebung kam prompt. Das Thema war wochenlang im Gemeinderat behandelt worden. Es gab etwas außerhalb einen Ort, den man aufgrund von Einsturzgefahr nicht betreten durfte. Dieser war vergittert und mit einem Schloss abgeriegelt worden. Mit dem Brecheisen war es schnell erledigt. Nachdem man den Toten dort hingebracht hatte, versperrte man den vergitterten Eingang einfach mit einem ähnlichen Schloss.

In derselben Nacht geschah daraufhin noch etwas anderes in dem beschaulichen Bad Urach. Etwas, das alle in die Irre führen würde und noch für sehr lange Zeit in den Köpfen der Menschen haften bleiben sollte.

Am nächsten Morgen war Maria wieder die brave, treu sorgende Ehefrau, die für die Familie da war, Frühstück zubereitete, sich liebevoll um ihr Kind kümmerte.

Als sie in der nächsten Nacht wiederkam, machte keiner auf. Keine Hand zog sie verlangend herein, es passierte nichts, egal, wie sehr sie klopfte und rief. Sie hatte ein ungutes Gefühl, weil er nicht da war. Sie vermisste ihn. Vielleicht war er einfach weitergezogen. Aber ohne ihr Lebewohl zu sagen? Das konnte nicht sein. Er liebte sie. Da war sie sich sicher. Irgendetwas musste passiert sein, doch die Ahnung, die sie dabei beschlich, löschte sie schnell wieder aus ihren Gedanken.

DAS WIEDERSEHEN

Matthias Fischer lenkte seinen alten Ford Mustang durch Schömberg und trat oben auf der Höhe mächtig aufs Gas. Die Julisonne lachte vom Himmel und beschien seinen Arm, der auf dem Türrahmen der Fahrerseite am offenen Autofenster lag. Seine schicke, neue Sonnenbrille saß auf seinem lockigen dunklen Haarschopf und er fand sich sehr lässig, als er in den Rückspiegel schaute.

Es war wirklich ein Traumwetter an diesem Freitag. Auf dem Rad- und Fußweg am Straßenrand waren sicher auch deshalb ziemlich viele Fußgänger unterwegs. Der Kommissar hing seinen Gedanken nach. In der vergangenen Zeit war einiges passiert. Man hatte ihn nach seiner langen und erfolgreichen Dienstzeit in Trier versetzt. Gut, seine Methoden waren schon immer etwas speziell, führten aber in der Regel zum erfolgreichen Abschluss eines Falles. Das letzte Mal hatte er es offenbar etwas übertrieben und ein Kollege war seinetwegen angeschossen worden. Zum Glück war die Verletzung nicht tödlich gewesen. Trotzdem war das ein triftiger Grund, und die Versetzung an den Fuß der Schwäbischen Alb nach Bad Urach hatte ihn schwer getroffen, auch wenn sie ihn immerhin um einiges näher zu Martina nach Calw brachte. Ihre Arbeitsstellen waren ab jetzt nur noch etwas mehr als eine Stunde Fahrtzeit voneinander entfernt. Kübelchen und er telefonierten immer sehr viel und sie war ihm in dieser schweren Zeit eine große Stütze gewesen. Das vertiefte ihre Freundschaft zueinander.

Rechts flog das Örtchen Oberlengenhardt vorbei und linker Hand konnte er den neuen Schömberger Turm erkennen, von dem Kübelchen ihm am Telefon erzählt hatte. Allerdings hatte er nicht vor, diesen zu erklimmen und anschließend mit einer Art Seilbahn namens Flying Fox an einem Gurt befestigt in den Kurpark hinabzurauschen, wie es Martina vorgeschlagen hatte.

Noch wenige Minuten und er würde an ihrer Haustür klingeln. Der Kommissar verspürte die Aufregung und freute sich auf die freien Tage mit ihr vor seinem Dienstantritt. Mit jedem Kilometer wurde sein Kopf befreiter und er konnte mal wieder so richtig durchatmen. Die letzten Wochen waren alles andere als einfach gewesen. Nach dem Leichenfund einer lang vermissten Studentin, einem Familiendrama, bei dem ein Vater erst seine beiden Kinder, seine Frau und dann sich selbst erschossen hatte und der versuchten Sprengung eines Geldautomaten im Edeka durch bislang unbekannte Täter in Trier-West, bei dem besagter Kollege seinetwegen in Gefahr geriet, hatte Matthias Fischer eine Auszeit nötig.

Das Wetter meinte es gut mit ihm. Die Sonne strahlte vom wolkenlosen blauen Himmel und färbte die Bäume und Wiesen des Schwarzwaldes in allerlei saftige Grüntöne. Das hatte etwas Beruhigendes, bei dem alle Vorkommnisse in den Hintergrund traten. Er durchquerte Ortschaften mit originellen Namen wie Igelsloch, Siehdichfür und Oberreichenbach, und als er mit rasantem Tempo die Bundesstraße durch den dichten Wald gefahren war, gelangte er endlich zu Martinas Wohnort. Sein Mustang jaulte auf, als er aus dem Wald herausfuhr.

An diesem Morgen musste Martina Kübler das erste Mal seit ihrem Arbeitsbeginn bei der Calwer Kripo nicht schon um sechs Uhr aufstehen. Sie hatte Urlaub und krabbelte langsam und gemütlich aus ihrem Bett. Sie gähnte, warf sich den Morgenmantel über, schlüpfte in die warmen Wollhausschuhe, die sie neben ihrem Bett geparkt hatte und schlürfte in ihre Küche, um sich einen Kaffee zu machen. Ihr langes braunes Haar hatte sie unordentlich mit einem Gummi zu einem Knäuel zusammengebunden. Schminken hatte noch Zeit.

Während sie die Kaffeebohnen in den Kaffeeautomaten rieseln ließ und den Tank mit frischem Wasser auffüllte, hing sie ihren Gedanken nach. Ganz darin versunken sah sie zu, wie der dunkelbraune Kaffeestrahl in die Tasse strömte und einen herrlichen Duft verbreitete. Während sie die weiße Milch hineinlaufen ließ und den ersten wohltuenden warmen Schluck nahm, dachte sie an Matthias Fischer.

Heute war es so weit. Er würde nach Wochen das erste Mal zu Besuch kommen. Endlich gab es mal wieder etwas Spannendes in ihrem Leben. Sie hatte sich ja eigentlich hierher versetzen lassen, um nicht mehr so viel Aufregung in ihrem Job zu haben. Dies hatte sich innerhalb kürzester Zeit als Irrglaube herausgestellt. Gleich der erste Fall in ihrer Heimat war aufregend und gefährlich gewesen. Allerdings hatte sich hier seit der Lösung des Verbrechens überhaupt gar nichts Weltbewegendes mehr ereignet. Nur malerische Dörfer und ansonsten »Friede, Freude, Eierkuchen« … Auch der zweite Grund für den Stellenwechsel der Kommissarin, ihre Schwäche für Matthias Fischer, hatte sich zerschlagen. Zuerst wollte sie auf Abstand gehen, weil er, so wie es damals für sie aussah, sich nicht von seiner Ex trennen wollte, dann waren sie sich während gemeinsamer Ermittlungen rund um Calw kurzzeitig nähergekommen. Anschließend musste er seinen Dienst bei der Kripo in Trier wieder antreten. Obwohl er sich offenbar inzwischen von seiner Frau getrennt hatte, sorgte dann die Entfernung dafür, dass es sich weiterhin nur um sehr zarte Bande handelte. Er nach wie vor in Trier und sie in Calw. Sie waren wohl nicht für eine Fernbeziehung gemacht.

Sie hatte eine Überraschung geplant, eine Übernachtung in einem Schäferwagen in Bad Urach. Martina hoffte, dass sie Matthias so mit seinem neuen Arbeitsort, der ihm sozusagen aufgezwungen wurde, versöhnlich stimmen könnte, und dass die romantische Übernachtungsgelegenheit ihr Übriges tun und sie sich doch wieder etwas näherkommen würden. Bei dem Gedanken wurde es ihr ganz warm ums Herz.

Bad Urach war eine tolle Stadt mit vielen Sehenswürdigkeiten und dem einmaligen traditionellen Schäferlauf, der alle zwei Jahre stattfand. Die UNESCO-Kommission hatte dieses Brauchtum 2018 ins bundesweite Verzeichnis des Immateriellen Kulturerbes aufgenommen. Dieses Ereignis fand jetzt am Wochenende statt, und deshalb konnte man, wenn man früh genug buchte, in Schäferwagen übernachten.

Kürzlich hatte sie irgendwo gelesen, dass der bekannte Bildhauer Peter Lenk von der Stadt Bad Urach beauftragt worden war, dem Schäferlauf ein Denkmal zu setzen. Dabei stellte sein Entwurf wohl Schäfer dar, die unten herum ohne Hose um die Wette rannten, wie es von früheren Zeiten berichtet wurde. Sie kannte sein Kunstwerk, die Imperia, die als Wahrzeichen am Konstanzer Hafen thronte. Man konnte also gespannt sein, ob und was da enthüllt wurde.

Kübelchen schmunzelte bei dem Gedanken. Sie liebte Bad Urach und freute sich, dass Matthias bald nur noch etwa eine Stunde von ihr entfernt wohnte. Allerdings tat es ihr sehr leid, unter welchen Umständen der Wechsel zustande gekommen war. Das kratzte ganz schön an ihm.

Sie sah verträumt aus ihrem Küchenfenster und freute

sich, dass das Wetter so gut war. Genau das Richtige für das, was sie geplant hatte. Zum Glück war noch ein wenig Zeit, um sich umzuziehen und sich etwas hübsch zu machen. Sie wollte alle Möglichkeiten nutzen, Matthias doch wieder für sich zu gewinnen. Als sie so grübelte, fuhr ihr der scheußliche Ton ihrer Haustürklingel ins Ohr und sie erschrak. Das konnte unmöglich Matthias sein! Viel zu früh! Auf jeden Fall musste sie dringend eine neue Klingel besorgen. Einfach schrecklich, dieser Ton!

Als sie die Tür öffnete, stand zu ihrer Erleichterung ihre Mutter vor der Tür und streckte ihr ein Lunchpaket entgegen.

»Guten Morgen Martina! Ich möchte nicht lange stören, aber ich dachte, eine Kleinigkeit zu essen könntet ihr gut gebrauchen. Man weiß ja nie! Liebe geht bekanntlich durch den Magen.«

Glaubte ihre Mutter tatsächlich, dass man einen Mann mit ein paar belegten Broten herumbekam?

Kübelchen nahm es mit einem kurzen »Danke, das ist lieb von dir!« entgegen. Ihre Mutter meinte es ja nur gut. Auch wenn man bis nach Bad Urach mit dem Auto nur etwa eineinhalb Stunden unterwegs war. Aber ihr war klar, dass in diesem Fall Widerstand zwecklos war.

Dann würden sie eben eine kurze Pause an einem schönen Plätzchen machen, sich auf eine Bank setzen, Matthias würde den Arm um sie legen und sie würde es genießen.

»Also dann, Martina. Ich wünsche euch viel Spaß und kämm dich, Kind! Du siehst aus wie ein Staubwedel!«, meinte ihre Mutter und nahm den schmalen Fußweg zurück über die Wiese hinter dem Haus von Kübelchens Großmutter. Zum Glück sah sie nicht, wie ihre Tochter die Augen verdrehte.

Man blieb eben immer das Kind seiner Eltern.

Inzwischen war Matthias Fischer nur noch wenige Meter von seinem Ziel entfernt. Linker Hand konnte er schon in der Ferne das Haus von Kübelchens Großmutter oben am Hang erkennen, in dem seine Ex-Kollegin seit ihrer Rückkehr in ihren Heimatort im Schwarzwald hauste. Knatternd tuckerte seine alte, aber sehr begehrte Rostlaube den kleinen Weg hoch. Dabei wurde er durch den losen Schotter und wegen der tiefen Schlaglöcher ordentlich durchgeschüttelt. Die Federung bei so alten Autos war wesentlich härter als bei den heutigen modernen Fahrzeugen, aber das war er ja gewohnt. Es störte ihn nicht, dass ihm aus diesem Grund hin und wieder ein Wirbel verrutschte.

Gerade sah er Martinas Mutter ums Eck laufen, nahm den Fuß vom Gas und begrüßte sie durch das geöffnete Autofenster.

»Hallo, Frau Kübler, wie geht es Ihnen?«

Als sie ihn beim Antworten anlächelte, konnte er Ähnlichkeit mit ihrer Tochter erkennen. Allerdings hatte sie ihr langes dunkles Haar zu einem strengen Knoten zusammengebunden.

»Sehr gut, danke, und selbst?«

»Etwas gestresst, aber das wird sich hier sicher schnell legen!«

Frau Kübler nickte zustimmend und zwinkerte. »Na, das will ich hoffen. Als Sie das letzte Mal hier waren, hat das ja nicht so gut geklappt. Aber das war sicher eine Ausnahme. Ich glaube, da wartet schon jemand auf Sie!«

Zum Glück hörte Martina nicht, was ihre Mutter da mit ihren Andeutungen zu steuern versuchte, sonst wäre sie im Erdboden versunken.

Matthias ging es allerdings nicht anders und er fuhr den restlichen sehr steilen Weg hoch. Endlich war er da. Wochenlang hatte er auf das Wiedersehen hingefiebert. Die Fahrt war aufgrund der langen Strecke ziemlich anstrengend gewesen und er spürte jeden seiner Knochen. Matthias warf noch mal einen kurzen, zufriedenen Blick in seinen Rückspiegel, stieg aus seinem Wagen, zupfte seinen Hemdkragen zurecht und streckte seine Arme der Sonne entgegen. Am Bauch drückte der Knopf seiner Hose. Da hätte auch keine Shapewear für Männer geholfen, um, wie es die Werbung versprach, für eine schöne Silhouette zu sorgen. Damit wäre der Ring um seinen wohlgenährten Bauch lediglich ein Stückchen weiter nach oben gewandert oder besser gesagt gequetscht worden. Man konnte den vorhandenen Überschuss ja nicht einfach wegzaubern. Bei diesem Gedanken sah er an sich herunter und legte die Hand auf die bewusste Wölbung.

Kübelchen hatte gerade das Bad erreicht und die Haarbürste in der Hand, als der furchtbare Klingelton ein zweites Mal ertönte. Sie drehte sich um, schritt energisch zur Haustür. Was wollte ihre Mutter denn noch? Manchmal ging sie ihr ganz schön auf die Nerven! Die Kommissarin riss die Tür auf und fragte schon während des Öffnens leicht genervt: »Was ist denn jetzt wieder?«

»Soll ich lieber wieder gehen und später zurückkommen? Deine Mutter meinte gerade, du könntest es kaum erwarten, bis ich komme!«, entgegnete Matthias Fischer grinsend. Er stand mit seiner Reisetasche vor der Tür, während er die Brille von der Nase auf die Haare schob, die seine ungewöhnlich stahlblauen Augen zum Vorschein brachten.

Kübelchen schüttelte peinlich berührt den Kopf und trat zur Seite. »Quatsch, nein. Komm rein! Schön, dass du da bist. Ich dachte, es wäre noch mal meine Mutter. Sie hat kurz vor dir geschellt. Was die wieder für einen Blödsinn erzählt!«, verdrehte sie die Augen.

Er sah sie erleichtert an. »Na da bin ich aber froh!«, überspielte er die Enttäuschung, dass man ihn scheinbar doch nicht herbeigesehnt hatte. Sie hatten sich ja aufgrund der Entfernung auf eine freundschaftliche Verbindung geeinigt.

In diesem Moment wurde ihr bewusst, dass sie mit zerzaustem Haar ungeschminkt im Morgenmantel vor ihm stand. Wie unangenehm! Ihre Vorstellung einer überschwänglichen Begrüßung mit perfektem Styling und freundlicher, vielleicht auch knisternder Begrüßung war zerplatzt wie eine Seifenblase. Das war ein holpriger Start, nachdem sie schon auf das Klingeln so unfreundlich reagiert hatte.

»Mach es dir in der Stube gemütlich, Matthias. Ich komm gleich«, stammelte sie und wollte schnell im Badezimmer verschwinden.

Ihr Kollege schmunzelte und rief ihr noch hinterher: »Warte noch kurz! Ich muss meinen Wagen irgendwo parken. Ich wollte ihn nicht ungefragt abstellen. Vielleicht hinter dem Haus, Martina?«

»Ja, mach das!«, antwortete sie, bevor sie im Bad verschwand.

Als sie einige Minuten später wieder herauskam, warf sie einen prüfenden Blick in den großen Spiegel ihrer Garderobe. Ihr dunkelbraunes Haar war nun gekämmt und ordentlich zu einem Pferdeschwanz zusammengebunden. Das niedliche rundliche Gesicht kam dabei etwas mehr zur Geltung. Sie hatte nur etwas Wimperntusche, Eyeliner und eine leicht getönte Tagescreme aufgetragen. Das war angemessen und passend für eine Autofahrt. Sie dachte nur: »Hoffentlich hat er seine Erinnerung an mein vorheriges Outfit schon aus seinem Gehirn verbannt.«

Natürlich hatte er das ganz und gar nicht vergessen und war von ihrem Anblick ganz hingerissen. Draußen raste sein Herz bis zum Hals. Kübelchen konnte ja nicht ahnen, wie ihr Auftreten an der Tür wirklich auf ihn gewirkt hatte.

Fischer wurde in diesem Moment schlagartig klar, dass das mit der Freundschaft schwieriger war, als er geahnt hatte. Aus der Entfernung und im Arbeitsalltag konnte man so einiges verdrängen.

Während Martina noch ihren Gedanken nachhing, hörte sie altbekannte Geräusche.

Fischer manövrierte seine noch immer fahrtüchtige Rostlaube wie besprochen ums Hauseck in den Hof hinterm Haus, und der Mustang gab noch lautere Töne von sich als beim letzten Mal. Er fand einen guten Platz für seinen Wagen und versuchte sich nach dem halb bekleideten Auftritt seiner ehemaligen Kollegin innerlich etwas zu beruhigen. Er konnte ja im wahrsten Sinne des Wortes nicht gleich mit der Tür ins Haus fallen. Was für ein Gefühlskarussell! Martina hatte ja keine Vorstellung davon, wie unglaublich aufregend sie war. So pur und natürlich. Zur Ablenkung zündete Matthias sich eine Zigarette an und zog genüsslich daran. Ah, was für eine tolle Erfindung!, dachte er und spürte, wie das Nikotin seine Luftröhre hinunterschwebte und sich beruhigend auf seine Lunge legte.

Als er fertig geraucht hatte und entspannt durch die angelehnte Haustür eintrat, standen Kübelchens schwarze Reisetaschen samt Rucksack im Gang. Daneben lagen die Fahrradhelme. Kübelchen hatte überlegt, ob sie ihn zu einer Radtour überreden konnte. Sie würde es zumindest versuchen. In der Touristik konnte man welche leihen. Auch E-Bikes, damit er die anstrengenderen Stellen bewältigte. Ihre Eltern hatten es laut ihrer eigenen Aussage nicht nötig, sich von einem Motor unterstützen zu lassen. Ihr Vater meinte, es gäbe ja genug Leute, die so unsportlich wären und ohne so ein E-Bike überhaupt keinen »Buckel« hochkamen. Immer mal wieder geriet er dann laut Erzählungen von Martinas Mutter in irgendwelche hitzigen

Auseinandersetzungen auf dem Radweg, bei denen sie nur mit Ach und Krach das Schlimmste verhindern konnte.

Martina freute sich jetzt schon auf Fischers Gesicht, wenn sie ihm von der Übernachtung und dem Schäferlauf-Wochenende erzählte. Sie hatten seit ihrem letzten Fall ja nur telefonischen Kontakt gehabt. Sie musste sich in ihre neue Stelle bei der Calwer Kripo einarbeiten und war oft ziemlich ausgepowert. Abends jedoch hatten sie sehr oft miteinander telefoniert, weil ihm die Versetzung so auf den Magen geschlagen war. Auch weil der Kollege wegen seines riskanten Einsatzmanövers angeschossen worden war.

Matthias sah sehr übernächtigt aus. Sie ging auf ihn zu und sie umarmten sich freundschaftlich. »Schön, dich zu sehen, Herr Kollege!«, sagte sie.

»Ich hatte ganz vergessen, wie gut du riechst!«, erwiderte er.

»Ich habe dir ja schon am Telefon angekündigt, dass ich eine Überraschung für dich habe, Matthias!« Wohin die Reise ging, hatte sie ihm bisher noch nicht verraten. Jetzt erzählte sie ihm endlich von der gebuchten Übernachtung im Schäferwagen beim Uracher Schäferlauf.

»Mensch, das ist aber eine tolle Idee!«, freute er sich. »Wirklich sehr nett von dir, dass du mir Bad Urach zeigen willst!«

»Dazu sind Freunde doch da!«, antwortete Martina.

»Aber wozu sind denn die Fahrradhelme?«

»Ich dachte, wir könnten dort Fahrräder leihen. Es gibt mehrere tolle Radstrecken, auch für Ungeübte«, erklärte sie begeistert.

Matthias fand die Vorstellung, mit dem Fahrrad herumzufahren, weniger prickelnd, auch wenn Kübelchen ihm versicherte, dass sie eine kurze, einfachere Tour ausgewählt hatte, was nicht ganz der Wahrheit entsprach.

Tatsächlich waren die meisten Strecken dort sehr anstrengend und nur mit guter bis sehr guter Kondition zu bewältigen. Allerdings sagte sie ihm das besser nicht. Nur die Runde Bad Urach – Metzingen hatte einen leichteren Schwierigkeitsgrad, war aber laut Kübelchens Recherchen im Internet auch nicht so ganz ohne.

»Das ist echt gut gemeint, Martina, aber muss das unbedingt sein? Ich bin ehrlich aus der Übung.« Doch als er ihr enttäuschtes Gesicht sah, gab er nach. »Na gut, wenn es nicht so anstrengend ist… Wir können es ja mal auf uns zukommen lassen und vor Ort entscheiden«, lenkte er ein und hoffte inständig, dass die Sache damit vom Tisch war und es nie dazu kommen würde.

Kübelchens Laune war trotzdem im Keller. Sie hatte sich alles so schön ausgemalt. Für sie gehörte ein wenig Bewegung einfach dazu. Was hatte er sich denn gedacht, wie sie die Tage bis zu seinem Dienstantritt verbringen würden? Vor der Glotze als Sofakardoffla? Die Kommissarin war nicht der Typ für untätiges Rumsitzen. Darin unterschieden sich die beiden ganz klar. Doch da war ja auch noch der Uracher Schäferlauf mit seinen vielen spannenden Highlights und sie fand ihre Vorfreude schnell wieder.

Matthias wäre es in diesem Moment eigentlich nach etwas ganz anderem zumute gewesen. Wie sollte er Martina nur klarmachen, dass er nicht von ihr loskam? Er wusste einfach nicht, was er wollte. Immer dieses Auf und Ab. Mal sehen, was die Zeit bringen würde.

Martina machte ein versöhnliches Gesicht, nachdem er auf das Radfahren nicht gerade erfreut reagiert hatte, und holte das Vesperpaket ihrer Mutter aus dem Kühlschrank. Matthias schnappte sich die Reisetaschen und wollte draußen hinters Haus gehen, als sie aus dem Küchenfenster rief.

»Halt, wo willst du denn hin? Mein Auto steht da vorne!« Er sah sie mit seinem Hundeblick an.

»Ach bitte, ich hänge so an meinem Auto. Ich kann es doch nicht tagelang hier alleine stehen lassen und darauf verzichten. Es braucht Bewegung, damit es nicht einrostet. Da passt auch mehr Gepäck rein. Jetzt sei doch kein Frosch!«

Wenn es ihm so wichtig war, dann konnte sie ihm einfach nicht widerstehen. Martina willigte ein. »Na gut, dann nehmen wir halt deinen Klapperkasten anstatt meinem kleinen Flitzer, um nach Bad Urach zu fahren!«

BAD URACH

Das Eis war gebrochen, und kurze Zeit später fuhren sie mit Fischers Mustang nach Bad Urach, zuerst im Tal entlang auf der Landstraße Richtung Wildberg bis zur Abfahrt Holzbronn und dann auf der Höhe über Holzgerlingen, Reutlingen und Metzingen. Unterwegs lief im Radio das Schäferlied der *Traufgängerinnen* aus Bad Urach.

Martina summte nebenher mit: »... *Schäferlauf, des isch dr Hit...*« und »... *lauf Schäfer lauf...*« Sie hatte eine schöne Singstimme und Fischer lauschte ihr fasziniert.

Als sie nach Bad Urach hineinfuhren, sahen sie schon am Ortsanfang die Schilder und Plakate, die den Schäferlauf ankündigten. An den Häusern hingen überall Fahnen. Alles war sehr prächtig herausgeputzt.

Die Vorbereitungen waren in vollem Gange und es herrschte schon ein buntes Treiben. Man spürte die Vorfreude der Uracher auf dieses traditionelle Fest, das zu den ältesten historischen Heimatfesten im Lande zählt.

Der *Pfählhof* lag etwas außerhalb des Ortes. Auf der Wiese links neben dem Campingplatz sahen sie die Schäferwagen stehen und stiegen aus. Bei der *Camping-Gaststätte* hatte man einen Schlüssel für sie hinterlegt.

Als sie die Tür des Schäferwagens aufschlossen, entfuhr Kübelchen ein verzückter Schrei. »Ach wie gemütlich! Sieh mal, Matthias, sogar mit Tisch und Bänken!«

Matthias war ebenfalls beeindruckt. »Ich hätte nicht gedacht, dass das so komfortabel ist. Es gibt sogar ein richtiges Bett. Ich hatte schon die Befürchtung, dass wir im Heu übernachten müssen. Wobei, das hätte auch seinen Reiz«, fügte er schelmisch grinsend hinzu und sah sie etwas verrucht an. Insgeheim hoffte er, dass sie sich wieder näherkommen würden. So ein Schäferwagen hatte doch etwas von einem gemütlichen, romantischen Plätzchen für Verliebte.

»Also echt, Matthias!«, kicherte sie und errötete leicht.

Vor dem Schäferwagen gab es eine Holzterrasse mit Sonnenschirm, Feuerstelle und Sitzgelegenheiten. Beim Campingplatz *Pfählhof* direkt nebenan durfte man die sanitären Anlagen benutzen und im Kiosk konnte man das Nötigste einkaufen. Kübelchen hatte einen Frühstückskorb mitgebucht. Zum Abendessen wollte sie mit Matthias grillen.

»Na, em Camping-Shop werda mer scho no a baar Wirschtla auftreiba!«, verfiel Martina ins Schwäbische und Fischer grinste, weil das in seinen Ohren so niedlich klang.

Es gab noch weitere Schäferwagen. Am benachbarten Wagen war ein Hund angebunden, der mit seinem langen, glänzenden, dichten Fell an einen Bären erinnerte. Ohne aufzustehen, blickte er zu ihnen hinüber und wedelte mit dem Schwanz.

»Oh wie hübsch!« Martina sah zu ihm hin und sang immer wieder leise vor sich hin: »*Schäferlauf, des isch dr Hit …*«, dann ging sie näher heran, streichelte ihm das wuschelige Fell und kraulte ihn liebevoll hinter den Ohren. Er schien es sehr zu genießen.

Ein dunkelgelockter Kopf erschien im Türspalt.

»Nanu, was singt denn hier für eine Nachtigall?« Ein ausgesprochen attraktiver junger Mann mit breiten Schultern und stattlicher Größe kam zum Vorschein und präsentierte sich mit nacktem, durchtrainiertem Oberkörper vor dem Schäferwagen. Er beäugte Martina neugierig.

Sie lächelte ihn an. So ein attraktives Exemplar bekam man selten vor die Linse.

»Entschuldigen Sie meinen Aufzug, aber ich wusste ja nicht, dass ich heute Morgen so netten Damenbesuch bekomme. Michael Lämmle mein Name und das da ist Kuschel, mein Hirtenhund«, stellte er sich vor, während er mit dem Kinn in Richtung seines Hundes deutete und ihr die Hand entgegenstreckte. »Seltsam, dass er sich von Ihnen so einfach streicheln lässt, aber ich würde da in Ihrem Fall auch nicht Nein sagen, wenn Sie mich kraulen würden«, lachte er verschmitzt.

Flirtete er etwa mit ihr?

Kübelchen schüttelte ihm grinsend die Hand und stellte sich mit ihrem umwerfendsten Lächeln vor. »Martina! Sehr niedlich Ihr Hund. Was ist das für eine Rasse?«

»Kuschel ist ein Pyrenäenhund, speziell zum Schafe Hüten«, erklärte er.

»Ach übrigens, das da drüben ist Matthias! Speziell zum Verbrecher Fangen!«, lachte die Kommissarin und zeigte hinüber zum anderen Wagen.

Michael hielt ihre Hand einen Moment zu lange fest, während er ihr Gesicht in Augenschein nahm. Sein Interesse für Matthias schien sich in Grenzen zu halten.

Sie klärte ihren Spaß auf. »Matthias ist der neue Kriminalhauptkommissar von Bad Urach!«

Fischer, der gerade die Satteltaschen abgemacht hatte, beobachtete das Ganze misstrauisch mit grimmigem Blick. Jetzt ging das schon wieder los! Kübelchen hatte einfach einen »Schlag« bei den Männern und er konnte sich nicht daran gewöhnen. Ihr schien das gar nicht bewusst zu sein. Es konnte ihm ja eigentlich egal sein, war es aber leider nicht. Dabei hatte der Kerl so viele Brusthaare, dass man ein ganzes Kissen damit hätte füllen können. Einfach widerlich! Verstand einer die Frauen! Bei diesem Gedanken verdrehte er die Augen.

Er rief herüber: »Kommst du, Martina? Wir wollten doch noch kurz ein paar Getränke und Würstchen besorgen.«

Sie sah ihr Gegenüber an. »Also dann, man sieht sich.«

»Ach, ich komm am besten gleich mit zum Kiosk. Vielleicht kann ich tragen helfen«, schlug Michael Lämmle selbstbewusst vor. Er streifte sich ein T-Shirt über, während er sprach. Offenbar kam er nicht auf die Idee, dass er stören könnte.

Matthias sagte kein Wort und machte ein mürrisches Gesicht. Er musste diesen anhänglichen Typen unbedingt loswerden.

Michael schien nicht zu bemerken, dass er Fischer zu aufdringlich war, und plauderte ungeniert in einem fort.

Bei Michaels Redseligkeit erfuhren die beiden in kürzester Zeit, dass er Hobby-Schäfer war. Deshalb konnte er auch nicht beim Leistungshüten mitmachen, denn es waren nur hauptberufliche Schäfer zugelassen.

»Früher hatte ich immer in Bad Urach im *Hotel Graf Eberhard* ein Zimmer. Das war echt sehr schön, aber jetzt, wo ich einen eigenen Schäferwagen hier habe, fühle ich mich heimisch. Ich bin ja Einfacheres gewohnt. Allerdings lasse ich mich dort trotzdem jedes Mal im Hotelrestaurant sehen. Das Essen dort ist so dermaßen lecker, dass ich darauf nicht verzichten möchte. Den Abend könnten wir dann mit dem traditionellen Theaterstück *D'Schäferlies* ausklingen lassen. Was haltet ihr davon? Das darf man eigentlich auf keinen Fall verpassen. Wollt ihr vielleicht auch bei der Probe für den Schäferreigen zuschauen? Das ist sehr sehenswert. Die offizielle Tanzaufführung ist dann erst am Sonntag, aber da sieht man vor lauter Leuten nichts. Vielleicht habt ihr Lust? Danach gibt es Musik mit der Partyband *alles roger?!* und Tanzmöglichkeiten für jedermann.«

Matthias sah Martina flehend an, aber sie ignorierte seine Signale. Das hatte ihm gerade noch gefehlt! Der Typ wollte sich doch bloß an sie ranmachen! Bei diesem Gedanken zog sich sein Herz zusammen, dass es schmerzte.

»Wir würden sehr gerne mitkommen. Wann hat man schon die Möglichkeit, einen eigenen Schäferlauf-Führer zu haben! Das Theaterstück von der *Schäferlies* wollte ich auch schon lange Mal sehen. Ob es da wohl noch Karten gibt?« Kübelchen reagierte voller Begeisterung.

Matthias fragte sie erst gar nicht, ob er das wollte.

Er fühlte sich übergangen. Sie hätte sich wenigstens mit ihm absprechen können. Obwohl sie nur noch befreundet waren, hatte er trotzdem noch Angst, sie zu verlieren. Kein Wunder bei dem Typ!

Lämmle nickte, als ob er Gedanken lesen könnte. »Ich habe immer ein paar Freikarten, weil ich mir jedes Jahr ein paar fesche Mädels dazu mitnehme!«, zwinkerte er Kübelchen zu, ging hin und legte den Arm unter den kritischen Blicken von Matthias um ihre Schultern und drückte sie eng an sich. Martina störte das scheinbar nicht die Bohne.

»Diesmal bist du eine davon.«

»Oh Mann, du bist ein Schatz, Michael. Klingt nach einem perfekten Plan!«, erwiderte Martina freudestrahlend und machte sich nichts aus seiner körperbetonten Art.

Der Kommissar hatte das Gefühl, dass es ihr schmeichelte, wenn Lämmle so auf sie abfuhr.

»Wir kommen auf jeden Fall mit! Stimmt's, Matthias? So ein großartiges Angebot bekommt man schließlich nicht alle Tage!«

Fischer bebte innerlich und hob die Augenbrauen. Das ging ihm jetzt wirklich zu weit. »Nanana …!«, entfuhr es ihm. Er sah Martina dabei beleidigt an und dachte: Jetzt nennt sie ihn auch noch *Schatz*!

»Ist er etwa eifersüchtig?«, wunderte sich Kübelchen. Sie tat den Gedanken jedoch gleich wieder ab. Schließlich waren sie auf seinen Wunsch hin nur Freunde. Darauf hatten sie sich gemeinsam geeinigt, nachdem Matthias sich gegen eine Fernbeziehung ausgesprochen hatte. So verlor sie ihn wenigstens nicht ganz. Das war nun schon einige Monate her und Kübelchen hatte sich noch immer nicht damit abgefunden. »Jetzt komm, wir werden sicher eine Menge Spaß haben!«

Da muss ich wohl oder übel in den sauren Apfel beißen und den Abend zu dritt verbringen, sonst zieht sie womöglich alleine mit dem ungehobelten Kerl los!, dachte er und brummelte: »Da wird es wohl nichts mit dem gemeinsamen Abend zu zweit!« Es blieb ihm nichts übrig, wenn er kein Spielverderber sein wollte, und er hörte sich sagen: »Na gut, warum nicht!« Er konnte ihr einfach nichts abschlagen. Außerdem war er ja derjenige gewesen, der nicht mehr wollte, was er seit ihrem erneuten Zusammentreffen bereits bitter bereute.

»Also, Leute, ich reserviere für heute Abend im *Restaurant Eberhard* einen Tisch. Ab morgen gibt es dann nur noch Bier, Schnaps, Pommes und Würstchen.« Michael lachte, als er das sagte.

»Super, danke!«, freute sich Kübelchen strahlend.

»So, und jetzt machen wir die Radtour, die du mir versprochen hast!«, forderte Fischer völlig unerwartet.

Sie war überrascht und dachte, sie hätte sich verhört. Man hätte fast meinen können, er wollte sie weglocken? Es sah ganz danach aus. Dafür war ihm scheinbar jedes Mittel recht. Sonst drückte er sich ja immer vor jeder Art von Bewegung. Auch gut. So bekam sie auf diesem Weg das, was sie wollte.

Sie nickte und machte sich von Lämmles Arm frei. »Na sicher, Matthias! Nichts lieber als das!«

Matthias war überrascht, dass sie so schnell zustimmte.

Lämmle ging irritiert seines Wegs.

Die beiden machten sich auf den Weg zur Kurverwaltung, um Räder zu leihen. Zu Fischers Leidwesen gab es nur noch welche ohne Motor. Alle E-Bikes waren verliehen, weil am Schäferlauf-Wochenende so viel los war. Da hatte er sich was eingebrockt! Er startete einen letzten Versuch. Vielleicht kam er so noch um die Sache herum.

»Und wo packe ich mein Geld hin? Ich habe einige Scheine dabei und beim Radfahren steigt man ja auch mal ab. Die Fahrradhose, die du mir gegeben hast, hat keine Hosentasche.«

»Machs doch in deine Schuhe, dann hast du es immer dabei und keiner kann es dir unter den Füßen wegklauen! Das macht mein Vater auch immer«, schlug Kübelchen vor und lief Richtung Toilette. Er tat, wie ihm geheißen und ärgerte sich, dass seine Strategie nicht aufging, doch noch um die Fahrradtour herumzukommen.

Dann ging es los über »Stock und Stein« und Fischer fluchte innerlich, dass er sich mal wieder selbst in so eine Situation gebracht hatte, als er schnaufend absteigen musste, um sein Rad den Rest eines Anstieges hochzuschieben. Sein Herz raste und er japste nach Luft.

»Warte, Martina…!« Ein Schmerz zog sich durch sein linkes Knie. Oh je, aus ihm würde niemals ein Sportler werden.

Sie bremste ab. »Sei bloß froh, dass mein Vater dich so nicht sieht.« Kübelchen grinste. »Er wäre entsetzt über deine schlechte Kondition. Da hättest du nichts zu lachen«, kicherte sie.

Er erwiderte nichts und zuckte nur mit den Schultern, weil ihm fast die Luft ausging. Endlich ging es in den schattigen Wald hinein und die Schilder zeigten zurück Richtung Bad Urach.

Nach einer kleinen weiteren Auffahrt rief Matthias schon wieder völlig außer Atem hinter Martina her: »Können wir kurz anhalten?«

Ein paar Bänke standen direkt am Rand des Radwegs. Leider waren alle Sitzgelegenheiten belegt. Es standen mehrere E-Bikes herum. Die allerwenigsten Leute hatten heutzutage noch ein »normales« Fahrrad. Das Einzige ohne Akku, außer den Rädern der beiden Kommissare, sah allerdings auch alles andere als normal aus. Es war vollkommen »zugemüllt«.

»Also so ebbes hab i meiner Lebtag no ned gsea!«, sagte eine ältere Frau mit Dauerlocken im Vorbeigehen und schüttelte den Kopf.

Das Fahrrad hatte vorne einen Korb am Lenker. Aus diesem hingen Schnüre, verschiedene Socken, Stoffstreifen und noch anderes Zeug heraus. Auf dem Gepäckträger waren Unmengen Plastikbeutel festgeklemmt. An einer dünnen seltsamen Stange, die am Gepäckträger befestigt war und oben so etwas wie eine kleine Schaufel hatte, waren verschiedenfarbige Fellstücke von irgendwelchen Tieren angebunden. Sogar Tierpfoten ragten aus einer der Tüten.

»Schau mal!«, deutete Matthias Richtung des überladenen und unappetitlich gepackten Fahrrades. Ob das wohl einem Messi gehört?«

Sie zuckte nur mit den Schultern. »Keine Ahnung, ich find es echt unverständlich, mit so viel Gerümpel auf dem Fahrrad herumzufahren!« Doch offenbar interessierte es sie nicht besonders und sie lockte Matthias mit den Worten: »Wenn wir zurück sind, gehen wir in den Biergarten auf dem Campingplatz. Bis heute Abend zum Theater und unserem Restaurantbesuch ist es noch lange.«

Das beflügelte Fischer ungemein und er fuhr mit wehenden Haaren grinsend an Martina vorbei. Dabei lachte er und schrie: »Überhol mich doch, wenn du kannst!«

»Na warte!«, rief sie hinter ihm her.

Sie strampelte gleich darauf mit wippendem Pferdeschwanz unter dem Helm wieder an ihm vorbei und Matthias musste Gas geben, um ihr folgen zu können. Er trat in die Eisen, was das Zeug hielt. Die dicht aneinandergereihten, saftig grünen Obstbäume rechts und links flogen nur so an ihnen vorbei. Der Duft von Wiesen und Blumen kroch in ihre Nasen, gepaart von landwirtschaftlichen Gerüchen nach gemähtem Gras und Kuhstall. Auf den Wiesen am Waldrand fuhr ein Bauer mit seinem Traktor und mähte Futter für seine Tiere. Ein paar Schafe grasten am Wegesrand und ein Mädchen führte gerade sein Pferd, das dem von Pippi Langstrumpf nicht ganz unähnlich war, auf die gegenüberliegende Koppel. Das weckte bei Kübelchen Kindheitserinnerungen.

Fischer, der jetzt hinter Martina fuhr, hatte dagegen ganz andere Ambitionen und fixierte den Blick auf die wippende Hüfte seiner Freundin, was ihn beflügelte. Das Radeln fing an, ihm fast schon Spaß zu machen.

Sie mussten einen weiteren kleinen Hang hochfahren, als es ungeduldig hinter ihm klingelte. Jemand schrie noch: »Aus dem Weg, alter Mann …!« So schnell, wie dieser unverschämte Radfahrer von hinten vorbeizog, konnte er gar nicht ausweichen. Dieser streifte ihn an der Seite und er flog in hohem Bogen in die Blumenwiese.

Kurz bremste der Fahrer ab und drehte sich um.

Fischer winkte ab, dass er weiterfahren sollte, bevor er ihm den Kragen umdrehte. »Verdammte E-Bike-Fahrer! Hätte ich einen Motor, dann wäre ich auch schneller!«, fuhr es dem Kommissar heraus, weil es ihm etwas peinlich war. Doch der junge Mann war schon zu weit weg.

»Das war ausnahmsweise kein E-Bike-Fahrer, Matthias!« Kübelchen kicherte. »Um dich zu überholen, braucht man keinen Motor.« Sie konnte sich nicht mehr zurückhalten und lachte lauthals los.

Er machte ein beleidigtes Gesicht und jammerte: »Du könntest ja wenigstens mal fragen, ob ich mir wehgetan habe, du herzloses Ding!« Mit diesen Worten stürzte er sich lachend auf sie, schnappte sich ihre Hände und zog sie mit auf die Wiese. Das Eis schien endlich gebrochen zu sein. Sie wälzten sich unter den neugierigen Blicken der vorbeikommenden E-Bike-Fahrer lachend und kreischend im Gras hin und her. Herrlich! Da musste er dem rücksichtslosen »Nicht-E-Bike-Fahrer« fast dankbar sein, der ihm zu dieser unerwarteten Chance verholfen hatte.

Anschließend stiegen sie wieder auf und radelten noch bis Metzingen-Neuhausen. Fischer hatte Mühe, das Gleichgewicht zu halten und sein Kopf war rot wie eine reife Tomate kurz vor der Ernte. Oder eher überreif und kurz vor dem Platzen. Kübelchen grinste und war gnädig. Sie machten bei den hübschen kleinen Weinbergen der Weingärtnergenossenschaft Metzingen-Neuhausen kehrt und fuhren zu Fischers Erleichterung nach Bad Urach zurück.

Das würde er gerade noch so schaffen. Puh!

Nur kurze Zeit später saßen sie endlich im Biergarten des *Pfählhofs* und Matthias Fischer war fix und fertig und völlig verschwitzt. Sein T-Shirt triefte vor Schweiß. Er trank ein großes Glas Bier fast in einem Zug leer. Zum Glück lässt sich Lämmle nicht blicken, dachte er. Den muss ich heute ja noch den ganzen Abend ertragen. Matthias wollte zügig zum Schäferwagen und mit Kübelchen alleine sein. In ihm war schon vom ersten Augenblick an, als er bei Martina an der Haustür geklingelt hatte, wieder ein Funke übergesprungen. Doch jetzt war das Feuer entfacht. Sobald er mit Martina zusammen war, waren auch seine Gefühle für sie wieder da und überwältigten ihn. Hoffentlich war sein

Nebenbuhler unterwegs, sonst würde der ihm erneut einen Strich durch die Rechnung machen und seine Zweisamkeit mit Martina stören. Dieser unverschämte Kerl war so eine Nervensäge!

»Zahlst du bitte! Ich habe mein Geld im Schäferwagen drüben!«, unterbrach Martina seine Gedanken.

Er tastete nach seinem Geldbeutel. Ihm fiel ein, dass er doch gar keinen dabeihatte und sein Geld auf Kübelchens Empfehlung hin in die Schuhe gesteckt hatte. Er sah auf seine Füße.

»Klar, kein Problem!« Mit diesen Worten zog er umständlich seine Schuhe unter dem Tisch aus und holte unter den neugierigen Blicken der anderen Gäste und der Bedienung die Scheine heraus. Ein unangenehmer Geruch nach vergammeltem altem Käse stieg nach oben.

Die Kassiererin rümpfte ihre Nase.

»Da soll mal einer sagen ›Geld stinkt nicht‹!«, versuchte Matthias grinsend, die Situation zu retten, was ihm auch gelang. Beide Frauen prusteten los und auch er musste sich den Bauch halten vor lauter Lachen.

Allerdings würde er mit dieser Duftmarke nicht so leicht mit Martina in der Kiste landen. Außerdem war er so erledigt von der Fahrradtour, dass er im Schäferwagen, kaum waren sie zurück und hatten sich hingelegt, um etwas zu dösen, sofort einschlief.

Einige Stunden später begaben sie sich mit Michael Lämmle zur Probe für den Schäferreigen. Diese fand auf der Festwiese statt und es war total spannend, dabei zuzusehen. Martina war froh, dass ihr netter Nachbar sie mitgenommen hatte. Alle Tänzer und Tänzerinnen trugen dieselbe Tracht und sie tanzten zu volkstümlicher Musik im Reigen. Jeder Schäfer trug beim Tanzen eine Art spitz zulaufende Metallschaufel mit einem Haken, die an einem langen Stiel befestigt war. Das war offensichtlich ein Utensil der Schäfer. Die Vorführung musste sicher sehr oft geprobt werden, bis sie so tadellos präsentiert werden konnte, wie dies der Fall war. Dafür gab es einen sogenannten »Oberschäfer«, der den Reigen leitete und dafür sorgte, dass alles passte.

»Später tanzen sie in der Festhalle nochmals auf der Bühne«, erklärte Michael.

Selbst Matthias fand das alles sehr interessant. Seine Heimat Trier war eine völlig andere Gegend. Dort feierte man Feste wie das Römerfest »Brot und Spiele« und ließ das Leben der Römer wieder aufleben. Auch Schaukämpfe fanden statt.

Michael hatte sich in Schale geschmissen und trug ebenfalls seine Schäfertracht. Er hatte einen ungewöhnlichen Beutel am Gürtel. Als Kübelchens Blick darauf fiel, grinste er und fragte: »Weißt du nicht, was das ist?«

Sie schüttelte den Kopf. »Nein, so etwas habe ich noch nie gesehen.«

Auch Fischer wurde neugierig.

»Das ist eine sogenannte Geldkatze, in der wir Schäfer schon immer unser Geld mit uns rumtragen. So haben wir alles unter Kontrolle. Also auch, wenn ein Schäfer früher für seinen Herrn ein Schaf verkauft hat, dann trug er das Geld am Gürtel bei sich, bis er es übergeben konnte. Diese Tradition kommt aus alten Zeiten. Der Besitzer trug früher sein Münzgeld, wertvolle Steine oder Schmuck auf diese Weise bei sich. Die Geldkatze war bereits im Mittelalter bekannt, auch die Wikinger nutzten sie schon. So hatten es Langfinger schwerer, an das Geld zu kommen.«

Kübelchen und Matthias fanden seine kleine geschichtliche Lektion über dieses Schäfer-Accessoire sehr interessant.

»Das wäre doch was für dich, Matthias!«, meinte Kübelchen scherzhaft zu Fischer und musste schon wieder loslachen wegen des stinkenden Geldes. Dann erzählte sie Michael auch noch, was es damit auf sich hatte.

Der bog sich vor Lachen. »Sie haben ja richtig viel Humor, Herr Kommissar. Das traut man Ihnen gar nicht zu!«, frotzelte er.

Matthias sagte nichts dazu und verzog das Gesicht.

»Aber nun kommt! Wir müssen los zum Theater in der Stadthalle!«, forderte Michael Lämmle die beiden auf.

Die Halle war schon gut gefüllt, aber Michael hatte vorgesorgt und Karten zurücklegen lassen. Es herrschte eine gespannte Stimmung und die Zuschauer wurden wie auf Knopfdruck leise, als der Bürgermeister auf die Bühne trat und die Schauspieler ankündigte. Man hörte nur hin und wieder das Rascheln von Hemdsärmeln, bis dann endlich der Vorhang aufging.

Kübelchen war beeindruckt, wie sehr sich die menschlichen Abgründe, denen sie in ihrem Job tagtäglich begegnete, in dem Stück widerspiegelten. Auch Fischer war schwer begeistert. In der Geschichte ging es um die Liebe zwischen der Schäferlies und einem Bauernsohn. Die Eltern der beiden waren sich nicht grün, weil Bauern und Schäfer nicht wollten, dass es eine Liebe zwischen ihren Kindern gab. Am Ende kam das Paar dann doch zusammen.

Die Kommissarin seufzte. Matthias gab die Geschichte auch zu denken. Meist kam doch zusammen, was zusammengehörte. Nach dem Happy End gab es tosenden Beifall vom Publikum. Die Kommissare hatten dabei auch erfahren, dass es sich bei der Schaufel mit Holzstiel, die sie beim Schäfertanz gesehen hatten, um eine sogenannte »Schäferschippe« handelte.

»Wozu benötigt ein Schäfer diese Schippe?«, erkundigte sich Martina bei Michael während der kurzen Autofahrt zum *Restaurant Eberhard.*

Michael berichtete: »Damit kann er dem Hund Zeichen geben oder mit dem Haken langsame und kranke Schafe an den Beinen festhalten und sie damit besser leiten. Sie dient auch dazu, die Tiere mit etwas Erde zu bewerfen, um sie wieder zur Herde zu treiben, und manchmal gräbt er mit der Schaufel auch giftige Pflanzen aus, die seinen Tieren schaden könnten. Außerdem kann er sich mit dem Stab abstützen, weil er ja doch sehr viel auf den Beinen ist.«

»Ganz schön vielseitig, so eine Schäferschippe, und beim Schäferreigen wird sie sogar in den Tanz integriert, was dem Ganzen noch mehr Ausdruck verleiht!«, stellte Martina begeistert fest.

Fischer wollte noch wissen, wie das Leistungshüten genau vor sich ging. Lämmle konnte gut erklären, das musste er zugeben. Den Begriff hatten sie ja im Zusammenhang mit dem Schäferlauf schon mehrmals gehört, konnten jedoch aus dem Wort nicht herausschlüsseln, was er genau beinhaltete.

Michael wusste alles darüber. Er schaute immer dabei zu und kannte auch die Teilnehmer. »Das ist der Wettkampf der professionellen Schäfer. Daran nehmen vier bis fünf Berufsschäfer teil. Jeder von ihnen muss mit seinen eigenen zwei Hirtenhunden die ihm unbekannte Schafherde führen. Es wurde eine Herde aus dreihundert Schafen extra für das Leistungshüten zusammengestellt. Vorbei an Wiesen, parkenden Autos, bepflanzten Feldern. Dabei muss der Schäfer in Zusammenarbeit mit seinen Hunden die fremde Herde so führen, dass die Schafe nicht vom Feld fressen, nicht auf Abwege geraten, Autos ausweichen und so weiter. Die Hunde und das Zusammenspiel von Schäfer und Hund sind dabei extrem wichtig und es erfordert ihren Gehorsam, damit das klappt. Die Schafe haben großen Respekt vor den

Hunden. Das ist ganz schön schwierig«, erklärte Michael. »Die Arbeit des Schäfers ist wirklich eine große Kunst.«

Fischer und Kübelchen waren sehr beeindruckt.

Sie fanden einen Parkplatz direkt neben dem Restaurant, der gleichzeitig den Hotelgästen sowie den Besuchern der AlbTherme diente. Das Gebäude wirkte sehr ansprechend und einladend. Der Weg führte um das Gebäude herum, an einem Kiosk und mehreren Boutiquen mit hübsch dekorierten Schaufenstern vorbei. Es gab Edelsteine, Schmuck, Bademode, Taschen, Kleidung. Auch die Touristeninformation hatte hier ihre Räumlichkeiten. Überall flanierten Menschen, sahen sich die Auslagen in den liebevoll gestalteten Schaufenstern an oder kauften sich eine Zeitung am Kiosk an der Ecke. Alles wirkte schon von außen sehr entspannt und frei von Alltagshektik.

Herrlich!, dachte Kübelchen.

Am Ende der Ladenstraße direkt vor der Fußgängerbrücke zu den AlbThermen erreichten sie das *Restaurant Eberhard* mit seinem schönen Biergarten, der an einen mit bunten Blumenbeeten bepflanzten Park angrenzte. Leute mit Bademänteln, Schlappen und Taschen mit dem Logo des Hotels kamen und gingen über die Brücke. Das Bad war kaum einen Katzensprung entfernt. Sie konnten die Köpfe der Besucher sehen, die im Außenbecken schwammen.

Als sie die Gaststube betraten, waren die dunklen, rustikalen Holztische mit weißen glattgebügelten Tischdecken bestückt. Auf jedem Tisch stand ein silberner Kerzenständer. Lampen aus gelbem Glas tauchten den Gastraum in ein gemütliches, einladendes Licht.

Sie wurden an einen der Tische geführt und Michael setzte sich neben Martina. Er versuchte immer wieder zu flirten. Kübelchen fühlte sich geschmeichelt. Ihr wäre es lieber gewesen, wenn ihr Kollege sich so für sie ins Zeug gelegt hätte, aber er hatte ja vorgeschlagen, dass sie nur Freunde bleiben sollten, da er nicht für eine Fernbeziehung geeignet war. Doch warum schaute er dann so grimmig wegen Lämmle? Anfangs war ihr das gar nicht aufgefallen, aber sie hatte bemerkt, wie Matthias geschaut hatte, als Michael ihr den Arm umlegte und sie ihn scherzhaft »Schatz« genannt hatte.

Das war so ihre Art.

Lämmle merkte allerdings sehr schnell, dass er bei ihr keine Chance hatte und nutzte zu Fischers Erleichterung die nächstbeste Gelegenheit, sich anders zu orientieren, als eine hübsche Bedienung mit etwas zu kurzem Rock an ihren Tisch trat, um die Bestellung aufzunehmen. Als kleine Aufmerksamkeit des Hauses gab es zuvor etwas frisch gebackenes, knuspriges Baguette mit einem leckeren Tomatenaufstrich. Sie wählten das Menu, das aus vier Gängen bestand.

Die junge Frau kam Martina bekannt vor. Als sie sich entfernte, blinzelte ihr Nachbar Fischer zu und flüsterte:

»Die ist echt mega attraktiv, was, Herr Kommissar? Die würden Sie sicher nicht von der Bettkante schubsen! Bei mir ist sie jedes Jahr sehr entgegenkommend, wenn ich bei ihr anklopfe!« Dabei zischte er die Luft zwischen den Zähnen hindurch.

Fischer sagte nichts dazu. Er fand diesen Typ in Bezug auf Frauen unmöglich.

Kübelchen überging seine Bemerkung und meinte: »Sie kommt mir so bekannt vor. Habe ich sie schon mal gesehen?«

Lämmle nickte: »Vielleicht ist Melanie dir vorhin beim Schäferreigen der Trachtengruppe aufgefallen, da sie, wie ich finde, doch wirklich auffallend hübsch ist. Außerdem tanzt sie immer mit dem jüngeren Sohn vom *Fuchsenhof*, dem Bruder ihres Verlobten Eugen. Sein Tanzstil ist nicht ganz so gleichförmig wie bei den anderen. Der Albrecht ist etwas, na, nennen wir es mal ›unterbelichtet‹. Beim Theaterstück müsstet ihr ihn auch gesehen haben. Da spielt er auch mit.«

Er hatte recht, Martina konnte sich aufgrund seines etwas anderen Tanzstils an den jungen Mann erinnern. Melanie war ihr natürlich besonders aufgefallen, weil sie in der Tat ausgesprochen hübsch war. Sie bewegte sich wie eine Gazelle beim Tanzen und ihr glänzendes langes Haar fiel in weichen Wellen über ihre zarten Schulterblätter. Sie sah aus wie eine Märchenfee.

Matthias ging gar nicht auf die Aussagen Lämmles über das Aussehen der Bedienung ein. Er hatte nur Augen für Martina und machte sich Sorgen, dass der Schäfer ihr zu nahekam.

Er würde gut aufpassen.

Michael hatte nicht zu viel versprochen. Im *Restaurant Eberhard* wurde ihnen ein sensationelles Essen serviert, das alles übertraf, was die beiden Kommissare je gegessen hatten. Der Hauptgang bestand aus Schweinerollbraten, gefüllt mit Albkäse, dazu Zwiebelsoße, Weinsauerkraut und Haselnussspätzle. Zum Trinken gab es einen superleckeren Metzinger Hofsteige Schwarzriesling mit Spätburgunder von der Weingärtnergenossenschaft Metzingen-Neuhausen.

Sie stießen gemeinsam auf den schönen Abend an. Michael starrte der Bedienung bei jedem Gang, der gebracht wurde, in den Ausschnitt und wirkte etwas aufdringlich. Gut, es war tatsächlich kaum möglich, bei diesem Ausschnitt nicht hinzuschauen. Aber Martina und Matthias war das zunehmend unangenehm.

Matthias hatte sich heute schon eingelesen und mit der Geschichte seiner neuen Heimat Bad Urach bekanntgemacht und dachte: Er scheint genauso wollüstig und vergnügungssüchtig zu sein, wie es von dem jungen Grafen Eberhard berichtet wird, der seinerzeit hier im Städtchen gelebt hatte. Der war einem Abenteuer mit schönen Frauen wohl auch nie abgeneigt. Er nahm sich vor, gut auf sein Kübelchen aufzupassen. Schließlich war er sehr heftig in sie verschossen und sie war ihm sehr wichtig. Das würde er sich von einem dahergelaufenen Schäfer sicher nicht verderben lassen!

Michael ließ sich beim Bezahlen mit Trinkgeld nicht lumpen. Dabei bediente er sich nach alter Schäfermanier aus seiner »Geldkatze«. Anschließend machten sie sich auf den Weg zur Festeröffnung am Schäferlaufabend. Dort stellten sich die teilnehmenden Gruppen vor.

Als die drei das Zelt betraten, herrschte heitere Laune unter den Leuten. Gerade wurde ein Fass mit dem Zwiefalter Schäferbier angestochen. Im Festzelt sorgten die Musikkapellen für ausgelassene Stimmung und Fischer sah seine Chance gekommen, Kübelchen für sich zu haben. Was Michael konnte, das konnte er schon lange:

»Komm, tanz mit mir!«, hauchte er erregt. Er nahm sie an der Hand, lief mit ihr zur Bühne und zog sie fordernd an sich.

Endlich!

Martina freute sich, doch sie nahm sich vor, dass sie sich nicht wieder auf ihn einlassen würde. Eine weitere Enttäuschung würde sie nicht verkraften.

Ihr neuer »Freund« baggerte währenddessen in der Ferne die hübsche junge Frau namens Melanie an, die sie soeben noch im *Restaurant Eberhard* bedient hatte. Sie hatte wohl Feierabend.

Im Seitenwinkel sahen die Kommissare, wie sich plötzlich ein dunkelhaariger Mann in Lederhosen auf Michael stürzte, und innerhalb von Sekunden war eine Rangelei im Gange. Einer von der Security kam dazu, ging dazwischen und führte den aufgebrachten jungen Mann, der auf Michael losgegangen war, mit hinaus. Er redete beruhigend auf ihn ein.

Indessen steckte Lämmle der jungen Frau ungeniert seine Zunge in den Mund, während er sie gierig an allen möglichen Stellen anfasste. Die junge Dame schien dies nicht besonders zu stören, genau wie Michael das gegenüber Fischer erwähnt hatte.

»Was für ein Hallodri! Und die Frau ist keinen Deut besser!«, stellte Fischer trocken fest.

Martina kicherte. »Ja, aber ein charmanter Hallodri!«

Matthias warf ihr einen grimmigen Blick zu. Bei solchen Worten ihrerseits versetzte es ihm einen Stich. Das tat mehr weh, als er zugeben wollte.

Sie sahen nur noch, wie ihr »Nachbar« eng umschlungen mit der jungen Dame das Zelt verließ. Den Rest des Abends tauchte er nicht mehr auf.

Zwei dunkle Augen stierten durch das Blätterwerk des Gebüschs. Das, was sie da sahen, gefiel ihnen überhaupt nicht. Die Hände umgriffen den Gegenstand immer fester, je länger das Ganze ging. Das Herz raste wie wild und die Handinnenflächen waren schon ganz feucht vor Aufregung.

Demnächst würde es vorbei sein mit der Beherrschung!

Der Atem verwandelte die kalte Nachtluft in kleine Wolken, die aus dem Mund schwebten. Unter den Achseln konnte man den Schweiß riechen, der aus dem Körper trat. Eine Wagentür wurde geöffnet und zugeschlagen. Man hörte nur noch die Geräusche eines sich entfernenden Motors. Die Wut hatte sich angestaut und musste raus.

Die Gestalt schlich sich leise an.

Der Hund war mit hineingegangen. Nach kurzem Zögern klopften die Finger an die Tür. Poch, poch! Es quietschte und es wurde einen Spalt weit geöffnet.

Die Wut musste raus.

Erbarmungslos wurde zugeschlagen. Immer und immer wieder. Anfangs noch ein Schrei, aber dann … Schweigen! Überall Blut! Den wimmernden Hund an der Leine mitgezogen. Schnell, bevor noch jemand kam.

Es war vorbei. Vollbracht und vorbei.

Ein Gefühl der inneren Ruhe machte sich breit.

Es gab keine Wut mehr.

Nur noch Glückseligkeit.

Er hielt am Straßenrand auf einem der markierten Parkplätze direkt neben dem Uracher Residenzschloss und stieg aus seinem Wagen. Nur ein paar Meter entfernt von der Amanduskirche. Es war schon sehr spät und die Straßenlampen hatten schon ihr Licht ausgeschaltet.

Umso besser.

Er wollte nicht gesehen werden. Er konnte nicht ahnen, dass es noch eine andere Person zur selben Zeit hierhergezogen hatte, die ebenfalls guten Grund hatte, in die Kirche zu kommen.

Diese hatte gehofft, allein zu sein und beobachtete den störenden Besucher argwöhnisch aus ihrem Versteck. Was wollte er gerade jetzt an diesem Ort?

Mit langsamen Schritten ging der Mann die wenigen Meter hinüber, einige Minuten später hatte er schon die Klinke der alten Holztür mit den kunstvoll verglasten Scheiben in der Hand und drückte diese herunter. Sie ging tatsächlich auf und gab ein lautes Quietschen von sich. Insgeheim hatte er gehofft, dass geschlossen gewesen wäre. Dann hätte er sich selber sagen können: »Ich habe es versucht. Ich war gewillt, Reue zu zeigen und Gott um Verzeihung zu bitten, aber leider war die Tür verschlossen.« Er kam in einen schmalen Zwischenraum, aber auch die zweite Tür in ähnlichem Stil ging problemlos auf. So musste er in das Innere treten, das gedimmt beleuchtet war, falls Sünder wie er auf die Idee kamen, nachts das Gotteshaus aufzusuchen.

Das Licht war gerade so hell, dass man auf Jesus am Kreuz blicken konnte, hinter dem die hohen bunten Kirchenfenster tagsüber Licht hereinließen. Dahinter erkannte man die silberfarbenen Orgelpfeifen mit dem aufwändig hergestellten braunen Holzkorpus. Links davon befand sich der mit filigranen Figuren geschmückte Kanzelkorb, von dem sonntags der Pfarrer für gewöhnlich seine Predigt hielt. Ein kunstvoll verziertes schnörkeliges Geländer zierte die Treppe. Hohe, grau gemauerte Steinsäulen stützten das imposante Gemäuer.

Er ging über den Boden mit seinen braunen und cremefarbenen Fliesen und setzte sich in eine der hinteren Reihen auf eine der unzähligen dunkelbraunen Holzbänke. Er sah nach oben auf die baldachinartige Decke. Hier versank er in Gedanken, die ihm zu seinem eigenen Verwundern sehr selten zu schaffen machten.

Die Erinnerung kam immer dann, wenn jedes zweite Jahr der Schäferlauf stattfand und alles wieder ins Gedächtnis gerufen wurde. Nur hin und wieder plagte ihn vielleicht so etwas wie ein Gewissen. Denn zu seinem eigenen Schrecken hatte er fast so etwas wie Freude daran empfunden. Nur manchmal überkam ihn seine Kinderstube, bei der er immer angehalten worden war, keinem Menschen etwas Böses zu wollen und schon gar nicht, jemandem etwas anzutun. Doch schon als Kind fiel ihm das schwer und das zog sich bis heute durch. Wie oft hatte er schwachen Schulkameraden aufgelauert und sie gewürgt, unterdrückt und gequält. Ihm war klar, dass er so niemals Erlösung finden würde. Er wusste, dass er dasselbe wieder genau so tun würde, wie es geschehen war. Auch wenn es schlimmer kam als erwartet und die Tat am bitteren Ende schnurstracks in die Hölle führen würde. Es war anders gekommen als geplant, aber das war Schicksal.

Er starrte mit leerem, emotionslosem Blick nach vorne, und was er sah – es gab ihm so gar nichts. Er schien umsonst auf die Erleuchtung und ein Gefühl der wirklichen Reue zu warten. Wo war er denn, der liebe Gott, der ihn auf den rechten Pfad zurückführte, wie es ihm als Kind immer versichert wurde? Nun war er hier, um das Gelernte umzusetzen und zu erhalten. Nicht weil er es wirklich fühlte, sondern weil sein Kopf ihm immer wieder sagte, dass sein Handeln falsch gewesen war. Er begann zu beten, wie man es ihm beigebracht hatte, um das hervorzurufen, was man ihm immer versprochen hatte. Er faltete die Hände und hielt innerlich Zwiesprache mit dem Herrn.

Er empfand nichts als gähnende Leere.

Ein kurzes, knackendes Geräusch riss ihn aus seinen Gedanken und ließ ihn aufmerksam werden. War da noch jemand? Er sah sich verstohlen um. Vermutlich ein Knarren der hölzernen Balken. Er stand auf, drehte den Kopf nach rechts und links. Nichts.

Dann verließ er die Kirche. Er würde im Fegefeuer verbrennen. Davon ging er aus, aber auch das flößte ihm keine Furcht ein und brachte ihn nicht dazu, das Geschehene zu bedauern. Wer wusste schon, ob es den da oben und den da unten überhaupt gab. Er trat in die Kälte hinaus. Den dunklen Schatten, der ihn beobachtet hatte, bemerkte er nicht.

Die Person lauerte um die Ecke und beobachtete ihn argwöhnisch. Sie hatte alles mit angesehen, bevor sie aus dem Nebenausgang herausgetreten war. Diesen Mann mit gefalteten Händen nachts in der Kirche zu treffen, hatte unerwartet schlimme Erinnerungen ins Gedächtnis gerufen, die sehr lange und tief vergraben gewesen waren. Die Person vernahm die Stimmen der Vergangenheit. Eher Stimmengewirr. Wortfetzen über Tod, Geld und Schweigen. Über

Blut, das man vor Jahren vergossen hatte. Ein Kind, das den Übertretungen lauschte und sie schnell wieder ins tiefste Innere verdrängte. Dabei gerieten die eigenen Gräueltaten in diesem Moment völlig in den Hintergrund. Das Blut an den eigenen Händen wurde weggewischt, so als ob es eine Lappalie wäre. Der Hass, der langsam, aber unaufhaltsam aus den Tiefen der Seele hervorkroch, war unermesslich groß und überdeckte alles andere. Auch die eigenen begangenen Verfehlungen, die einen eigentlich hierhergeführt hatten. Es war plötzlich so, als hätte jemand das Licht im Kopf angeknipst und die Erinnerung aus Kindertagen wachgerufen. Alles, was die Person damals mitbekommen hatte, ließ sie dabei Revue passieren. Bilder liefen wie ein Film an ihrem inneren Auge vorbei. Diese kamen schon seit einiger Zeit immer wieder und fügten sich nun zu einem Ganzen zusammen. Viele Jahre waren vergangen, ohne dass man sich an etwas erinnerte. Der Mensch konnte Dinge so verdrängen, als ob sie nie passiert wären. Diese blieben tief im Inneren verschüttet, bis sie durch einen Auslöser wieder ausgegraben wurden.

Der Kirchgänger ging mit eingezogenem Mantelkragen hinüber zu seinem Wagen. Er schaute sich prüfend um. War da nicht ein Geräusch? Ach was! Er irrte sich. Da war nichts. Und wenn schon. Es war ja nicht verboten, nachts durch Bad Urach zu laufen.

Er bemerkte nicht, dass ihm jemand zusah, wie er zum Auto ging. Doch die Dunkelheit nach Mitternacht spielte dem Beobachter in die Karten und verbarg sein Antlitz.

Dieser machte sich auf und davon durch die dunkle Nacht, bevor der Morgen graute. Er hatte genug und war völlig aufgewühlt. Er würde sich auf die Suche nach der Wahrheit machen. Bilder geisterten durch seinen Kopf. Stimmengewirr, das sich eine Ewigkeit in seinem Gehirn verankert hatte. Schreckliches, das sich den Weg bis in sein Innerstes gebohrt hatte und dort lange vergraben gewesen war. Das Gebet des anderen mit dem da oben hatte er gesehen und es hatte etwas in ihm ausgelöst. Er wusste nicht, warum. Oder lag es an der Kopfbedeckung? Eine braune alte Mütze, die womöglich jahrelang im Schrank vor sich hingeschlummert hatte. Hatte er sie nicht auch damals getragen?

ZERSTÖRTER ZAUBER

Die beiden Ermittler auf Urlaub tanzten den restlichen Abend Arm in Arm, so lange, bis ihnen die Beine wehtaten. Michael bekamen sie an diesem Abend nicht mehr zu Gesicht, was Fischer keineswegs bedauerte. Die Bedienung und den Schläger sahen sie auch nicht mehr.

Kübelchen und Fischer kamen sehr spät zurück zu ihrem Schäferwagen. Sie stolperte über die Kante der Terrasse und Matthias fing sie gerade noch rechtzeitig auf.

»Hoppla! Langsam, junge Dame!«, lachte er betrunken und hielt sie in seinen Armen. Er zog sie einem Reflex folgend an sich. Ihre Körper schmiegten sich wie von selbst aneinander und ihre Lippen berührten sich beinahe, während sich ihre Blicke begegneten. Sanft schob Fischer Kübelchen rückwärts in den Eingang des Schäferwagens. Sie ließ es geschehen und sie küssten sich. Er schlug die Tür von innen mit dem Fuß zu, ohne sie loszulassen, weil er befürchtete, sie würde einen Rückzieher machen. Er drückte sie sanft auf das untere Bett, öffnete den obersten Knopf ihrer Bluse und spürte, wie sie sich innerlich anspannte.

Das war ja wieder typisch, dass er gleich so loslegte! Es war wie ein Warnschuss. Sie hielt ihn am Handgelenk fest und schob ihn von sich weg.

»Nicht, Matthias, bitte! Du weißt doch, wohin das führt!«

Sofort ließ er von ihr ab.

»Du hast ja recht! Es überkam mich einfach! Tut mir leid!«

Der Zauber, der einen Moment zwischen ihnen geherrscht hatte, war zerstört. Er stand auf und kletterte mit einem kurzen »Gute Nacht!« die Leiter hoch in sein eigenes Nachtlager. Sein Blick sprach Bände. Verdammt, da war er wohl etwas zu voreilig gewesen.

Eines war klar: Er liebte sie noch immer!

Am Samstagmorgen wachte Martina früh durch das morgendliche Vogelgezwitscher auf. Sie erinnerte sich an Fischers Annäherungsversuch in der vergangenen Nacht. Gut, dass sie das Ganze rechtzeitig unterbrochen hatte. Sonst wäre das alles wieder von vorne losgegangen. Etwas unangenehm war ihr das schon, weiterhin mit ihm im Schäferwagen zu sein. Sie streckte sich, schwang die Füße aus dem Bett und schüttelte Matthias, der im oberen Teil des Stockbettes lag.

»Ich geh mal los und hole unsere bestellten Brötchen beim Campinglädle *Pfählhof* ab«, gab sie kurz Bescheid.

Er setzte sich auf und stieg schwerfällig die Leiter herunter. Vermutlich dachte er auch an seinen misslungenen Annäherungsversuch. Er brummte nur ein flüchtiges »Morgen!«

»Gut, dass wir so früh wach sind. Nachher findet das Leistungshüten beim Sportplatz in Wittlingen statt. Das möchte ich auf keinen Fall verpassen!«, fügte sie noch hinzu.

Er erhaschte einen Blick auf ihre hübsche Hinterseite in engen Unterhosen. Sie waren gestern ziemlich angetrunken und er konnte sich nicht mal an die genaue Uhrzeit erinnern. Auf jeden Fall waren die Straßenlampen da schon aus und sie hatten sich in den Armen gelegen, sich geküsst und waren kurzzeitig im Bett gelandet. Allerdings hatte Martina dann die Notbremse gezogen und das Ganze beendet, bevor es richtig anfing, was ihn sehr getroffen hatte.

Sie drückte sich leicht bekleidet an ihm vorbei, während er sich umständlich in seine Hose zwängte. Die Kommissarin trat barfuß hinaus, streckte sich wohlig und gähnte.

Sein verlangender Blick, den er ihr hinterherwarf, entging ihr nicht. Sie sah hinüber zum Nachbarswagen. Sie war froh um jede Ablenkung.

»Nanu, wo ist denn Kuschel, der Hirtenhund von Michael? Gestern war er noch am Wagen angebunden!«

»Vielleicht hat er den Hund mit ins Bett genommen, weil du keine Zeit hattest!«, reagierte Fischer mürrisch, da es schon wieder um Lämmle ging. Er sah hinter ihr aus der Wagentür.

Kübelchen wurde neugierig. »Ob er wohl noch Besuch hat?« Vorsichtig pirschte sie sich durchs taunasse Gras etwas näher an den Wagen heran und lauschte. Sie ermahnte sich, dass sie das eigentlich nichts anging. Doch ihre Neugierde war größer.

Es war nichts zu hören. Es herrschte Totenstille. Kein Rascheln, kein Bellen, kein Schnarchen. War ihr Nachbar schon unterwegs oder hatte er woanders genächtigt? Vielleicht sollte sie mal anklopfen und ihn zum Frühstück einladen, aber da würde Matthias sicher nicht mitmachen.

Fischer trat aus dem Schäferwagen heraus. »Was machst du denn, Martina? Der Typ scheint dich doch sehr zu interessieren?«, rief er leicht gereizt herüber. Er sah ziemlich finster drein.

Die Kommissarin zuckte zusammen, als sie seine Stimme hörte. Dabei flog sie erschrocken rückwärts über den Rand von Michael Lämmles Terrasse. Sie rappelte sich wieder auf. Doch was war das? Unter ihren Handflächen erkannte die Kommissarin rote Flecken auf den Holzdielen. Seltsam!

»Matthias, schau mal!« Kübelchen hob die Hände.

Er zögerte. Was wollte sie denn schon wieder? Der Typ ist mir scheißegal!, dachte er. Und brummelte: »Was ist denn?«

»Jetzt komm doch mal her, bitte! Hier sind rote Flecken auf dem Boden. Sieht aus wie Blut! Außerdem höre ich kein einziges Geräusch im Wagen. Und wo ist überhaupt der Hund?«

Jetzt kam Fischer langsam in Bewegung. Bei näherem Hinschauen erkannte er ebenfalls die Flecken. Eilig öffnete er die Tür von Michaels Behausung, während Kübelchen an ihren Beinen die Gras- und Erdkrümel abklopfte und hinterherkam. Sie schlug entsetzt die Hand vor den Mund. Der Schäfer lag regungslos in seinem Wagen. Mit eingeschlagenem Schädel.

EIN TOTER SCHÄFER

Es wimmelte an diesem Morgen nur so von uniformierten Polizisten. Die Anzahl der Schaulustigen hielt sich in Grenzen, da es noch früh war und die Wiese etwas abseits lag. So bekam das Geschehen kaum jemand mit.

Das Grundstück um den Schäferwagen war zum Campingplatz hin weiträumig abgesperrt worden, damit keine Spuren verwischt wurden. Zwei Frauen kamen auf Kübelchen und Fischer zu. Die eine war etwas älter. Ihr Haar war grau und kurz gehalten. Sie war ziemlich groß und von hagerer Gestalt. Die Jüngere von beiden war ein zartes, elfenhaftes Geschöpf und hatte einen sehr eleganten Gang. Ihr schlanker Körper steckte in einer enganliegenden schwarzen Hose und als Oberteil trug sie ein blaues Hemd mit dunklen Knöpfen, das ihre tiefblauen Augen zur Geltung brachten. Das hellblonde Haar war zu einem Pferdeschwanz zusammengebunden und Strähnchen kringelten sich in kleinen Löckchen um ihr zartes, makelloses Gesicht.

Kübelchen sah, wie Fischer bei dem Anblick der Jüngeren schluckte. Vermutlich ging das jedem Mann so, wenn er diese Frau zu Gesicht bekam. Sie hatten sich zwar geschworen, nicht mehr eifersüchtig zu reagieren, weil sie kein Paar mehr waren, aber das war leichter gesagt als getan.

Fischer und sie, das funktionierte nicht. Bei Melanie Wentsch gestern Abend war ihr das relativ gut gelungen, aber die war im Vergleich zu dieser Dame hier keine Gefahr. Die Ältere, die dabei war, erst recht nicht.

Fischer wirkte etwas irritiert und fragte die Blonde: »Kennen wir uns zufällig?«

Also das war ja die primitivste Anmache, die sich Martina vorstellen konnte. Fiel ihm nichts Besseres ein?

Die Elfe rief unter Martinas erstaunten Blicken überrascht aus: »Matthias? Matthias Fischer? Hey, alter Junge! Ich dachte, du kommst erst am Montag!«

Offensichtlich dämmerte es ihm. »Mensch, das gibts doch nicht. Quendolin, was machst du denn hier?«

»Ich arbeite als Rechtsmedizinerin in Tübingen und bin hier zuständig. Habe schon läuten gehört, dass du hierherkommst. Ich freu mich riesig!«, rief sie aus.

Die beiden fielen sich um den Hals und Kübelchen beobachtete das Ganze mit kritischem Blick.

Quendolin Moser deutete mit ihrem Kinn in Richtung ihrer Kollegin. »Das ist Frau Dr. Wolf von der Kriminaltechnischen Untersuchung in Reutlingen.«

Frau Dr. Wolf nickte. »Guten Tag! Na, dann wollen wir mal!« Mit diesen Worten ging sie an ihnen vorbei, um sich ihrer Arbeit zu widmen.

»Das hier ist meine Kollegin, Martina Kübler«, stellte er sie vor. »Und das ist Quenn, Martina. Mit ihr war ich in Trier auf dem Gymnasium.«

Kübelchens Kopfkino war schon am Rotieren. Sie nahm sich vor, sich zusammenzureißen. Schließlich gab es einen Mordfall und den galt es aufzuklären. Außerdem schien die Kollegin sehr nett zu sein.

Quendolin streckte ihr freundlich die Hand hin. »Hallo! Wir können uns ja später treffen«, wendete sie sich wieder dem Kommissar zu, »und über alte Zeiten quatschen und wie es dich hierher verschlagen hat, Matthias.«

Fischer nickte begeistert.

Zu Martinas Leidwesen.

»Habt ihr den jungen Mann eigentlich gekannt?«

Fischer bestätigte und erzählte der Rechtsmedizinerin vom gestrigen Abend. Wie sie Michael kennengelernt hatten, wie sie im *Restaurant Eberhard* zu Abend gegessen hatten, beim Theater von der Schäferlies waren und vor allem von der Schlägerei im Festzelt. Auch von der jungen Bedienung, mit der Lämmle das Fest verlassen hatte und dass sie ihn danach nicht mehr lebend gesehen, noch etwas gehört hatten, weil sie so spät heimgekommen waren.

»Na, das ist ja typisch, dass immer da was passiert, wo du auftauchst«, grinste Quendolin und erklärte: »Schon in der Schule war Matthias immer zur Stelle, wenn jemand etwas anstellte oder Hilfe brauchte. Eigentlich seid ihr ja schon mittendrin in dem Fall. Unsere Chefin hat heute Nacht im Krankenhaus ihr Baby geboren und ist auf keinen Fall abkömmlich. Die dachte wohl, dass an den drei Tagen zwischen ihrer Geburt und deiner Ankunft nichts vorfällt – und jetzt das. Da wirst du vermutlich gleich heute deinen Dienst antreten, oder?«, zwinkerte Quenn ihm zu. »Schließlich seid ihr die einzigen Kommissare hier und kennt die Frau, die mit dem Toten das Fest verlassen hat. Ihr habt den Toten gekannt. Vielleicht könnt ihr auch den Freund der Dame, mit dem er sich geschlagen hat, ausfindig machen. Bestimmt wisst ihr noch, wie er ausgesehen hat. Also, das nenn ich mal einen Start in der neuen Dienststelle!« Sie klopfte Fischer kumpelhaft auf die Schulter.

Für ihre zarte Gestalt hatte sie einen recht burschikosen Ton drauf, was sie gleich in einem anderen Licht erscheinen ließ. Kübelchen fand das sympathisch, wollte aber auf Hab-Acht-Stellung bleiben.

Die beiden Ermittler sahen sich kurz nachdenklich an, weil sie ja gemeinsam Urlaub machen wollten. Doch sie schienen sich einig zu sein. An Erholung war momentan nicht zu denken. Fischer war der neue Kommissar und konnte nicht einfach bis Montag warten. Er tätigte einen Anruf bei seiner Vorgesetzten, Frau Maurer, damit sie Bescheid wusste, dass er heute schon den Dienst antrat und auch, dass die Kollegin Martina Kübler aus Calw ihn unterstützte.

»Ich habe auch schon ein paar Ergebnisse für euch«, erwähnte Quendolin.

Kübelchen und Matthias sahen sie interessiert an.

»Also vermutlich ist Lämmle durch mehrere kräftige Schläge auf die Stirn getötet worden. Man kann ein Hämatom erkennen. Da wurde ordentlich draufgehauen. Er hat seinem Mörder also ins Angesicht geschaut. Möglicherweise kannte er ihn oder sie. Allerdings haben wir noch keine Hinweise auf die Tatwaffe. Größe und Schwere der Verletzung deuten auf einen harten, scharfkantigen Gegenstand hin. Aus welchem Material die Tatwaffe war, kann ich euch erst nach genauerer Untersuchung sagen. Ich bin mir noch nicht sicher, ob er im Wagen erschlagen wurde oder ob man ihn herausgelockt hat und erst nach dem Schlag auf den Kopf in den Schäferwagen gezerrt hat. Wahrscheinlicher ist, dass er seinem Mörder öffnete, und dann ohne Vorwarnung einen Schlag auf den Schädel bekommen hat. Todeszeitpunkt war etwa nachts um eins. Das konnte ich zweifelsfrei aufgrund der Körpertemperatur und der Außentemperatur feststellen. Bis heute Nachmittag weiß ich vielleicht schon mehr.«

»Alles klar, Quendolin«, erwiderte Fischer. »Danke. Bis auf Weiteres bleiben wir hier in dem Schäferwagen wohnen, falls ihr mich erreichen wollt. Meine Wohnung wird da erst morgen frei.« Er gab ihr seine Handynummer.

Dann machten sich die zwei Ermittler auf die Suche nach der Bedienung vom *Restaurant Eberhard* und dem jungen Mann, der sich mit Lämmle geprügelt hatte. Schließlich war das momentan die einzige Spur, und Eifersucht hatte schon manchen zum Mörder gemacht. Zuerst würden sie die Bedienung bezüglich der Ereignisse des restlichen Abends mit Michael Lämmle befragen sowie nach dem Namen des Schlägers.

Davor hielten sie noch kurz am Campingplatz-Restaurant *Pfählhof*, weil sie noch nichts gefrühstückt, geschweige denn einen Kaffee getrunken hatten. So viel Zeit musste sein und vielleicht hatte heute Nacht doch irgendjemand etwas gesehen oder gehört und sie erfuhren ein paar Neuigkeiten. Bei so vielen Leuten, die auf dem Campingplatz wohnten, musste es doch eigentlich Zeugen geben. Möglicherweise wusste jemand, wo Kuschel abgeblieben war. Er konnte ja nicht einfach vom Erdboden verschluckt worden sein. Es wohnten hier auch jede Menge Dauercamper, die in kleinen, teilweise sehr noblen Bungalows hausten.

Außerdem nahmen sie sich für den späten Vormittag vor, unbedingt noch in den Ortsteil Wittlingen zu fahren, um beim Leistungshüten die Schäfer zu befragen, die Michael gekannt hatten. Dank ihm hatten sie ja schon sehr viel über die Gepflogenheiten und Abläufe des Schäferlaufs erfahren. Das Leistungshüten ging von 7.30 Uhr bis in die Nachmittagsstunden. Sie hatten also noch Zeit, um erst mal hier im *Pfählhof* einen Kaffee zu trinken und sich dabei etwas umzuhören und später noch bei der Bedienung im *Restaurant Eberhard* vorbeizugehen.

Im Biergarten waren schon heute Morgen etwa die Hälfte der Tische belegt. Es war noch etwas frisch, aber die Sonne schickte ihre Strahlen schon durch die weißen Wolken, die sich nach und nach zerteilten und schließlich verschwanden. Die beiden setzten sich unter einen der großen weißen Sonnenschirme der *Mineralbrunnen Teinach GmbH*. Auch hier war der Getränkehersteller aus Martinas Heimat bekannt.

Sie bestellten sich einen Milchkaffee. Das Koffein tat verdammt gut. Am Rand des Biergartens rannten ein paar Kinder mit Spritzpistolen hin und her und lachten und schrien, während sie sich gegenseitig das Wasser ins Gesicht sprühten. Ab und zu traf es den einen oder anderen Gast. Die Eltern schien das nicht zu stören. Sie rauchten seelenruhig ihre Zigaretten, schlürften aus ihrer Kaffeetasse und würdigten ihre Sprösslinge keines Blickes.

Kübelchen fand das Verhalten der Erwachsenen nicht ganz korrekt, sie waren aber in ihren Augen besser als solche, die immer nur an ihren Kindern herumerziehen mussten. Es war ja nur Wasser. Die Kinder waren sehr ausgelassen und hatten Spaß.

»Mein Gott, solche Ploga. Miassed dia so an Höllalärm veroschdalda on in der Gegend romspritza?«, meckerte ein älterer Herr wütend am Nachbartisch. Seine Frau tätschelte ihm beruhigend seine Hand, eine Geste, die er mit einer groben Handbewegung wegwischte. Davor hatte sie den Kopf ihres Berner Sennenhundes gekrault, der gemütlich unter dem Tisch saß und die Liebkosung sichtlich genoss.

Kübelchen beobachtete das Ganze und versuchte, die beiden alten Leutchen ins Gespräch zu verwickeln: »So laut sind die Kinder doch nicht. Wir waren doch auch mal klein.«

Offensichtlich stach sie damit in ein Wespennest.

Der Mann wetterte los: »Also jetzt nehmed Sie dia Nervensäga au no in Schutz! Also zu meiner Zeit hots sowas ned gebba. Da hot mer gwisst, was sich ghört, ond sonscht hot mer denne da Arsch versohlt! Mer hot hier oifach nia sei Ruah. Ned mol jetzt am früha Morga. Also selbscht letschde Nacht hab i an Schrei gehört ond bin ufgwacht. Dahanna hot mer au nia sei Ruh. Und donach no des jenseits Quietscha! Direkt en der Nähe vom Campingplatz. Omeglich!«

Matthias war hellhörig geworden und mischte sich in das aufgeregte Gespräch ein: »Also wirklich. Das ist schon ein Unding, dass Sie so etwas aushalten müssen. War das eine Kinderstimme oder die eines Erwachsenen – der Schrei?«

Der Alte schien sich verstanden zu fühlen und sprang sofort darauf an: »Es war bloß ein kurzer Schrei on so was wia Schläg. Kennt an Ma gwesa sein. Die hen ja dann an Toda in oim von dene Schäferwage entdeckt. Guad meglich, dass der des war. Aber worom wolled Sia des wissa?«

Die beiden klärten die alten Leutchen darüber auf, dass Matthias der neue Kommissar war und er für den Fall zuständig. Auch dass der Hund verschwunden war.

»Können Sie sich an die ungefähre Uhrzeit erinnern?«, fragte Kübelchen.

Der Alte nickte: »Ja, ich hans jo mit der Proschdada. Deswega ben i dann uffs Klo ganga ond han uff d'Uhr guckt, weil i ausrechna wollt, ob i die Nacht nomol uffs schdille Örtle muass. Es war etwa nachts um Einse! An Hond han i koin gehört!«

Seine Frau mischte sich aufgeregt in einem unerwartet klaren Hochdeutsch ein: »Mein Mann war früher auch mal Berufsschäfer und das ist ihm im Alter geblieben. Der Schäferlauf mit dem Festzug, dem Leistungshüten, dem Reigen und dem guten Essen, die alten Bekannten von früher. Das ist immer unser Highlight. Das ist übrigens in all den Jahren das zweite Mal, dass hier ein Fall in Zusammenhang mit einem Schäfer passiert. Schon ungewöhnlich. Vor etwa dreißig Jahren ist hier schon mal ein Schäfer aus einem Schlupfkarren, also ich meine Schäferwagen, verschwunden, der auch Teilnehmer des Schäferlaufes war. Mein Mann und ich haben ihn gekannt. Allerdings weiß man nicht, wo er hingekommen ist. Es wurde nie eine Leiche gefunden. Man hat ihn auch nie mehr auf dem Schäferlauf gesehen. Davor war er immer dabei. Man munkelte auch, dass er eine Liaison hatte. Sie wissen schon. Jeder kannte ihn. Er war wohl etwas einfacher gestrickt, wenn man das so sagen darf. Er hieß Paul Nägele.«

»Sei doch still, Weib! Des interessiert doch die Beamde ned!«, fuhr der Mann unwirsch dazwischen. Offenbar war es ihm unangenehm, dass seine Frau so viel erzählte.

Doch sie ließ sich nicht davon abbringen und redete weiter. »Er war ab und zu hier im Schwimmbad und ich fand ihn wirklich sehr nett. Habe immer mal mit ihm geplaudert. Er war sehr glücklich, dass er am Leistungshüten mitmachen durfte und freute sich total darauf, sodass ich mir schon damals nicht vorstellen konnte, warum er so sang- und klanglos verschwand. Aber niemand hat mich ernst genommen. Es gab ja auch keinen Grund, ihn zu suchen. Niemand vermisste ihn, also keine Familie!«

Es sprudelte aus der Frau nur so heraus.

»Tratsch ned so viel, Weib!«, unterbrach ihr Mann sie nochmals barsch. »Der hot net alle Tasse im Schrank ghabt! Der Depp war ned grad die hellschte Kerze auf dem Geburtstagskuche!«, warf er noch hinterher. »Außerdem hat er dir immer scheene Auga und Komplimende gmacht. So an Weidag. Klar, des möged ihr Fraua, wenn eich oiner Honig oms Maul schmiert. Ond jetz will i nix me davon höra!«

Seine Frau warf trotz seiner unfreundlichen Ansage, ihr den Mund zu verbieten, noch hinterher: »Du hast vergessen zu erwähnen, dass mit ihm auch gleichzeitig der Inhalt der Zunftlade verschwand. Das ganze Geld von den Schäfern, das sie eingenommen hatten, löste sich mitsamt Nägele in Luft auf. Eigentlich hätte das für einen guten Zweck verwendet werden sollen.«

Friedhelm Schnäbele warf ungehalten hinterher: »Ja, also hot der sehr wohl an Grund ghabt, sich vom Acker zu mache. Au wenn du des von dem netta Herrn ned glauba willsch. Der ganze Batza Geld samt dem Kerle isch bis heut nemme uftaucht. Aus, fertig!«

So langsam wurde das Gespräch interessanter als gedacht. Mit so einer Geschichte hatten die beiden Ermittler nicht gerechnet. Man konnte ja nie wissen, ob es da einen Zusammenhang gab, auch wenn es schon lange her war. Es gab doch manche Parallele. Der alte Mann schien nicht gerne an diese Geschichte erinnert zu werden. Vermutlich Schäferehre. Schließlich hatte einer aus ihren Reihen das ganze Hab und Gut der Schäfer entwendet.

Kübelchen hatte noch eine Frage: »Die Zunftlade? Was ist das denn genau?«

Frau Schnäbele erklärte: »Die Lade war so was wie der sichere Tresor für den Schäferverein. Dort wurden die Einnahmen und wichtige Dokumente vom Schäferlauf im Rathaus verwahrt. Das Geld war damals alles weg. Die Truhe können Sie am Sonntag beim historischen Festumzug sehen. Da ist obendrauf ein geschnitztes Holzschäfchen.«

Martina nickte: »Ah, ich verstehe! Das heißt, weil der Nägele gleichzeitig verschwunden ist wie das Geld, ging man davon aus, dass er das war? Können Sie sich vielleicht noch an den damaligen Ermittler erinnern?«

»Na klar. Das war der Franz. Franz Moser. Er ist hier im Altersheim untergebracht«, erinnerte sich Sigrid Schnäbele.

»Hat er etwas mit Quendolin Moser zu tun?«, fragte Matthias.

»Die Quendolin ist seine Enkelin!«, antwortete Sigrid.

»Alles klar. Danke für den Tipp!«, bedankte sich Matthias.

»Ach, was wollen Sie denn diesen alten Fall wieder aufrollen. Der hot sich sicher en d'Karibik abgsetzt. Do lohnt sichs ned zom sucha. Sie hen beschdimmt mit Ihrem neua Fall genug zu tun«, warf Friedhelm dazwischen.

Matthias ging nicht darauf ein und hakte noch mal kurz wegen seiner Aussage vorhin bezüglich des Geräusches nach: »Und das Quietschen letzte Nacht? Haben Sie eine Ahnung, was das gewesen sein könnte?«

Der Mann schüttelte den Kopf. »Schwer zom sage!«

Nachdem Kübelchen und Fischer die Personalien des Ehepaares Schnäbele aufgenommen hatten und mit Erstaunen das stattliche Alter des früheren Schäfers von 98 Jahren vernommen hatten, wollten diese zurück zu ihrem Bungalow, um sich für das Leistungshüten fertigzumachen. Der alte Schnäbele kraulte seinem Hund das Fell. »Komm, Lucifer, gnuag gschwätzt, jetzt gange mer!«

Als er aufstand, konnte man erst erkennen, wie riesig er eigentlich war. Er wirkte noch sehr flott und beweglich für sein Alter. Auch hatte er noch eine ganz ordentliche, dichte silberne Haarpracht, unter der die abstehenden großen Ohren hervorlugten. Seine Frau Sigrid hingegen war sehr klein und etwas pummelig. Ihr rundes rosafarbenes Gesicht mit den blondierten Dauerwellen erinnerte Martina etwas an Miss Piggy von der *Muppet-Show*. Ihre geblümte Bluse mit dem Westchen in Rosa unterstrich das Ganze noch. Sie wirkte sehr resolut und selbstbewusst.

Martina und Matthias stiegen in den Mustang. Dass der längst vergangene Fall des vermissten Paul Nägele sie nach so langer Zeit noch öfter ernsthaft beschäftigen würde, ahnten die beiden nicht.

Niemand rechnete damit.

Angefangen hatte das Leistungshüten schon am frühen Morgen. Doch davor mussten sie unbedingt erst noch zwei Stationen ablaufen. Der Weg führte zunächst zu Melanie Wentsch ins *Restaurant Eberhard*. Hoffentlich war sie da.

Ein paar der Gäste saßen auf der hübschen Terrasse vor dem Haus und rauchten eine Zigarette. Das Hotel hatte, wie sie von Michael Lämmle erfahren hatten, sehr viele Hausgäste, die sich in die Zimmer eingemietet hatten. Einige davon bedienten sich gerade am umfangreichen, sehr lecker aussehenden Frühstücksbuffet, als die beiden die Gaststube betraten. Andere strebten schon wieder im Bademantel und mit Tasche der AlbTherme zu. Darauf hätte Martina jetzt auch Lust gehabt. Sie kannte das Bad mit seinen unterschiedlich temperierten Becken zwischen 32 und 38 Grad und der großen Saunalandschaft. Das Mineralthermalwasser stammte von zwei Heilquellen.

Einfach herrlich!

Am liebsten hätten sie sich davor auch noch ins *Café Barbara* in den gemütlichen Wintergarten gesetzt, um zu frühstücken, weil sie im *Camping-Stüble* nur einen Kaffee getrunken hatten. Später hätte sie dann ausgiebig mit Matthias in den Thermen geplanscht, sich draußen auf einen der einladenden Liegestühle gelegt, aber »aus der Traum«. Daraus wurde leider nichts.

Sie seufzte.

Die Pflicht rief.

Melanie war schon wieder im Einsatz. Sie winkte den beiden und kam freundlich lächelnd auf sie zu. Ihr Dirndl bedeckte obenrum nicht allzu viel und Fischers männlicher Kennerblick wanderte ohne Umschweife und unter Kübelchens wachsamen Augen genau dort hin. Ihr ging das Gestarre von Matthias in den Ausschnitt total auf die Nerven.

»Hallo, guten Morgen«, begrüßte sie die junge Frau, die etwas übernächtigt aussah. »Nanu, ist Michael heute nicht mitgekommen? Der hatte wohl doch etwas zu viel getankt gestern. Gut, dass ich ihn zum Schäferwagen gebracht habe.«

Sie wirkte so unbekümmert und ahnungslos, dass bei beiden Ermittlern der Eindruck entstand, sie könne noch nicht wissen, was passiert war. Oder spielte sie ihnen etwas vor? Man konnte so etwas nie wissen, das hatten die beiden Kommissare spätestens bei ihrem letzten Fall gelernt. Da waren sie auch lange getäuscht worden, bevor sie dahinterkamen, wer es wirklich war.

»Können wir sie kurz alleine sprechen?«, fragte Kübelchen.

Die junge Frau schien überrascht: »Ja, klar. Aber wieso …?«

Sie setzten sich an einen Tisch in einer Nische am Rande des Gastraumes, nahe des Frühstücksbereiches. Hier war es etwas zugig, weil das Bedienpersonal laufend mit Tellern und Tassen vorbeihuschte. Alle anderen Tische waren jedoch belegt. Das *Hotel Graf Eberhard* war eine angesagte Adresse in der Region.

Melanie war ganz offensichtlich total entsetzt, als sie von dem Tod des Schäfers hörte und bekam Tränen in die Augen.

»Ach, und jetzt glauben Sie, dass ich etwas damit zu tun habe, weil ich mit ihm rausgegangen bin? Wie schon erwähnt, habe ich ihn zum Schäferwagen gebracht. Mit meinem Auto. Der arme Kerl konnte kaum geradeaus laufen. Er wollte auch, dass ich bleibe, aber das habe ich abgelehnt. Anschließend bin ich wieder zurückgekommen, weil ich meinen Freund beruhigen wollte. Wissen Sie, beim letzten Schäferlauf vor zwei Jahren war ich noch ungebunden. Mein Verlobter und ich hatten uns erst freundschaftlich angenähert. Später wurde dann mehr daraus. Da war das mit Michael noch was anderes und ich konnte tun und lassen, was ich wollte, aber jetzt kann ich das nicht mehr bringen. Wegen meinem Verlobten. Wir möchten bald heiraten. Er ist extrem eifersüchtig und ich würde ihm sowas nicht antun.«

Sie erzählte so ungebremst und offen, dass sich die beiden kaum vorstellen konnten, dass sie log.

»Allerdings haben Sie gestern zugelassen, dass Michael sie antatschte und küsste!«, warf Fischer ein. »Wir waren zufällig auch im Festzelt und haben es gesehen. Auch den jungen Mann, der sich mit ihm geprügelt hat.«

Sie schluckte. »Ja, das stimmt. Ich konnte nicht gleich widerstehen, weil wir uns jahrelang getroffen haben!«

Kübelchen fragte neugierig: »Hat Sie jemand gesehen, als sie Michael mit dem Auto zum Schäferwagen gefahren haben? Kann das irgendwer bezeugen?«

Sie schüttelte den Kopf. »Leider nein! Also zumindest ist mir niemand aufgefallen!«

»Und wie heißt Ihr Verlobter? War das der junge Mann, der die Schlägerei angezettelt hat und auf Lämmle losging?«, erkundigte sich Matthias.

Sie nickte. »Ja, so ist es. Er heißt Eugen Fuchs! Sein Vater, Karl Fuchs, war der ortsansässige Stadtschäfer hier in Bad Urach und der Vorstand vom Schäferverein. Er ist vor etwa zwei Monaten gestorben.«

»Und haben Sie Eugen Fuchs gestern noch gesprochen und alles geklärt?«

Melanie schüttelte verneinend den Kopf. Ich war eigentlich ganz froh darüber. Ich hatte keine Lust auf die Auseinandersetzung. Vermutlich waren alle Schäfer bei der Schafscheuer von Eugens Vater. Da feiern die Schäfer immer unter sich, ohne die ganzen Besucher. Eugen und ich sind dort übrigens auch zusammengekommen. Ich war auch mal Schäferkönigin und er der Schäferkönig. So haben wir uns verliebt. Nachdem er gestern Abend nicht mehr aufgetaucht ist, bin nach Wittlingen heimgefahren. Ich war hundemüde. Erst den ganzen Tag bedienen, dazwischen der Auftritt beim Schäfertanz und dann noch aufs Fest…«

Kübelchen stocherte noch weiter: »Haben Sie dafür Zeugen?«

Die Frau schüttelte den Kopf. »Nein, leider nicht! Ich habe dort eine kleine Mietwohnung und die anderen Mieter hatten um die Zeit schon alle das Licht aus.«

Matthias hakte nach: »Und Ihr Verlobter hat davon nichts mitbekommen? Er schien doch sehr aufgebracht und eifersüchtig, und entschuldigen Sie meine Offenheit: Er hatte meiner Meinung nach auch Grund dazu. Also wenn meine Kollegin hier mit Herrn Lämmle so rumgeknutscht hätte, dann könnte selbst ich zum Mörder werden!« Er bemerkte zu spät, dass er seine Gedanken laut ausgesprochen und sich damit verraten hatte.

Kübelchens Herz machte bei diesen Worten Luftsprünge. Er hatte gerade gesagt, was sie gerne hören wollte! Sofort schöpfte sie neue Hoffnung und alle guten Vorsätze gingen über Bord.

Melanie Wentsch schüttelte den Kopf, während die Ansätze ihrer schneeweißen Brüste dabei im Rhythmus mitwackelten.

So ganz überzeugt von der Unschuld ihres Verlobten wirkte sie nicht.

Kübelchen beobachtete argwöhnisch, wie Matthias beim Verabschieden noch mal einen tiefen, genüsslichen Blick in ihren Ausschnitt fallen ließ, bevor er sich zur Tür drehte. Sie schwebte aber noch im Taumel seiner unbeabsichtigten Liebesbezeugung und nahm es ihm nicht krumm. Nachher würde sie mal schauen müssen, ob sie auch nur ein annähernd so tief ausgeschnittenes Kleidungsstück in ihren Satteltaschen hatte. Im Moment fiel ihr keines ein. Also so weit kam es noch, dass er sich woanders Appetit holte! Ihr würde schon was einfallen! Zum Glück war Stoff dehnbar. Sie war über sich selbst schockiert, dass sie bereit war, zu solchen

Maßnahmen zu greifen. Doch ihr Vater würde sagen: »Der Zweck heiligt die Mittel!«

Nachdem sich die beiden Namen und Adressen aufgeschrieben hatten, machten sie sich auf den Weg zur Rechtsmedizin nach Tübingen. Kübelchen stellte sich vor, wie romantisch es wäre, mit Matthias durch das schöne Städtchen Bad Urach mit seinem historischen Altstadtkern und den wunderschönen Fachwerkhäusern, die den Marktplatz säumen, zu schlendern. So wie im vergangenen Jahr durch Calw. Damals hatten sie auch den »Langen« besichtigt, den einzigen erhaltenen Turm der mittelalterlichen Stadtbefestigung dort, und gemütlich Kaffee getrunken. Insgeheim hoffte sie, dass solch ein schöner Nachmittag bald kommen würde, aber momentan sah es nicht danach aus. Schon lange wollte sie den »Dicken Turm«, ein Überbleibsel der alten Stadtmauer, und das Uracher Residenzschloss besichtigen. Doch momentan hatten sie einen Mord aufzuklären.

Sie betraten das Gebäude des Instituts durch den Haupteingang und gingen die Treppe hinunter. Die Räumlichkeiten der Rechtsmedizin unter der Leitung von Quendolin Moser befanden sich im Keller. Diese öffnete, als sie klingelten.

Kübelchen musste beim Anblick der Kollegin schlucken. Sie trug eine knallenge schwarze Lederhose und ein körperbetontes dunkelgrünes Oberteil, das ihrer Figur sehr vorteilhaft schmeichelte. Matthias' Blick sprach Bände oder bildete sich Kübelchen das nur ein?

»Mensch, Quendolin, du siehst heute zum Anbeißen aus!«, fuhr es Matthias heraus.

Quendolin schien sich ihrer Wirkung bewusst zu sein und winkte gleichgültig ab.

»Na, was steht ihr da herum. Kommt rein!«, forderte sie die beiden in ihrer burschikosen Art auf. Kübelchen war froh, dass die Rechtsmedizinerin das Kompliment nicht so wichtig nahm.

Im Besprechungszimmer versuchte sich Martina auf das zu konzentrieren, was die Kollegin herausgefunden hatte, während sie mit ihrer Eifersucht zu kämpfen hatte.

»Also es ist so, wie wir vermutet haben«, begann die Rechtsmedizinerin ihren Bericht. »Lämmle wurde beim Öffnen seiner Wagentür erschlagen. Im Affekt. Der Todeszeitpunkt ist, wie schon vermutet, ziemlich genau nachts um eins. An der Innenwand des Wagens hat die Spusi Blutspritzer entdeckt, was bestätigt, dass er beim Öffnen erschlagen wurde und möglicherweise sein Gegenüber gekannt hat. Er wäre eigentlich schon beim zweiten oder dritten Schlag tot gewesen, aber es wurde noch mehrmals ordentlich draufgehauen. Sieht so aus, als ob da jemand eine ordentliche Wut gehabt hätte oder unbedingt vermeiden wollte, dass er noch mal aufwacht.«

Quendolin wandte sich zum Telefon, um Frau Dr. Wolf von der KTU in Reutlingen zuzuschalten. Nach einigen Worten der Begrüßung kam diese schnell zur Sache:

»Also eine Tatwaffe haben wir noch immer nicht gefunden, obwohl wir das Gebiet weiträumig abgesucht haben …«

»Es muss etwas Hartes, Scharfkantiges aus Metall gewesen sein. Das steht jetzt zweifelsfrei fest. Aber was?«, warf Quenn ein.

»Keine Ahnung. Fingerabdrücke hatte es jede Menge an der Türklinke und auch im Wagen selbst. Scheinbar hatte das Opfer sehr viele Kontakte. Das wird schwierig, da etwas herauszufinden.«

»Alles klar, Frau Dr. Wolf! Vielen Dank!«, sagte Fischer freundlich. »Wir werden die Tatwaffe hoffentlich noch finden!«, ergänzte Kübelchen.

Es wurde aufgelegt.

Quendolin verabschiedete sich mit den Worten: »Na dann, viel Erfolg ihr zwei. Wir hören voneinander, sobald es was Neues gibt!«

LEISTUNGSHÜTEN UND MARKTPLATZHOCK

Fast alle teilnehmenden Schäfer und Schäferinnen hatten sich schon in der Früh um 6 Uhr auf der Wiese in Wittlingen eingefunden, um die Startnummern zu ziehen: Traudl Nägele, Ferdinand Däschle und Peter Wentsch.

Nur Eugen Fuchs, Melanies Verlobter, ließ auf sich warten.

Däschle schaute alle Nase lang auf sein Handy und wählte immer wieder seine Nummer, aber Fuchs schrieb nicht zurück und ging auch nicht ran. Um 7.30 Uhr sollte der erste Schäfer starten.

Eugen Fuchs war mal wieder zu spät dran und raste mit seinem Bruder Albrecht im Auto wie ein Wahnsinniger über die Landstraße, dass die Wiesen und Felder nur so vorüberflogen.

»Mann! Und das nur, weil du wieder so ein Lahmarsch warst, Albrecht!«, motzte Eugen seinen Bruder an. »Du gehst mir so auf die Nerven!«

Dieser reagierte nicht darauf. Er war es offensichtlich gewohnt. Schon sein Vater war zu Lebzeiten so mit ihm umgesprungen. Er klammerte sich während der ganzen Fahrt an seinen Rucksack vor Angst, weil Eugen so schrecklich schnell und wild fuhr. Außerdem würgte es ihn, so als ob ihm gleich alles oben herauskommen würde. Das ganze Frühstück. Zum Glück waren sie gleich da. Der Wagen rauschte mit hohem Tempo über den Parkplatz und Eugen trat am Ende fest auf die Bremse. Sein Bruder knallte dabei beinahe mit dem Kopf gegen das Armaturenbrett.

Eugen stieg aus. »Na, was ist. Kommst du?«

»Ja!«, war die knappe Antwort von Albrecht und er trottete brav hinterher.

Eugen wurde wieder mal sehr deutlich bewusst: Man konnte ihn nicht allein lassen, außer ab und zu zu Hause in den eigenen vier Wänden. Es war fast wie bei einem kleinen Kind.

Eugen stapfte hastig los. »Morgen, Kollegen. Mein Bruderherz hat mich leider mal wieder aufgehalten. Jetzt kann es losgehen.«

Die Zettel wurden aus einem Strohhut gezogen.

Eugen zog die Startnummer eins und verdrehte die Augen. »Oh noi, des isch jetzt ned wohr! So ein Pech!«

Alle wussten aus Erfahrung, dass der Erste es am schwersten hatte, weil die Herde anfangs unruhiger ist und nicht weiß, was auf sie zukommt. Es waren ja dreihundert Schafe, die eine neue Herde bildeten. Die Strecke war den Tieren noch unbekannt, die Herde also ungeübt. Man musste herausfinden, welches das Leitschaf ist, damit alles klappte.

Aber was sollte er machen? Er hoffte auf seine beiden Hunde, auf die es am allermeisten ankam. Sie waren sehr wichtig, um die Herde zusammenzuhalten. Absoluter Gehorsam war notwendig. Wenn ein Schaf ausreißen wollte, konnte er seinem Hund zurufen, dass er einen sogenannten »Griff« machen soll, was bedeutet zuschnappen, ohne zu verletzen, damit das Schaf wieder in der Herde mitlief. Vor den Hunden hatten die Tiere unheimlich viel Respekt. Die Hunde wussten, dass sie bei »Ab in die Furche« in der abgemähten Linie laufen sollten, damit die Schafe die Grenze nicht überschreiten konnten.

Albrecht Fuchs saß in einiger Entfernung auf einem Baumstumpf und sah von Weitem zu. Seinem Bruder gelang es trotz Startnummer eins, die Herde mit Hilfe seiner treuen Gefährten in den Griff zu bekommen.

Die Zuschauer klatschten vor Begeisterung.

Fischer und Kübelchen waren auch schon da und das Ehepaar Schnäbele ebenfalls. Die Schäferin, die als Letzte dran war, gab ihrem Hund ein Zeichen und startete unter dem tosenden Applaus der Zuschauer ihre Runde. Die Ermittler schauten eine Weile zu, wie sie die Schafe mithilfe ihres Hundes in der Spur hielt und an den fahrenden Autos vorbeisteuerte. Man konnte sehen, wie extrem schwierig es war, die Herde im Zaum zu halten. Kübelchen und Fischer waren schwer beeindruckt von dieser Kunst, wie Michael Lämmle es bezeichnet hatte.

Am Ende gewann Eugen Fuchs das diesjährige Leistungshüten. Die Zuschauer jubelten. Fischer ging im Anschluss mit Kübelchen auf die Gruppe der Schäfer zu, die gerade ihrem Kollegen gratulierten. Sie zückten ihre Dienstausweise.

»Sie haben ja sicher schon gehört, dass ein Schäfer namens Michael Lämmle tot ist, oder?«

Die drei nickten.

»Ja klar! Hier geht sowas rum wie ein Lauffeuer!«, antwortete einer mit einem schwarzen Schäferhut mit der Krempe über dem faltigen, von der Sonne gebräunten Gesicht. Er trug eine ähnliche Bekleidung, wie sie Kübelchen von den Zimmermännern kannte. Schwarze Hose, weißes Hemd und eine schwarze Weste mit Silberknöpfen. Dazu trug er einen Vollbart und hatte die aschblonden Haare zu einem Pferdeschwanz gebunden. Er stellte sich als Peter Wentsch vor.

»Zuerst zu Ihnen!«, sah Fischer zu Eugen Fuchs. »Wir haben gestern Abend zufällig Ihre Auseinandersetzung mit Michael Lämmle mitbekommen, als wir im Zelt waren. Ihre

Verlobte haben wir dazu schon befragt. Können Sie uns etwas dazu sagen?«

Eugen Fuchs nickte. »Klar, das macht mich natürlich gleich verdächtig«, meinte er spöttisch. »Allerdings muss ich jetzt nach meinen Tieren schauen und es wäre mir lieber, wenn wir das später am Nachmittag bei mir zu Hause besprechen könnten!«

Fischer und Kübelchen waren einverstanden und Eugen verabschiedete sich fürs Erste.

Nun kam Peter Wentsch an die Reihe. »Wie gut haben Sie Lämmle gekannt?«, wollte Martina wissen.

»Na, vom Schäferlauf. Den alten Schwerenöter kannte hier jeder. Er war sehr unterhaltsam und kontaktfreudig. Vor allem, was das weibliche Geschlecht anbetrifft.«

Offenbar kannte er Michael Lämmle schon ziemlich lange. Lämmles alleinerziehende Mutter war demnach sehr jung gestorben und er musste sehr früh selber klarkommen.

»Michael hatte einen Hang zum schönen Geschlecht, ob verlobt, verheiratet oder was auch immer«, berichtete Wentsch. »Stimmt's, Frau Nägele?«, meinte er zu der Schäferin, die gerade zu ihnen herkam und die letzten Worte mitgehört hatte.

»Ja, da ist was Wahres dran.«

Fischer stutzte. »Nägele? Haben Sie etwas mit Paul Nägele zu tun, der vor etwa dreißig Jahren beim Schäferlauf spurlos verschwand?«

Sie wirkte betroffen, dass man über ihren vermissten Bruder Paul Nägele sprach.

»Wieso fragen Sie nach meinem Bruder? Ich dachte, Sie ermitteln wegen dem Tod von Michael Lämmle!« Es klang so, als ob sie nicht davon ausging, dass der alte Fall noch mal aufgerollt wurde. Man hatte ja auch nie eine Leiche gefunden.

»Ja, in erster Linie schon, aber dabei sind wir auf die Geschichte Ihres Bruders gestoßen. Entschuldigen Sie, wenn ich so direkt frage, aber glauben Sie eigentlich auch, dass Ihr Bruder damals das Geld geklaut hat und damit abgehauen ist?«, erkundigte sich Martina.

Traudl schüttelte den Kopf, den ein hellbrauner Filzhut zierte, unter dem langes zerzaustes braunes Haar hervorlugte. »Also, das habe ich damals der Kripo immer wieder gesagt, dass das nicht sein kann. Er war die ehrlichste Haut, die ich je kannte. Allerdings konnte ich mir genauso wenig vorstellen, dass ihm jemand etwas angetan hat. Er war so ein lieber Mensch. Also, ich denke immer noch, dass er lebt. Wieso er sich nie mehr gemeldet hat, ist mir schleierhaft. Es war, als ob er sich in Luft aufgelöst hätte.« Bei diesen Worten traten ihr Tränen in die Augen, und das nach dreißig Jahren! Dabei hielt sie ihren Schäferstab krampfhaft fest, was ihre von der Sonne gebräunten, kräftigen Oberarme stärker zur Geltung brachte. Sie musste ihren Bruder sehr lieben oder geliebt haben.

»Wussten Sie, ob er Feinde hatte?«, erkundigte sich Martina.

»Also ein paar Ehemänner vielleicht! Hat Peter ja gerade angedeutet. Das habe ich gerade noch aufgeschnappt! Er hatte eine Schwäche für ältere Frauen und kaum jemand konnte seinem Charme widerstehen!«, meinte Traudl Nägele bestätigend.

Das hatte sich Kübelchen schon fast gedacht. »Naja, wir behandeln momentan eigentlich auch den Fall Lämmle. Da sind wir durch Zufall auf den Fall Ihres Bruders gestoßen!«

»Habe mich schon gewundert. Das ist doch schon ewig her! Gibt es da etwa einen Zusammenhang?«, wollte Traudl Nägele wissen.

»Das fragen wir uns unter anderem auch. Man weiß ja nie, ob sowas miteinander zu tun hat. Es gibt ja doch gewisse Parallelen!«, erwiderte die Kommissarin.

»Ist nicht ganz einfach für mich, wenn man das alles wieder aufwühlt, aber ich hoffe natürlich, dass Sie meinen Bruder dabei vielleicht ausfindig machen. Ich konnte nie einen Schlussstrich unter die Sache ziehen. Das ist wirklich schlimm.« Mit diesen Worten schluckte die Frau den Kloß in ihrem Hals herunter und winkte erschüttert ab, während sie sich wegdrehte.

Martina und Matthias wollten sie nicht noch mehr aufwühlen und verabschiedeten sich. Als Letzten sprachen sie Däschle an. Der glatzköpfige, untersetzte Mann mit dicker Hornbrille hatte als Einziger keinen Hut auf, obwohl die Sonne von oben brannte.

»Wirklich schlimm, was da passiert ist!« Er wirkte sehr betroffen.

»Ja, allerdings! Können Sie uns sagen, wann Sie Michael Lämmle das letzte Mal gesehen haben, Herr Däschle?«

»Gestern Abend, als er aus dem Zelt geworfen wurde! Ich bin draußen gestanden und habe gesehen, wie er mit Melanie Wentsch ins Auto gestiegen ist.« Er bestätigte, was sie schon wussten.

Das Leistungshüten war zu Ende. Die schönen lilafarbenen Blumen am Wegesrand schillerten schon seit Tagen in der Sommersonne. Kaum zu glauben, dass sie giftig waren, dachte Kübelchen so nebenbei. So war das mit den besonders schönen Dingen. Sie bargen auch Gefahren.

Kübelchen und Fischer machten sich wie viele der Zuschauer auf den Weg zum Marktplatzhock im Städtle. Vorher rief Fischer noch kurz im Tierheim an, ob Kuschel zufällig dort gelandet war. Fehlanzeige. Der Hund war und blieb verschwunden.

Das kam den beiden gerade recht, da sie Kohldampf hatten. Da gab es jede Menge schwäbische und internationale Spezialitäten. Ein unbeschreiblicher Duft nach Gerauchtem, Gebratenem und Gebackenem lag in der Luft, als sie kurz darauf den Marktplatz entlangschlenderten und die unterschiedlichen Stände ins Visier nahmen, um sich etwas auszusuchen.

»Mensch Kübelchen! Wie das hier duftet! Da könnte ich mich glatt dran gewöhnen!« Fischer war sichtlich gut gelaunt. So wie immer, wenn es ums leibliche Wohl ging. Martina war noch etwas bedrückt wegen Michael, auch wenn sie ihn nur kurz gekannt hatte. Immerhin hatte er ihnen sehr viel Wissen über den Schäferlauf vermittelt und ihnen einiges gezeigt.

Gar nicht weit entfernt sahen die beiden Kommissare Quendolin Moser, die offensichtlich das Festzelt ansteuerte, und taten es ihr gleich. Aus ihm drang gerade tosender Begrüßungsapplaus, als sie es betraten, und Martina wusste schnell, woran das lag. Der Seeburger Posaunenchor spielte zusammen mit den *Traufgängerinnen* das Lied *Schäferlauf*, das sie bei der Herfahrt im Auto mitgesungen hatten. Es klang live noch viel besser als im Radio. Sofort stieg Kübelchen mit ein und summte und wiegte sich hin und her.

Auch der Schäfer Peter Wentsch, den sie beim Leistungshüten kennengelernt und soeben noch befragt hatten, saß in der Musikgruppe und spielte Posaune. Er war offensichtlich ganz schön eingespannt. Die Sängerinnen trugen moderne Trachtenkostüme in Rot, Braun und Grün.

Die Rechtsmedizinerin blieb kurz stehen und sah zu. Sie pfiff anerkennend durch die Zähne. »Fesch! Sehr fesch!«, rief sie zur Bühne hin und warf den beiden Musikerinnen einen Handkuss zu. Sie lachten zu ihr herüber. Scheinbar kannten sie sich. Auch der Musikverein Bad Urach und die Ermstalmusikanten Dettingen waren vertreten, um für Stimmung zu sorgen.

Das ganze Festzelt bebte. Die Leute sangen und schunkelten mit. Die Ermittler setzten sich zu Sigrid Schnäbele und ihrem Mann Friedhelm, der sich schon wieder über den Lärm aufregte. Kübelchen fragte sich, warum er dann nicht zu Hause geblieben war. Da hätte er seine Ruhe. Sie sah, wie Sigrid Schnäbele plötzlich unruhig wurde.

»Was ist los, Frau Schnäbele?«

Peter Wentsch sah zu ihnen herüber.

Sigrid antwortete: »Das ist mein Bruder!« Sie zeigte auf den Musikanten. »Sehen Sie doch! Da stimmt etwas nicht!«

Die Kommissarin schaute hinüber und sah, wie Peter Wentsch auf der Bühne gerade von seinem Stuhl aufstand, torkelte und dann mitsamt seiner Posaune umfiel wie ein Sack. Hatte er einen Schwächeanfall oder möglicherweise einen Herzinfarkt? Oder vielleicht zu viel getrunken? Auf jeden Fall brauchte er einen Notarzt! Er lag auf dem Bühnenboden und rührte sich nicht mehr. Einige im Publikum schrien.

Matthias sprang sofort auf und bahnte sich einen Weg durch die Menschenmasse. Er half einem der Musikanten, den Mann in die stabile Seitenlage zu bringen. Zum Glück waren die Sanitäter mit ihrem Wagen direkt vor dem Zelteingang und brachten sehr zügig eine Trage. Sie fuhren den Bewusstlosen sofort ins Klinikum am Steinenberg in Reutlingen. Die örtliche Ermstalklinik war vor noch nicht allzu langer Zeit geschlossen worden.

Es war sicher nicht ungewöhnlich, dass bei einem Fest der ein oder andere wegen Kreislaufproblemen zusammenklappte, und auch ein Herzanfall kam bestimmt hin und wieder vor. Gesund war es sicher nicht gerade, sich mehrere

Tage hintereinander zu verausgaben, wenn man so viel musizierte, Schafe hütete, nebenher fettes Essen und Bier zu sich nahm und wenig Schlaf bekam. Vor allem in diesem Alter. Das war anstrengend. Peter Wentsch war auch nicht mehr der Jüngste. Möglicherweise war er auch nicht der Letzte, der heute zusammenklappte.

Kübelchen hakte Frau Schnäbele unter, die seit dem Vorfall kein Wort gesagt hatte, und führte sie zusammen mit ihrem Mann aus dem Zelt zu ihrem Auto.

Matthias blieb solange im Zelt und besetzte den Platz.

»Ihrem Bruder geht es bestimmt bald wieder besser!«, versuchte Kübelchen, die Frau zu trösteten.

»Die schwätzt doch eh ned viel mit ihm! I weiß gar ned, worom se sich do jetzt so ufregt!«, warf Friedhelm dazwischen.

Kübelchen sah Sigrid fragend an.

Die Frau nickte. »Ja, schon seitdem unsere Eltern gestorben sind. Erbschaftsstreitigkeiten. Anders wäre es mir auch lieber, aber er ist sehr schwierig! Friedhelm kam früher gut mit ihm aus, als sie noch zusammen bei Karl Fuchs gearbeitet haben, aber der Kontakt ist abgebrochen. Trotzdem, es ist immerhin mein Bruder, den sie da gerade ins Krankenhaus gefahren haben.«

»Na, des isch aber freindlich ausgedrückt. Des isch an grober Klotz!«, warf Herr Schnäbele ein. Dass er sich selber häufig auch nicht besser benahm, schien ihm nicht bewusst zu sein. Auch sein Lästern über Peter Wentsch nahm ihm Kübelchen nicht so richtig ab.

Es klang so aufgesetzt.

Als sie die Schnäbeles zu ihrem Wagen gebracht hatte und zurücklief, stieß sie am Zeltausgang auf Eugen Fuchs, den sie beim Leistungshüten kennengelernt hatte. Er hatte ja zugesichert, dass sie ihn heute noch befragen konnten.

»Hallo, Herr Fuchs, das trifft sich gut, dass wir uns hier treffen!«, fing Martina an.

»Das finde ich auch, Frau Kommissarin!«, flirtete er.

Kübelchen überging es einfach und fragte: »Können wir gleich nachher bei Ihnen vorbeikommen? Sie wissen schon. Wegen Michael Lämmle. Sie sagten doch beim Leistungshüten, dass sie später Zeit für uns hätten.«

»Klar, wenn Sie meinen, dass ich was dazu beitragen kann … Um den ist es ehrlich gesagt nicht besonders schade. Weiß zwar nicht, was ich damit zu tun haben soll, aber kommen Sie nachher ruhig vorbei. Bis dahin hau ich mich aufs Ohr.« Er war nicht besonders gut auf Michael Lämmle zu sprechen und machte keinen Hehl daraus. Kurz hob er noch die Hand zum Gruß und verschwand in einer der Seitengassen, die vom Marktplatz wegführten. Vermutlich hatte er dort seinen Wagen geparkt. In seinem Zustand noch zu fahren, wäre allerdings unverantwortlich. Kübelchen hoffte, dass er den Bus nahm, und hing ihren Gedanken nach. Eugen Fuchs schien nicht besonders betroffen über den Tod seines Schäferkollegen. Ob er etwas damit zu tun hatte? Die Aussage, dass es um Michael nicht schade wäre, machte ihn auf der einen Seite verdächtig, andrerseits würde ein Täter doch eher versuchen, sich zurückzuhalten. Immerhin hatte er sich am Vorabend mit Lämmle angelegt und war handgreiflich geworden. Außer ihm gab es momentan niemanden mit einem Motiv.

Vor dem Besuch bei Herrn Fuchs holten sie sich Schupfnudeln und Rostbratwurst und setzten sich an einen der Biertische. Martina erzählte nebenbei, was Eugen von sich gegeben hatte.

»Das klingt tatsächlich so, als ob er froh wäre, dass Lämmle tot ist!«, bestätigte Matthias. »Wir werden ihn auf jeden Fall im Auge behalten. Allerdings macht er einen aufgeweckten Eindruck auf mich. Glaubst du, er würde sich bewusst so verdächtig machen, wenn er Lämmle umgebracht hätte?«

Kübelchen zuckte mit den Schultern. »Vielleicht ist er gerissener, als wir glauben, und versucht uns genau durch dieses Verhalten zu täuschen. Wer weiß das schon!«

Etwa zwei Stunden später fuhren sie bei Eugen Fuchs auf den Hof. Links und rechts säumten saftig grüne Wiesen den Weg, auf denen Schafe und Kühe weideten. Vor dem Haus plätscherte ein alter Sandsteinbrunnen, um den herum viele Blumen in den buntesten Farben blühten. Das Haus war sehr imposant und großzügig mit einer massiven Holztür, die Schnitzereien aus der Schäferei zierten. Sie klingelten und mussten ziemlich lange warten, bis sie ein schlürfendes Geräusch auf dem Gang hinter der Haustür hörten. Sie öffnete sich einen Spalt und Eugen Fuchs blickte mit »Autoreifen« um die Augen, ungekämmtem Haar und seinem Drei-Tage-Bart heraus. Er sah immer noch ziemlich fertig aus. Vermutlich hatten sie ihn geweckt.

»Na, das ging aber schnell!«, brummelte er beim Anblick der beiden und fixierte sie mit seinen geweiteten Pupillen, die auf erhöhten Alkoholkonsum hindeuteten.

Matthias Fischer fragte: »Können wir kurz hereinkommen? Wir müssen jetzt endlich mit Ihnen reden!«

»Was wollen Sie denn bloß von mir? Aber bitte, dann kommen Sie kurz herein. Bringen wir es hinter uns! Ich bin ziemlich fertig und muss schlafen! Nachher geht die Party weiter«, reagierte er muffig. Allem Anschein nach hatte er ziemlich schlechte Laune, aber er öffnete die Tür so weit, dass die beiden in den großzügigen Gang eintreten konnten. Kübelchen schaute sich beeindruckt um. Ein silberfarbener verzierter Spiegel ließ die Halle noch größer erscheinen, als sie sowieso schon war. Eine geschwungene Treppe führte zur Empore im oberen Stock und überall hingen wunderschöne Gemälde.

Als er ihnen die Hand gab, fiel Martina sein breiter goldener Ring auf, den ein weißer Stein zierte. Das passte so gar nicht zum Rest des Mannes. Vermutlich sein Verlobungsring.

Martina erklärte: »Ihre Verlobte hat uns erzählt, dass Sie sich gestern Abend mit Lämmle angelegt haben. Erinnern Sie sich? Wir wurden zufällig auch Zeugen der Rangelei!«

Er schien etwas erstaunt, dass sie das wussten. In seinem angetrunkenen Zustand hatte er wohl nicht allzu viel mitbekommen.

»Klar erinnere ich mich. Da hatte ich noch nicht sehr viel getrunken. So ein Säufer bin ich auch wieder nicht. Der Depp von Lämmle hat Melanie angebaggert! Mal wieder! Dabei darf man ja wohl wütend werden!«, motzte er unbeherrscht los. Er trug ein viel zu kurzes, schmuddeliges T-Shirt. Fischer genoss den Anblick des sonst so attraktiv auftretenden Schönlings. In seiner Tracht hatte er auf jeden Fall wesentlich fescher ausgesehen.

Der Kommissar fragte sich, was die bildhübsche Melanie an diesem ungepflegten Säufer fand. Aber wie hieß es noch? Wo die Liebe hinfällt …

Kübelchen versuchte derweil, den Mann zu beruhigen: »Also wirklich, Herr Fuchs, jetzt mal langsam! Michael Lämmle ist tot, wie Sie wissen. Darum sind wir hier. Immerhin sind Sie auf ihn losgegangen und haben ihn geschlagen. Da ist es ja wohl klar, dass wir uns erkundigen.«

Die beiden sahen, wie er schluckte. Hatte er etwas mit der Sache zu tun? Womöglich lagen sie richtig. Fischer bewunderte Kübelchens energisches Auftreten.

»Also, Sie verdächtigen ja wohl nicht mich? Ich bin zu so etwas gar nicht fähig. Ich könnte keiner Fliege was zuleide tun.«

Fischer erwiderte trocken: »Das haben wir gestern Abend im Zelt gesehen.«

Eugen Fuchs blickte daraufhin zerknirscht drein. Klar, dass man ihm das nicht abnahm. Nach dem, was er sich im Suff wieder geleistet hatte. Eine Schlägerei angefangen. Melanie war aber auch echt … Wenn sie nicht so wäre, hätte er auch keinen Grund zum Ausrasten gehabt.

»Also, auf jeden Fall müssen wir wissen, wo Sie zur Tatzeit waren, Herr Fuchs. Vielleicht kann jemand von gestern Abend bestätigen, wo Sie sich aufgehalten haben.«

Nachdem Eugen Fuchs sich, von wegen er trinke nicht so viel, leider aufgrund des stark angetrunkenen Zustandes zu späterer Stunde nicht mehr so genau an den Vorabend erinnern konnte, beließen Martina und Fischer es erst einmal dabei und verabschiedeten sich.

»Also, Herr Fuchs, wir kommen wieder. Bitte bleiben Sie weiterhin zu unserer Verfügung und versuchen Sie, sich bis dahin Gedanken zu machen, mit wem Sie eventuell auf dem Fest oder danach zusammen waren. Also keine Urlaubsreise planen!«, zwinkerte Kübelchen. Sie glaubte nicht an seine Schuld, aber da konnte man sich nie sicher sein. Solange es nur wenige Spuren gab, würden sie diesen nachgehen. Auch bei Melanie mussten sie noch genauer nachhaken.

Matthias nahm das Zwinkern grimmig wahr und es versetzte ihm einen Stich in die Magengrube. Er warf unfreundlich hinzu:

»Sollte es niemanden geben, der bezeugt, dass er während der Tat mit Ihnen zusammen war, dann lassen wir Sie nicht mehr aus den Augen. Das ist Ihnen hoffentlich klar!«

Eugen Fuchs schien das nicht besonders zu beeindrucken, dafür war er viel zu erledigt. Er gähnte, während er sich verabschiedete.

DIE EXPLOSION

Martina wurde am frühen Sonntagmorgen von Posaunenmusik aus der Ferne geweckt. Sie angelte umständlich nach ihrem Handy auf dem Nachttisch. Es war 5 Uhr morgens. Der Upfinger Musikverein spielte pünktlich wie angekündigt, um alle Uracher und Schäferlaufgäste aufzuwecken.

»Wer zum Teufel …!«, hörte sie nun Fischer im Bett darüber fluchen.

Kübelchen erinnerte sich daran, dass Michael Lämmle davon erzählt hatte, dass in Bad Urach am Sonntag des Schäferlaufs der Musikverein alle Einwohner und Schäferlaufgäste mit einem Konzert aufweckte. Das gehörte zur Tradition. Die Wiese mit ihrem Wagen neben dem Campingplatz war zwar etwas weiter weg vom Zentrum, aber man hörte es trotzdem.

Sie war hundemüde von dem langen Abend gestern. Doch es half nichts. Sie mussten aufstehen, wenn sie die Übergabe der Schäferfahne und der Zunftlade nicht verpassen wollten. Etwas Zeit hatten sie noch. Spätestens um 6 Uhr würden sie sowieso durch das Böllerschießen, das der Schäfer ebenfalls erwähnt hatte, aufs Neue geweckt.

Martina war etwas traurig, als sie sich an den schönen Abend mit schrecklichem Ausgang erinnerte. Heute war der wichtigste Tag des Schäferlaufs und ein Mörder ging um. Sie wussten ja nicht, was dieser noch ausheckte oder ob es ein Mord im Affekt war. Ein Mensch, der so etwas tat, war eine tickende Zeitbombe. Schließlich waren heute unheimlich viele Menschen an einem Ort. Einmal beim kleinen Festumzug um 8.30 Uhr von der Eichendorffstraße zum Marktplatz, dann beim Gottesdienst in der Stiftskirche St. Amandus um 10 Uhr, und um 11 Uhr zog der große Umzug durch die Innenstadt bis zum Festplatz Urach-Zittelstatt. Dort gab es Tänze wie den »Schäferreigen«, den »Bechertanz« und Wettkämpfe wie den »Lauf der Wasserträgerinnen«, bei dem die Gemeinderäte mit ihren Anzügen dran glauben mussten. Die Höhepunkte waren der »Schäferreigen« und der »Wettlauf der Schäferinnen und Schäfer« mit anschließender Krönung des neuen »Königspaars«. Kübelchen hatte ein ungutes Gefühl, wenn sie an die Menschenmassen dachte, die da heute zusammenkamen.

Matthias hatte gestern noch vorsichtshalber die Polizeikräfte für diesen Tag verstärkt eingeteilt. Leider gab es nicht sehr viele Polizisten hier im Städtchen. Doch sie hatten alle zusammengetrommelt, die verfügbar waren.

Da Eugen Fuchs und Melanie Wentsch verdächtig waren, wollte Fischer vor allem den jungen Mann im Auge behalten. Melanie hatte für ihn kein Motiv. Zumindest hatten sie nichts herausgefunden. Seine Kollegin hingegen schloss die Frau als mögliche Täterin nicht aus. Immerhin hatte sie Lämmle noch zu seinem Wagen gebracht.

»Matthias, komm, steh auf! Nicht, dass noch mal was geschieht! Wir sollten bald los«, mahnte Martina.

Um sechs hörten sie tatsächlich das Böllerschießen aus der Entfernung und beeilten sich.

Die beiden hofften nur, dass heute alles glattging. Ein Mordfall reichte.

Beim Rewe fanden sie glücklicherweise noch einen Parkplatz. Es gab heute auch die Möglichkeit, mit einem der vielen Shuttlebusse zu fahren, aber es war besser, das Auto in der Nähe zu haben. Als sie am *Hotel Vier Jahreszeiten* vorbeikamen, um zum Marktplatz zu gelangen, strömte gerade ein Schwung junger Leute in Tracht aus der Tür. Eugen Fuchs und Melanie Wentsch waren auch dabei.

»Na, die Kripo ist auch schon auf den Beinen!«, witzelte der schon wieder angetrunkene Schäfer.

»Dasselbe könnte ich zu Ihnen sagen!«, erwiderte Fischer.

»Ja, und sogar scho Bier gsoffa und saure Kuddla mit Brotkardoffla em *Vier Jahreszeida* gessa! Schäferfrühschtück!«, gröhlte er auf Schwäbisch und lachte.

Kübelchen schüttelte sich. Also saure Kuddeln hatte sie noch nie gemocht, aber zum Frühstück. Boah!, das war noch schlimmer! Solche Innereien waren eh nicht besonders gesund.

Matthias hatte außer »Bier« nichts verstanden.

Dann tanzten die jungen Leute auf der Straße und bedankten sich bei den Wirtsleuten. Ehe die Kommissarin sich versah, hatte der Schäfer sie um die Taille gefasst und wirbelte sie herum. Matthias ging dazwischen und drückte ihn weg.

»Also, jetzt reicht es aber! Das geht echt zu weit, Herr Fuchs!«, wurde er laut.

»Uh, ich bekomme gleich Angst! Wollen Sie mich nicht gleich verhaften, Herr Kommissar?«, witzelte Eugen. »Das war doch nur Spaß! Man könnte fast meinen, Sie wären in Ihre Kollegin verknallt!«

Martina freute sich heimlich darüber.

Fuchs schien tatsächlich schon heute Morgen ziemlich über den Durst getrunken zu haben. Er hob die Hand zum Gruß und die Truppe schwankte zum Marktplatz. Fischer und Kübelchen folgten ihnen. Da war ihnen ihr Verdächtiger also gerade von selber vor die Flinte gelaufen.

Auf dem Marktplatz standen Hunderte von Musikanten mit ihren Instrumenten. Sie spielten alle gemeinsam den *Egerländer Fuhrmannsmarsch*. Der Bürgermeister eröffnete den Haupttag des Schäferlaufs und übergab die Fahne und eine Truhe, auf der ein Holzschaf auf dem Deckel thronte.

»Das muss die Schäferlade sein, von der Sigrid Schnäbele berichtet hat, Matthias. Die wurde doch damals leergeräumt, als Nägele sang- und klanglos verschwand«, erinnerte ihn seine Kollegin.

Er nickte und meinte: »Heute gibt es zum Glück eine Bank, auf die man das Geld des Vereins einzahlen kann.«

»Früher hatten die Schäfer da alles drin. Geld, wichtige Dokumente. Bei ihren Zusammenkünften, bei denen sie alle Angelegenheiten beredeten, waren die Lade und die Fahne immer dabei«, warf jemand hinter ihnen ein.

Sie drehten sich um: Es war Sigrid Schnäbele.

»Hallo, Frau Schnäbele, schön, Sie zu sehen! Wo haben Sie denn Ihren Mann und Lucifer gelassen?«, erkundigte sich Martina.

»Denen ist das zu viel mit den ganzen Leuten. Die sind spazieren gegangen.«

»Wie geht es Ihrem Bruder? Haben Sie etwas gehört?«, erkundigte sich Matthias.

»Er ist wieder bei Bewusstsein und es geht ihm scheinbar etwas besser, aber sie wissen noch nicht so richtig, was los war!«

Die beiden Ermittler beschlich bei ihrer Antwort sofort ein merkwürdiges Gefühl. Sie würden später vorsichtshalber selber nachfragen. So viel Zeit musste sein.

Der Bürgermeister auf der Bühne suchte sich eine der »Vorreitertöchter« für den Tanz aus und sie schwangen die Füße über den Holzboden, dass einem vom Zusehen ganz schwindlig wurde. Frau Schnäbele erklärte, dass der Tanz immer zum Ablauf gehörte. Die »Vorreiter« waren Metzger von Beruf, da diese vor zweihundert Jahren nach Auflösung der Schäferzunft die Organisation des Schäferlaufs übernommen hatten. Seitdem war ihnen diese wichtige Rolle auf den Leib geschrieben.

Eugen und seine Truppe setzten sich in Bewegung. Die beiden Kommissare hatten ihn nicht aus den Augen gelassen und folgten ihnen zur Amanduskirche.

»Jetzt geht es zur innerlichen Einkehr!«, erklärte Sigrid, als sie durch die schöne alte Holztür mit den bunten Scheiben in den Innenraum des Gotteshauses traten. Kübelchen und Fischer setzten sich einige Reihen hinter Eugen Fuchs und seinen Clan. Es war eine sehr schöne Kirche mit Bildhauerarbeiten in Stein und in Holz. Die Kanzel und das Taufbecken zierten sehr kunstvoll gearbeitete Steinfiguren. Graf Eberhards Betstuhl aus Eichenholz mit zahlreichen Schnitzereien war ebenfalls sehenswert. Die jahrhundertelang erhaltene Glasmalerei der Fenster ließ die Kirche in einem warmen, besonderen Licht erstrahlen, wenn Sonnenstrahlen hindurchschienen, und erzählte mit ihren Motiven biblische Geschichten.

Während der Predigt des Pfarrers fielen Fischer mehr als einmal die Augen zu und Kübelchen stupste ihn mit dem Ellbogen an. Martina grübelte über den Mordfall nach. Sie konnte sich überhaupt nicht vorstellen, dass Eugen Fuchs zu so etwas fähig war, aber wer sollte es sonst getan haben? Er war zwar etwas grobschlächtig, aber trotzdem schien es ihr so, als ob sie auf der falschen Spur waren. Sie mussten unbedingt die anderen Schäfer befragen. Dazu gab es heute noch genug Gelegenheiten. Sie sah Melanies Haarpracht von hinten, und wieder fand Martina es gar nicht so abwegig, dass auch sie als Täterin infrage kam. Man konnte das nie wissen. Sozusagen die Wölfin im Schafspelz.

Leider hatte Michael Lämmle keine Angehörigen, die man hätte befragen können. Seinen Vater hatte er nie gekannt und seine Mutter war früh gestorben. Da er sehr jung auf sich alleine gestellt war, hatte er keinen festen Wohnsitz und lebte schon sehr lange in seinem Schäferwagen.

Nach dem Auszug aus der Kirche versammelten sich alle am Straßenrand und in der Innenstadt startete der Umzug. Der Vorreiter und die Kreisreiter aus der Metzgerzunft waren die Ersten. Es folgten Ehrengäste in Pferdekutschen, Musikgruppen, das Königspaar vom vergangenen Schäferlauf, die Schäfer aus Wildberg, Markgröningen, Heidenheim, Bad Urach und aus dem ganzen Land, ein Wagen mit Waschweibern, die mit Waschbrettern hantierten, ein Heuwagen, Männer vom Holzhandwerk, Tuffsteinbrecher, die Tuffstein bearbeiteten. Alle trugen Tracht oder die entsprechende Arbeitskleidung. Die Bad Uracher hatten sogar eigens vom Fachbereich Mode und Design der Gewerblichen Schule Metzingen eine Tracht entworfen und genäht bekommen. Sie sah wirklich fantastisch aus.

Es gab auch andere Tiere wie Ziegen und Gänsescharen. Die Leute konnten sich an diesem beeindruckenden Spektakel gar nicht sattsehen und Fischer fing langsam an, sich hier heimisch zu fühlen. Was für eine Stimmung! Wie viel Mühe und Arbeit sich die Menschen da gemacht hatten!

Die Ermittler standen direkt hinter Melanie Wentsch und Eugen. Alles wirkte völlig harmlos und die Stimmung war ausgelassen und fröhlich. Hoffentlich würde das den Rest des Tages so bleiben …

Nach der Aufregung ging es weiter durch die Innenstadt zum Festplatz Zittelstatt Bad Urach.

Dort trafen sie auf Quendolin in den Reihen der Zuschauer und setzten sich zu ihr. Sie war nicht allein. Ein älterer Herr saß neben ihr.

»Darf ich vorstellen: mein Opa! Und das ist Matthias Fischer, Opa. Der, von dem ich dir erzählt habe. Mit seiner Kollegin Frau Kübler.«

Der Alte nickte. »Ach, der neue Kommissar! Das war auch mal mein Beruf«, erzählte er.

»Ja, ich weiß, Herr Moser. Herr und Frau Schnäbele haben uns schon von Ihnen erzählt«, antwortete Fischer.

»Ich habe schon gehört, dass es einen Toten gegeben hat.« Er schaute zu Quendolin. »Ich sitze ja sozusagen an der Quelle. So was aber auch! Und das während unseres Schäferlaufs! Hoffentlich haben Sie schon etwas herausgefunden. Nicht, dass noch mehr passiert!«

»Bis jetzt hält sich die Ausbeute an Spuren in Grenzen!«, warf Kübelchen ein. »So ein Zufall, dass wir Sie hier treffen. Sonst wären wir demnächst bei Ihnen im Pflegeheim vorbeigekommen.«

Er zog verwundert die Augenbrauen hoch: »Zu mir?«

Martina nickte und Matthias erklärte ihm, dass sie während ihrer Ermittlungsarbeit vom alten Fall Paul Nägele und ihm als damals zuständigen Kommissar erfahren hatten.

»Sie erinnern sich doch sicher daran!«, meinte Matthias überzeugt.

Der alte Kommissar nickte. »Klar, wie könnte ich das vergessen, dass jemand den Inhalt der Schäferlade gestohlen hat und dann auch noch einer aus den eigenen Reihen. So was gibt es nicht alle Tage. Es war ein Schock für alle.« Eigentlich hatte er sich innerlich längst von seinem Job bei der Polizei verabschiedet, gehörte er doch als junger Kommissar zu denen, die über pensionierte Kollegen witzelten, die nicht von ihrem belastenden und gleichzeitig fesselnden Job loskamen. In diesem Fall hier musste er wohl eine Ausnahme machen. Manchmal holte einen die Vergangenheit nun mal ein.

»Darf ich Sie fragen, von welchem Tatbestand Sie damals ausgegangen sind, Herr Moser?«, wollte Fischer wissen.

»Es gab in diesem Fall keinerlei Hinweise auf einen Mord.

Das Geld aus der Schäferlade wurde im Rathaus gestohlen in der Nacht, als Nägele verschwunden ist. Er war schon immer ein seltsamer Kerl, anders einfach. Auch nicht gerade besonders klug. Eher, hm, speziell. Niemand konnte ihn so richtig einschätzen«, erzählte der alte Kommissar. »Seine Schwester, Traudl Nägele, war damals felsenfest davon überzeugt, dass er so etwas niemals getan haben könnte.«

Martina nickte. »Wir haben sie schon kennengelernt. Dasselbe hat sie uns auch gesagt.«

»Hatte Nägele vielleicht Feinde?«, erkundigte sich Matthias.

»Keine Ahnung. Wir sind der Sache nicht weiter nachgegangen. Alle haben sich auf den Verlust des Geldes der Schäferzunft konzentriert. Jeder ging davon aus, dass der komische Kauz sich aus dem Staub gemacht hat. Einige Schäfer haben damals mitgeholfen, nach ihm zu suchen, weil es sie selbst betroffen hat. Zum Beispiel Friedhelm Schnäbele und Peter Wentsch. Doch keine Spur weit und breit. Weder vom Geld noch von dem jungen Mann.«

Merkwürdig, von der Hilfe bei der Suche hatte Friedhelm Schnäbele gar nichts erzählt. Vielleicht hatte er nicht dran gedacht.

Opa Moser redete weiter: »Karl Fuchs war ja der Stadtschäfer und hatte die Verantwortung für die Zunftlade. Den Bürgermeister haben wir damals auch befragt, weil die Lade im Rathaus stand, als sie geplündert wurde. Die Nebeneingangstür wurde aufgebrochen. Das war für den Dieb bei den damaligen Türen am Rathaus ein leichtes Spiel. Selbst für so einen eher einfachen Menschen wie den Nägele.«

»War das übrigens derselbe Peter Wentsch, der gestern auf der Bühne zusammengeklappt ist? Also der Bruder von Frau Schnäbele?«, erkundigte sich Kübelchen. »Ich weiß nicht, ob Sie das mitbekommen haben.«

Der Alte nickte. »Ja, genau. Wissen Sie schon, wegen was er zusammengeklappt ist?«, fragte er neugierig.

Die beiden Kommissare verneinten. Selbst, wenn sie es gewusst hätten, wäre das nicht für Mosers Ohren bestimmt gewesen.

Es herrschte reges Treiben und das Programm würde jeden Augenblick starten. Unglaublich viele Zuschauer hatten sich eingefunden. Die Kreisreiterpaare machten mit ihrem »Bechertanz« den Anfang. Auf einer Stange befand sich ein Balken, an dem ein Brettchen mit einem Becher Wasser hing. Aufgabe war es, den Becher beim Hochheben der Tänzerin mit dem Kopf umzustoßen. Danach wurden die Männer von ihrer Partnerin hochgehoben. Das Paar, dem dies dreimal gelang, ohne selbst nass zu werden, war Sieger und gewann einen Gockel. Anschließend kam der »Lauf der Wasserträgerinnen«. Dabei ging es darum, die Gemeinderäte samt Bürgermeister in ihren Anzügen nasszumachen, was tobendes Gelächter bei den Zuschauern hervorrief.

Fischer hielt sich den gewölbten Bauch vor Lachen.

Quendolins Opa wurde es langsam zu anstrengend. Er wollte zurück ins Pflegeheim, und seine Enkelin und er verabschiedeten sich.

Nun kam der eigentliche Lauf der Schäferinnen und Schäfer, bei dem die Gewinner zum Königspaar gekürt wurden. Zu ihren Ehren wurde anschließend ganz nach alter Tradition der ersehnte Schäferreigen getanzt. Das Publikum klatschte vor Begeisterung. Es sah aber auch zu schön aus, wie die Paare in ihrer Tracht den Reigen tanzten!

Kübelchen war völlig aus dem Häuschen über dieses tolle Erlebnis. Da hatte sie doch einiges zu sehen bekommen, bevor es wieder mit der Ermittlungsarbeit weiterging!

Matthias hatte auch gebannt zugesehen und die ganze Zeit über ihre Hand gehalten, nun drehte er sich strahlend zu ihr um, legte den Arm um sie und meinte: »Also dieses Bad Urach gefällt mir immer besser!«

In dem Moment, als er das sagte, tat es plötzlich einen lauten Knall auf dem Parkplatz und man sah gleich darauf Feuer und eine riesige Rauchwolke aufsteigen. Alle gerieten sofort in Panik. Die Menschen auf dem Platz kamen in Bewegung, fingen an zu schreien und zu kreischen und stoben auseinander. Manche stolperten übereinander, andere zogen ihre weinenden Kinder hinter sich her oder trugen sie auf dem Arm.

»Um Himmels willen!«, rief Martina aufgeregt in Fischers Richtung. Ihr wäre beinahe das Herz stehengeblieben.

»Oh, mein Gott!«, stieß Fischer aus. »Das darf nicht wahr sein!« Er setzte sich in Bewegung. »Komm mit!«

Was war nur passiert? Die beiden hatten Herzklopfen vor Aufregung. Es herrschte ein heilloses Durcheinander. Die Ermittler mussten sich erst mal einen Überblick verschaffen, was eigentlich passiert war.

In Windeseile war die Feuerwehr zur Stelle. Überall Menschen, die hastig zu Fuß davonstürmten und in alle Richtungen stoben. Einige versuchten, ihr Auto zu erreichen. Niemand wusste im ersten Moment so genau, was eigentlich los war.

Hinter dem Parkplatz befand sich die Wiese mit den Zuschauern und den Teilnehmern des Schäferlaufs. Martina zeigte genau in diese Richtung.

»Schau mal, Matthias. Da hinten am Ende des Parkplatzes steht ein brennendes Auto oder das, was davon übriggeblieben ist.«

Matthias und Kübelchen begaben sich eilig zum Ort des Geschehens.

Die Feuerwehrkräfte, die zum Glück vor Ort waren, löschten, was das Zeug hielt. Die Kommissare sahen, wie die

Mitarbeiter und Helfer des Schäferlaufes vor Ort versuchten, dem restlichen Menschenstrom entgegenzukommen und alle zu beruhigen.

»Hoffentlich sind keine Menschen zu Schaden gekommen!«, warf Fischer ein. Allerdings knieten mehrere Sanitäter in der Nähe des Feuers auf dem Platz und beugten sich vornüber, was vermutlich nichts Gutes verhieß.

Als die Ermittler den Platz bei den Hilfskräften erreichten, konnten sie sehen, dass ein lebloser Körper zwischen den Autoteilen lag, beziehungsweise das, was von diesem übrig war. Reste von Körperteilen lagen verstreut herum. Selbst für die beiden war es ein unschöner Anblick, auch wenn sie schon einiges gesehen hatten.

»Wie schrecklich!«, entfuhr es Martina entsetzt und auch Matthias Fischer war wie gelähmt. Was war nur geschehen? Ihnen war klar, dass ein Auto nicht einfach so in die Luft flog.

Kübelchen sah, wie sich zwei Sanitäter ein paar Meter weiter entfernt um einen jungen Mann kümmerten, der furchtbar schrie, auf der Wiese lag und mit den Armen um sich schlug. Er hatte wohl einen Schock erlitten. Bei näherem Hinsehen sahen die Kommissare, dass Eugen Fuchs und Melanie Wentsch auch dabeistanden. Der junge Mann klammerte sich an sie und schubste sie dann wieder weg. Er warf sich auf den Boden, während er strampelte wie ein Kind. Eine Sanitäterin kam dazu, kniete sich neben den jungen Kerl und streichelte ihm den Rücken, während er heulend und schluchzend mit dem Bauch auf der Wiese lag. Ein großer schwarzer Hund, der aussah wie der von Herrn Schnäbele, den sie auf dem Campingplatz kennengelernt hatten, leckte dem aufgelösten jungen Mann tröstend die Hand. Irgendwie kam Martina der Mann bekannt vor. Ihr fiel ein, sie hatte ihn beim Schäferreigen mittanzen sehen.

Auch beim Theaterstück hatte er eine Nebenrolle gespielt. Die Sanitäter nahmen ihn im Krankenwagen mit.

Während Fischer und Kübelchen versuchten, möglichst alles zu überblicken, entdeckten sie wenige Meter entfernt Friedhelm Schnäbele.

Er stand mit seiner Frau, die sich zitternd an seinem Arm festhielt, in angemessenem Abstand und beobachtete das Treiben. Er drehte den Kopf zu ihnen und sah Martina und Matthias völlig aufgeregt entgegen:

»Heiligs Blechle, so an Knall hab i des ledschde Mol em Kriag erlebt, wo a Bomb explodiert isch.«

Die beiden Ermittler sahen sich an und Matthias fragte: »Was haben Sie da eben gesagt?« Er hatte kein Wort verstanden. Hier am Fuß der Schwäbischen Alb klang das Schwäbische etwas anders als das von Kübelchen.

Der alte Mann drehte sich nun ganz zu ihnen um und sagte etwas lauter: »I hab gsagt, dass des an Schlag doa hot, wia do, wo i em Kriag war. I hab jo gsea, wia der Mann ens Auto gschdiega isch und des elles grad so end Luft gfloga isch. I war lang gnuag bei de Soldada. I woiß, von was i schwätz. Des könnt guad a Tellermine gwesa sei. Oder des war an Bomba-Anschlag. Vor denne Sacha isch mor heutzutage ja au nemme sicher. Do kommt jo dauernd was em Fernsea.«

Während er redete, kamen die Kollegen von der Polizei, die zur Sicherheit eingeteilt worden waren.

»Entschuldigung, Herr Schnäbele, wir müssen!«, unterbrach ihn Matthias. Ihm war das Gerede des alten Mannes sowieso zu anstrengend, weil er Mühe hatte, ihn zu verstehen. Man sollte keine voreiligen Schlüsse ziehen und es war doch eher unwahrscheinlich, dass so eine Mine aus dem Krieg so lange unentdeckt geblieben war und hier lag, wo ständig Betrieb herrschte. Es konnte eigentlich nicht sein, dass erst jetzt einer samt Wagen damit in die Luft flog.

»Irgendwie ist das alles echt seltsam, Matthias!«, meinte Kübelchen, als sie sich die ganze Sache noch mal durch den Kopf gehen ließ. Sie hatte sich inzwischen etwas beruhigt. Auch der Platz wurde immer leerer und langsam kehrte wieder etwas Ruhe ein. »Der Schäferlauf ist doch alle zwei Jahre und das schon seit eh und je, oder?« Sie wendete sich noch mal Herrn Schnäbele zu, der seine Ohren gespitzt hatte und sah ihn fragend an. »Den gibt es doch schon sehr lange?«

Er nickte. »Ja! Also au nach dem Kriag war die Veranschdaltung an dem Platz. Da hätt eigentlich längst oiner druf dappa oder drüber fahra müssa! Des isch tatsächlich komisch, do hen Se recht! Vielleicht han i mi au däuscht!«

»Ja, aber noch wissen wir doch gar nicht, ob es eine Mine oder was anderes war und ob es sich um einen Anschlag oder sonst was handelt!«, warf Matthias ein. »Momentan ist noch alles offen. So oft, wie auf dem Parkplatz schon Autos abgestellt wurden. Wir warten ab, was die Spusi herausfindet.«

Schnäbele nickte. »Des wird's Beschde sei, Herr Kommissar.«

Eugen Fuchs kam zitternd auf die beiden zu und sagte: »Das war übrigens mein Auto.« Sein Atem ging schnell.

»Welches?«, wollte Matthias wissen.

»Das explodierte!« Er wirkte sehr aufgeregt.

»Aber wenn das Ihr Auto ist, wer ist dann der Tote und wie kommt er in Ihren Wagen?«, wollte Martina wissen.

Er sah sie an. »Ferdinand Däschle. Der Schäfer, den Sie gestern beim Leistungshüten kennengelernt haben.«

»Ach herrje, wie schrecklich! Aber wieso benutzte er Ihr Auto, Herr Fuchs?«

Er zuckte ratlos mit den Schultern. »Er hat vorher einen Anruf gekriegt, dass bei seiner Hündin die Wehen zu früh eingesetzt haben, und fragte mich, ob er meinen Wagen kurz haben kann. Wir haben ihn heute Morgen hier abgestellt, damit ich später mit dem ganzen Zeug zurückfahren kann. Ich habe ja die Schäferschippen für den Reigen und weiß Gott was alles dabei. Wenn ich mir vorstelle, dass das Auto explodiert wäre, wenn ich dringesessen wäre. Puh!«

Kübelchen überlegte. »Hm, Matthias… Entschuldigung, wenn ich so dazwischenfunke. Also wenn sich herausstellen sollte, dass die Explosion nicht durch unglückliche Umstände hervorgerufen wurde, würde das heißen, dass es jemand auf Sie abgesehen hat, Herr Fuchs. Aber keine vorschnellen Diagnosen! Wir wissen noch nicht, was die Detonation ausgelöst hat!«

Kübelchen und Fischer sahen sich an. Sie verstanden sich auch ohne Worte. Die Spusi musste her. Matthias zückte sein Handy. Als er aufgelegt hatte, erklärte er:

»Das Gebiet wird jetzt erst mal weiträumig abgesperrt und in Augenschein genommen. Dann wissen wir bestimmt bald mehr. Was für eine Katastrophe!« Er wollte vermeiden, dass Eugen in Panik geriet, deshalb versuchte er die Variante mit der Kriegsmine als wahrscheinlicher darzustellen, als sie es war.

Ob Herr Schnäbele mit seiner Vermutung, dass es eine Mine gewesen sein könnte, recht hatte oder nicht, würden die Kommissare also heute vermutlich nicht mehr erfahren. Sie mussten die Ergebnisse abwarten. Kübelchen fand seine Eingebung allerdings mehr als verdächtig. Man kam ja nicht mir nichts, dir nichts auf so eine Idee. Man wusste nie, wer am Ende etwas mit solch einer Sache zu tun hatte.

Nun hatten sie zwei tote Schäfer, einmal Michael Lämmle und jetzt auch noch Ferdinand Däschle. Außer Melanie Wentsch und ihrem Verlobten Eugen Fuchs gab es im Moment noch immer keinerlei Verdächtige für den Mord an Michael Lämmle. Wobei sie bisher für die junge Frau keinen triftigen Grund gefunden hatten, der sie zu dieser Tat getrieben haben könnte, außer sie hätte sich gewehrt und im Affekt gehandelt. Bei der Explosion mit Todesfolge hatten sie noch keinerlei Ahnung, um was es genau ging. Handelte es sich um Zufall oder Absicht? Es war ja offensichtlich unvorbereitet passiert, dass Däschle das Auto ausgeliehen hatte. Auch was den alten Fall von vor dreißig Jahren anbetraf, konnte kein Mensch wissen, ob es einen Zusammenhang gab. Einen Leichnam hatte man nie gefunden. Trotzdem waren sie nach dem Gespräch mit dem alten Moser hier ein Stück weitergekommen. Allerdings dachten Martina und Matthias insgeheim dasselbe. Auch wenn beide Fälle gar nichts miteinander zu tun haben sollten, wollten die beiden auch der alten Geschichte nachgehen.

Man konnte ja nie wissen.

Matthias sah Kübelchen an und meinte wenig überzeugt: »Vielleicht hat Fuchs einen Feind unter den Schäfern. Einen Konkurrenten zum Beispiel!«

Martina zuckte mit den Schultern. »Ist zwar ein schwaches Motiv, aber wir müssen ja alles in Betracht ziehen. Also ich würde wegen eines Wettbewerbs niemanden in die Luft jagen! Gesetzt den Fall, dass es Absicht war.«

Es interessierte sie viel mehr, was es mit dieser Zunftlade auf sich hatte und wo der Schäfer samt Kohle damals abgeblieben war. Vielleicht wussten Herr Schnäbele oder Eugen Fuchs noch mehr darüber. Immerhin war die Familie des jungen Mannes seit Generationen im Uracher Schäferverein. Irgendetwas sagte ihr, dass diese Fälle etwas miteinander zu tun haben könnten. Die Kommissarin nahm sich vor, Friedhelm Schnäbele demnächst mit Matthias zu Hause einen Besuch abzustatten. Er wusste sicher einiges über die Geschichte des Schäferlaufs und die damit verbundenen

Gepflogenheiten. Vielleicht wusste er auch noch das ein oder andere Detail über den Fall des damals verschwundenen Schäfers Paul Nägele zu berichten.

Doch es war inzwischen ziemlich spät geworden und sie vertagten diesen Plan auf Montag.

EIN SCHRECKLICHER VERDACHT

Nachdem die übrigen Festivitäten des Schäferlaufs aufgrund der Vorkommnisse abgesagt worden waren und sie auf die Ergebnisse der KTU und der Rechtsmedizin warten mussten, beschlossen Fischer und Kübelchen, auf ihre Idee zurückzugreifen und dem Ehepaar Schnäbele auf dem Campingplatz einen Besuch abzustatten. Schließlich war das besser als nichts und vielleicht fanden sie dort doch etwas Spannendes heraus, das sie weiterbrachte. Immerhin kannte sich Herr Schnäbele mit alten Kriegswaffen und somit auch mit Minen aus. Auch hatten er und seine Frau damals vor etwa dreißig Jahren das Verschwinden des Schäfers miterlebt und hatten diesen auch gekannt. Sollte es doch einen Zusammenhang geben, dann war dies vielleicht eine Möglichkeit, mehr darüber zu erfahren.

Hier wacht Lucifer! stand auf dem Schild am Gartentürchen. Im Garten begrüßte sie der Berner Senner von Schnäbeles allerdings mit Schwanzwedeln.

Als Wachhund war er offenbar nicht geeignet, so gutmütig und friedlich, wie er sich verhielt. Der Name widersprach seinem Gemüt völlig. Martina kraulte ihm liebevoll den Hals und er freute sich sichtlich. Er machte keinerlei Anstalten, die »Eindringlinge« zurückzuhalten.

Matthias dachte neidisch: Ein Hund sollte man sein!, während er die Liebkosungen beobachtete, die Martina dem Tier zukommen ließ.

Der Bungalow von Sigrid und Friedhelm Schnäbele war ganz anders als das, was man von einem Wohnsitz auf dem

Campingplatz erwartete. Es war eher so etwas wie eine kleine Villa mit allem Komfort. Es gab sogar eine tolle Holzveranda mit schicken grauen Loungemöbeln, auf denen beige gemütliche Polster lagen. Kübelchen war ganz entzückt und hätte sich am liebsten zusammen mit dem schnuckeligen Lucifer darauf niedergelassen.

Als Sigrid Schnäbele die Holztür mit den verglasten Scheiben öffnete, strömte den beiden schon der herrliche Duft nach Braten und Rotkohl entgegen. Eines von Fischers Leibgerichten. Er stellte fest, dass er den ganzen Morgen noch nichts gegessen hatte und sein Magen knurrte. Wie Martina das aushielt, war ihm schleierhaft. Sie nahmen auf der gemütlichen Eckbank in der rustikal eingerichteten Küche Platz und Sigrid Schnäbele kümmerte sich nebenher um das Essen. Der Kommissar konnte das Angebot, mitessen zu dürfen, nicht abschlagen, auch wenn das den notwendigen professionellen Abstand zwischen den Ermittlern und dem Ehepaar verringerte.

Kübelchen fügte sich und fing schon mal an, mit Herrn Schnäbele zu sprechen, auch wenn dieser gar kein begeistertes Gesicht über die unerwarteten Gäste machte.

»Wir sind hier, weil wir uns auch für den alten Fall des toten Schäfers vor dreißig Jahren interessieren. Einiges davon haben Sie uns ja schon berichtet. Es wäre spannend für uns, was Sie noch wissen. Woher genau kannten Sie Nägele?«

Frau Schnäbele kam ihrem Mann zuvor. »Friedhelm war früher auch Schäfer. Da kennt man sich untereinander. Man hat gemeinsame Treffen, sieht sich beim Schäferlauf, außerdem hatte er denselben Chef wie Paul Nägele.«

»Ach, interessant. Wen denn?«, fragte Fischer dazwischen.

»Damals waren er und mein Mann bei Karl Fuchs angestellt. Mein Bruder Peter Wentsch übrigens auch. Alle drei führten eine seiner Schafherden. Karl und Friedhelm haben sich besonders gut verstanden. Man könnte fast sagen, mein Mann war ihm treu ergeben. Es war so eine Verbundenheit, so eine Art Freundschaft, wenn Sie wissen, was ich meine.«

Martina und Fischer nickten. Friedhelm wich ihren Blicken aus und schwieg.

»Leider ist Karl Fuchs vor einigen Wochen verstorben und das hat meinen Mann sehr mitgenommen. Ist ja klar, wenn man sich das halbe Leben gekannt hat.«

Herr Schnäbele fuhr sie an: »Sei endlich schdill, Weib. Das indressiert d'Bolizei doch ned, Sigrid!«

Sie wendete sich unbekümmert wieder ihrem Essen zu. Offenbar war sie seinen rauen Ton gewohnt. Er war genauso ungehobelt, wie sie ihn schon auf dem Campingplatz und bei der Explosion kennengelernt hatten.

Kübelchen ließ sich davon nicht beirren. Schließlich gehörte sie zu der Generation Frauen, die sich nicht mehr von so einem »alten Bruddlsack« einschüchtern ließen.

»Okay, dann wäre das ja geklärt. Haben Sie auch Kontakt zu Eugen Fuchs, Herr Schnäbele?«

Er nickte. Wieder warf Sigrid Schnäbele etwas dazwischen. Sie schien sich nicht unterbuttern zu lassen, was Martina sehr gefiel.

»Mein Mann schaut immer mal beim Fuchsenhof vorbei.«

Die beiden Kommissare dachten dasselbe. Es passte überhaupt nicht zu dem Verhalten von Herrn Schnäbele, dass er Kontakte pflegte. Aber vielleicht hatte er einen guten Kern, den er gut zu verbergen wusste. Man konnte sich ja manchmal irren. Schließlich handelte es sich um den Sohn seines verstorbenen Freundes.

»Fällt Ihnen noch etwas zu den Vorfällen vor dreißig Jahren ein?«, wollte Fischer wissen.

Frau Schnäbele überlegte kurz und meinte dann: »Der Kommissar Moser war damals mit seinem Assistenten da und hat nach dem Schäfer gefragt. Allerdings wurde ja davon ausgegangen, dass er den Inhalt der Lade aus dem Rathaus gestohlen und sich danach abgesetzt hat. Weder sie noch das Geld sind je wieder aufgetaucht. Aber ich habe dem Kommissar damals trotzdem gesagt, dass ich mir das von Paul Nägele nicht vorstellen kann«, antwortete Frau Schnäbele.

Ihr Mann sagte ungeduldig: »So, jetzt wird das Essen kalt. Genug geredet, Weib!«

Seine Frau trug das Essen auf mit den Worten: »Wissen Sie, mein Mann braucht immer was Ordentliches auf dem Tisch. Nicht umsonst wiegt er zu viel! Trotz dem vielen Essen mampft er nachts heimlich aus dem Kühlschrank. Er glaubt tatsächlich, ich bin so dumm und merke das nicht.« Sie schmunzelte. »Es hört sich immer an wie eine Maus, die alles anknabbert. Und dann wirft er auch noch heimlich seine Bäckertüten in den Papiereimer in der Garage. Eigentlich müsste ich ihm sein Taschengeld kürzen.«

Friedhelm blickte böse drein, während seine Frau kicherte. Die Ermittler fanden das sehr amüsant und grinsten verstohlen in sich hinein.

Vielleicht gab es ja bei der Polizei noch Berichte und Dokumente von damals. Eigentlich war das ziemlich unwahrscheinlich, aber da gab es ja noch Herrn Moser. Manche Leute hoben ihre Notizen ewig auf. Vielleicht hatten sie ja Glück. Ansonsten wusste er möglicherweise noch einiges darüber.

Die beiden verabschiedeten sich von Schnäbeles, und als sie draußen vor der Tür waren, konnte sich Kübelchen ein bisschen lästern nicht verkneifen. »Gut, dass Sigrid Schnäbele so mitteilsam ist. Die speichert sich ja alles ab, was sie aufschnappt. Ich hatte den Eindruck, dass Herr Schnäbele das nicht so gern mag.«

Es war ein Glück, dass Frau Schnäbele immer alle Infos aufsaugte und im Kopf verankerte. Sie war schon extrem neugierig und gesprächig. Ganz im Gegensatz zu ihrem Gatten. Ein Traum für jeden Ermittler. Allerdings musste man natürlich aufpassen, dass man selber keine wichtigen Details preisgab.

Matthias grinste und meinte: »Sind wir doch froh, dass es den Sigrid-Service gibt.«

Dass sie noch nicht sagen konnten, ob die Explosion ein Anschlag war oder ein Unglück, war natürlich ein »gefundenes Fressen« für die Presse. Der *Ermstalbote* titelte mit: »Explosion beim Schäferlauf. Kripo tappt im Dunkeln« und fragte: »Hatte es der Täter auf den Sohn des ehemaligen Stadtschäfers abgesehen?«

Nun galt es, die Ergebnisse der Rechtsmedizin und der KTU abzuwarten. Die beiden dachten darüber nach, was zu tun war.

»Ich denke, dass wir den jungen Mann, der von den Sanitätern abgeholt wurde, nicht außer Acht lassen sollten!«, meinte Martina. »Wer weiß, was er gesehen hat. Es muss ja einen Grund geben, warum er so reagiert hat!«

Da musste Matthias Fischer seiner Kollegin recht geben. Den hatte er in Gedanken doch etwas weiter nach hinten verschoben. Auch wenn der junge Mann nervlich vielleicht noch nicht auf der Höhe war, müsste man versuchen, ihn zu befragen.

Als sie in der Klinik ankamen, zückten sie ihre Polizeiausweise und erkundigten sich an der Rezeption nach dem jungen Mann, der nach der Explosion beim Schäferlauf eingeliefert worden war. Die Frau in dem Glaskasten saß mit einer Zeitschrift hinter der Scheibe und war darin vertieft. Sie hob unmotiviert ihren Kopf, hörte, was die beiden wollten, sah gelangweilt in den PC und nannte ihnen die Zimmernummer.

»Können Sie uns noch den Namen sagen?«, fragte Matthias Fischer. Der Patient war so schnell durch die Sanitäter weggebracht worden, dass die Frage nach seinen Personalien untergegangen war. Die Dame sah nochmals auf den Bildschirm. Als die beiden den Namen hörten, waren sie doch etwas überrascht. Er hieß Albrecht Fuchs.

»Nanu, Fuchs?«, stellte Martina verwundert fest.

»Hat nicht Lämmle uns beim Essen erklärt gehabt, dass der Verlobte von Melanie noch einen Bruder hat, der auch beim Theaterstück mitgemacht hat und ein bisschen ›unterbelichtet‹ wäre?«, glaubte sich Fischer zu erinnern.

»Werden wir gleich erfahren«, erwiderte Kübelchen.

Dr. Maier, der behandelnde Arzt, erlaubte den Ermittlern, fünf Minuten mit Albrecht Fuchs zu sprechen. Mehr nicht.

Sie mussten sich also genau überlegen, welche Fragen sie in dieser kurzen Zeit stellen wollten.

»Ach ja, bitte wundern Sie sich nicht. Herr Fuchs ist etwas, hm, sagen wir mal speziell! Er scheint an einer geistigen Beeinträchtigung zu leiden. Vergangene Nacht mussten wir ihn suchen, weil er nicht mehr in seinem Zimmer war. Er scheint doch sehr verwirrt zu sein!«

Als die beiden das Zimmer betraten, saß Albrecht Fuchs regungslos auf der Kante des Krankenbettes und starrte zum Fenster hinaus. Er schien sie zuerst gar nicht zu bemerken. Auf seinem Nachttisch stand ein unberührtes Frühstück. Das Einzelzimmer war sehr hell und freundlich. In der Ecke gab es einen Tisch mit zwei Stühlen. Die beiden Kommissare gingen um das Bett herum und Kübelchen sprach ihn vorsichtig an.

»Guten Tag, Herr Fuchs.«

Er drehte sein sehr attraktives Gesicht in ihre Richtung und fragte: »Wer sind Sie? Was wollen Sie?«

Die beiden bemerkten sofort, was der Arzt gemeint hatte. Seine Hände waren zu Fäusten geballt und er schien sich nicht wohlzufühlen.

Matthias mischte sich ein: »Wir sind von der Polizei, Herr Fuchs. Da wir gesehen haben, dass Ihnen die Explosion gestern so zugesetzt hat, wollten wir Sie dazu befragen. Vielleicht hatten Sie näheren Kontakt zu dem Opfer Ferdinand Däschle oder haben etwas gesehen? Deshalb sind wir hier.«

Er nickte zustimmend und Kübelchen stellte die Frage, die ihr am meisten auf der Seele brannte: »Kennen Sie Eugen Fuchs?«

»Ja, er ist mein großer Bruder!«, war die knappe Antwort.

Die beiden Ermittler warfen sich einen wissenden Blick zu.

Matthias fuhr fort: »Was hat Sie bei der Explosion aus der Fassung gebracht? Waren Sie auch in Gefahr oder sind Sie so sehr erschrocken?«

Albrecht Fuchs fing wie aus heiterem Himmel lauthals an zu schluchzen und schrie: »Der Knall, der Rauch, das Geschrei!« Er kam in Bewegung und fing an, wild um sich zu schlagen, genau so wie auf dem Platz.

Matthias Fischer konnte gerade noch ausweichen, bevor er ihn mit der Hand am Kopf traf. Der Tumult bei der Explosion schien ihm mehr auszumachen als der Tod des Schäfers.

Fischer hielt ihn fest.

Der Arzt samt Schwester kam hereingestürzt.

»Bitte gehen Sie! Ihre Fragen scheinen ihn mehr aufzuregen, als ich gedacht habe.« Der Blick des Arztes duldete keinen Widerspruch.

Der Mann war wirklich sehr seltsam. Sie würden Eugen Fuchs nachher genauer nach der Beeinträchtigung seines Bruders befragen und warum er ihnen die verwandtschaftlichen Beziehungen verschwiegen hatte. Für einen behinderten Bruder musste man sich doch nicht schämen. Oder steckte da etwas anderes dahinter? Fischer legte noch beim Rausgehen seine Visitenkarte auf den Nachttisch. Vielleicht würde Albrecht sich ja melden, wenn er sich beruhigt hatte.

Beiläufig erkundigten sie sich nach dem Zustand von Peter Wentsch, den die Sanitäter nach seinem Zusammenbruch auch hier eingeliefert hatten.

Dr. Maier lag allem Anschein nach etwas auf der Zunge. Vor der Tür meinte er:

»Vielleicht wäre es ganz gut, wenn Sie bei Peter Wentsch vorbeischauen. Er ist ja noch mal davongekommen und kann kurz gestört werden.«

Fischer runzelte die Stirn. Was meinte er? Sie hatten ja eigentlich gar keine Zeit, den Mann zu besuchen und außerdem kannten sie den Schäfer kaum.

Der Arzt zögerte kurz, bevor er weitersprach.

»Also ich habe ehrlich gesagt sein Blut vorsichtshalber ins Labor geschickt. Er hatte Symptome wie nach einer Vergiftung. Ein Wunder, dass er noch lebt. Ich hätte Sie angerufen, sobald das Ergebnis da ist, aber da Sie schon mal hier sind … Falls ich recht hätte, wovon ich ausgehe, wäre es ja wichtig, dass Sie so schnell wie möglich handeln können. Bei den besorgniserregenden Vorkommnissen der letzten Tage. Meine Kollegin fand das übertrieben, aber wir werden ja sehen, was rauskommt. Ich könnte mal kurz anrufen und nachfragen, ob es schon Ergebnisse gibt.«

»Ja, Herr Doktor Maier. Machen Sie das! Vielen Dank!« Kübelchen und Fischer hofften natürlich, dass er sich irrte, hatten aber ein ungutes Gefühl. Martina setzte sich solange auf einen der Stühle im Gang des Krankenhauses und Fischer holte Kaffee am Automaten neben dem Aufzug.

Der Arzt nickte, als er zurück war. »Bingo! Es handelt sich um das Gift Aconitin vom Eisenhut. Allerdings habe ich keine Ahnung, wie man ihm das verabreicht hat. Vielleicht übers Essen. Am besten fragen Sie ihn, ob er sich das irgendwie erklären kann. Das ist ja allerhand!«, fügte er noch hinzu.

Fischer und Kübelchen hatten gehofft, dass sein Verdacht sich nicht bestätigte.

»Oh je, das hat uns noch gefehlt! Der oder die Täter scheinen es auf mehrere Leute abgesehen zu haben!«, meinte Fischer.

»Sieht ganz danach aus, Matthias! Hoffentlich passiert nicht noch mehr! Es würde eigentlich reichen!«, erwiderte Martina.

Die beiden Ermittler bedankten sich bei Dr. Maier für seinen Hinweis, bevor er sich wieder seiner Arbeit widmete.

»Also das wird ja immer verzwickter«, meinte Kübelchen.

»Schon seltsam, dass der Bruder von Sigrid Schnäbele vergiftet wurde«, fügte Matthias hinzu.

»Da läuft ein Mörder frei herum, der offensichtlich vor nichts Halt macht, und wir haben keine Ahnung, wer es sein könnte!«, erwiderte Martina verzweifelt.

»Unser einziger Verdächtiger ist Eugen Fuchs!«, antwortete Fischer. »Aber warum sollte er Peter Wentsch vergiften? Bei Lämmle könnte ich das noch verstehen, da hätte er ein Motiv.«

»Vielleicht haben wir etwas übersehen, Matthias!«, zweifelte Kübelchen.

»Wir sollten endlich ein paar Ergebnisse liefern!«, entgegnete Fischer.

»Na, worauf warten wir dann noch! Machen wir uns

weiter auf Mörderjagd!«, forderte Martina ihren Kollegen auf und spazierte mit Fischer im Schlepptau zum Zimmer von Peter Wentsch.

Der Patient lag in seinem Krankenbett und starrte an die Decke, als die beiden eintraten. Die beiden stellten sich vor.

»Der Arzt hat uns gerade mitgeteilt, dass man Ihnen auf irgendeinem Weg eine giftige Substanz verabreicht hat.«

»Wie bidde? Sie moined, mer wollte mich vergifda? Wer macht denn so ebbes?«, fragte er aufgeregt.

»Das wollten wir eigentlich von Ihnen wissen. Haben Sie Feinde?«, entgegnete Kübelchen.

»Mmh, da gibts scho a paar Leit! Aber deshalb vergiftet man doch niemand!«, war die knappe Antwort.

Na super, dachte Kübelchen, das macht das Ganze nicht gerade leichter!

Matthias fragte: »Können Sie sich vorstellen, wer das war?«

Wentsch schüttelte den Kopf. »Momentan nicht.«

»Herr Wentsch, können Sie sich erklären, wann oder wo man Ihnen die Substanz verabreicht haben könnte?«

»Woher soll i des wissa? Sie sind doch bei der Bolizei! Des isch ja wohl Ihre Aufgabe!«, erwiderte er sehr unfreundlich.

Sie ignorierten seinen Ton.

»Also, Sie erzählen uns jetzt mal, was Sie an dem Abend der Reihe nach gemacht haben!«, forderte Matthias den unangenehmen Gesellen mit energischem Ton auf. »Kann es sein, dass es übers Essen passiert ist? Wann und wo haben Sie gestern gegessen?«

Darauf war Peter Wentsch nicht gefasst und antwortete prompt. »Also gestern Abend vor dem Auftritt habe ich auf jeden Fall nichts zu mir genommen. Ich spiele Posaune, und da ich immer Sodbrennen nach dem Essen bekomme, nehme ich zwei bis drei Stunden davor nichts mehr zu mir, damit ich ordentlich spielen kann. Getrunken habe ich nur Wasser aus dem Wasserhahn, da ich auch bei Kohlensäure aufpassen muss, dass ich danach nicht ständig aufstoße. Da habe ich aber direkt aus dem Hahn getrunken. Alkohol gibt es auch erst hinterher.«

Es wäre ja auch zu einfach gewesen, wenn man ihm das Gift ins Essen gemischt hätte, und auch dann wären jetzt schon alle Überreste beseitigt. Martina und Fischer sahen sich an.

»War Ihnen vor dem Auftritt auch schon mulmig?«, wollte Kübelchen wissen.

»Noi, erst mittendrin hat das angefangen!«, war die knappe Antwort. »Eigentlich, kurz nachdem ich begonnen habe, auf meiner Posaune zu spielen.«

Martina fiel es wie Schuppen von den Augen. »Matthias, ich glaub, mir dämmert es langsam. Dir auch?«

Er sah sie fragend an. »Auf was willst du hinaus, Martina. Ich glaube, ich stehe gerade auf dem Schlauch.«

»Denk doch mal nach! Wo haben Sie denn Ihr Instrument, Herr Wentsch?«, fragte die Kommissarin.

Er zuckte mit den Schultern. »Vielleicht noch da, wo unser Konzert stattgefunden hat. Da haben sich bestimmt meine Musikerkollegen drum gekümmert.«

Oje, hoffentlich hatte der Täter die Posaune nicht schon verschwinden lassen. Sie mussten ihm zuvorkommen.

Martina sah Matthias auffordernd an und er verstand langsam, worauf seine Kollegin hinauswollte.

»Mensch, Martina! Das könnte tatsächlich sein, dass jemand das Gift auf das Mundstück aufgetragen hat! Wir müssen das Instrument schnellstens finden und sicherstellen, bevor alle Spuren beseitigt werden.«

Sie nickte.

»Eine Frage noch, Herr Wentsch: Wer hatte alles Zugang

zu den Instrumenten der Musikkapelle?«, erkundigte sich Fischer.

»Also eigentlich alle. Wir haben die Instrumente etwa eine halbe Stunde vor dem Auftritt im Zelt auf der Bühne hinter dem Vorhang abgestellt. Da hätte sich wirklich jedermann unbemerkt Zugang verschaffen können.«

Das machte die Sache nicht einfacher und klang nicht gerade vielversprechend.

»Hm, da hoffen wir mal, dass Ihre Posaune noch da ist und wir Spuren sichern können!«, antwortete Fischer. »Was meinst du, Martina? Soll Frau Dr. Wolf die Posaune mal genauer unter die Lupe nehmen, falls wir diese finden?«

Seine Kollegin nickte zustimmend. »Ja, und ein Kollege muss kommen, der den Eingang zu Herrn Wentschs Zimmer bewacht!«, antwortete Kübelchen.

Matthias rief gleich zwei Kollegen an und die Kommissare hofften inständig, dass ihr Verdacht stimmte. Es war eine wirklich sehr ungewöhnliche Idee, jemanden auf diesem Weg loswerden zu wollen. Ein Mundstück vergiften!

Sie warteten noch, bis die Kollegen da waren und vor der Tür ihren Platz einnahmen, dann verließen Kübelchen und Fischer eilig die Klinik, um sich auf die Suche zu machen. Die Kollegen der Musikkapelle würden sie vorerst nicht befragen. Falls der Täter unter ihnen war, wäre er gewarnt. Schließlich dachten alle nach wie vor an einen Herzanfall oder Ähnliches und das sollte vorerst so bleiben. Peter Wentsch hatten sie eingeschärft, in seinem eigenen Interesse niemandem von der Vergiftung zu erzählen.

Auf keinen Fall!

Auch der arme gebeutelte Albrecht Fuchs spukte in Martinas Kopf herum und sorgte dafür, dass sie grübelte. Er konnte mit der Situation aufgrund seiner geistigen Behinderung gar nicht zurechtkommen. Er tat ihr sehr leid. Sie würde sich bei Eugen Fuchs erkundigen, warum er ihnen verschwiegen hatte, dass es sich bei dem jungen Mann, der ins Krankenhaus eingeliefert worden war, um seinen Bruder handelte.

Als sie auf dem Marktplatz ankamen, war immer noch sehr viel los. Ein paar Leute räumten gerade Stühle auf der Bühne hin und her. Sie wiesen sich kurz aus und Kübelchen sprach einen davon an.

»Grüß Gott, Sie haben doch gestern sicher mitbekommen, dass einer der Musikanten ins Krankenhaus musste.«

Alle nickten und eine Frau sagte: »Ja, der Peter. Wie geht es ihm?«

»Es geht ihm schon besser. Er vermisst nur seine Posaune, weil die in der ganzen Aufregung hier liegen geblieben ist!«, entgegnete Martina.

»Wir haben versprochen, dass wir sie suchen und darauf aufpassen, falls wir sie finden!«, ergänzte Matthias.

»Ah, verstehe! Sie steht noch im Rathaus drüben!«, berichtete eine der Frauen.

Manchmal war es auch gut, dass es Leute gab, die um sich herum alles aufnahmen. Die beiden bedankten sich und machten sich sofort auf den Weg. Sie eilten über den historischen Marktplatz mit seinen liebevoll restaurierten Fachwerkhäusern hinüber zum Rathaus, das aus dem 15. Jahrhundert stammte. Der alte steinerne Marktbrunnen davor plätscherte gleichmäßig vor sich hin.

Tatsächlich hatten sie Glück. Die Dame an der Rezeption wusste Bescheid und übergab ihnen das gute Stück.

IN GEFAHR

Nachdem sie die Posaune sichergestellt und an Frau Dr. Wolf von der KTU in Reutlingen weitergeleitet hatten, hielten sie beim Bäcker an der Hauptstraße. Dort konnte man sich mit Kaffee und einem »Siaßschdickle« draußen an ein Tischchen setzen. Die Stühle waren ziemlich unbequem, aber immerhin konnten die beiden mal kurz die Füße ausstrecken, bevor sie noch mal beim Haus von Familie Fuchs in Bad Urach vorbeifahren wollten.

Während sie so dasaßen und kauten, erinnerte sich Kübelchen an die Explosion. Plötzlich stutzte sie.

Fischer sah seine Kollegin fragend an. »Was ist los, Martina? Stimmt etwas nicht?«

»Hm, ich spiele nur die unterschiedlichen Möglichkeiten durch. Was ist, wenn sich herausstellt, dass es ein Anschlag war? Ich meine, es war immerhin sein Auto. Normalerweise wäre er später allein damit zurückgefahren. Wir wissen ja nicht, wer letztendlich mitgefahren wäre. Manchmal fragt ja auch jemand spontan. Allerdings hat Fuchs ja ausgesagt, sie hätten nach Ende des Schäferlaufs ein Auto heimwärts auf jeden Fall sehr vollgeladen. Man muss das ganze Zeug ja zurückbringen. Dann hätte vielleicht sonst niemand mehr Platz gehabt im Auto. Den Tod von weiteren möglichen Mitfahrern hätte der Täter in Kauf genommen oder er wusste, dass Eugen Fuchs mit dem vollen Fahrzeug alleine fährt!«, spekulierte Kübelchen.

»Da habe ich auch schon dran gedacht. Aber ob es Däschle in dem Fall nur zufällig erwischt hat, können wir noch nicht wissen. Ich sage den Kollegen Bescheid, dass sie bei Däschle zu Hause vorbeigehen und schauen, ob sie bei der Nachbarschaft etwas herausbekommen.«

»Da heißt es nun also abwarten. Sollte es sich um einen Mordversuch an Eugen Fuchs handeln, dann schweben er und seine Familie möglicherweise in Lebensgefahr! Hoffentlich irren wir uns!«, stellte Martina trocken fest.

Die beiden Ermittler beendeten ihre Pause und machten sich auf den Weg zum Fuchsenhof. Das war alles sehr undurchsichtig. Einerseits der Verdacht, dass Eugen Fuchs Michael Lämmle aus Eifersucht erschlagen haben könnte, andrerseits ein Anschlag, bei dem sein Auto in die Luft gejagt wurde. Das war sehr verwirrend. Also klingelten sie bei den Fuchsbrüdern das zweite Mal an diesem Wochenende.

Diesmal öffnete Eugen Fuchs ordentlich gekämmt und sauber angezogen. Nicht so wie beim letzten Mal. Das Ereignis hatte ihm vermutlich fürs Erste die »Festerei« ausgetrieben und ihn ernüchtert.

»Kommen Sie doch herein. Gibt es schon was Neues? Möchten Sie einen Kaffee oder etwas anderes zu trinken?«

Er führte die beiden durch eine Halle mit vielen Gemälden in Rahmen an der Wand, einem verzierten Treppengeländer und einer Empore. Sie kamen in ein sehr teuer eingerichtetes Wohnzimmer mit offenem Kamin und großer Terrasse, auf die eine zweiflüglige breite Glastür führte. Das Sofa war mit dunkelbraunem Leder überzogen. Ein übergroßer Fernseher hing an der Wand über einem dunklen Sideboard aus edlem Massivholz. In einem antiken Schrank mit grünen Ornamentscheiben standen Goldrandtassen und teuer aussehende Weingläser. Ein edler Kronleuchter zierte die Decke.

Kübelchen wusste gar nicht, wo sie zuerst hinschauen sollte.

Matthias schien das alles nicht zu beeindrucken. In seinen Augen stand das Misstrauen geschrieben.

Kübelchen fand die Wandlung von Eugen Fuchs um 180 Grad etwas befremdlich, nahm aber den Kaffee dankend an und war tief beeindruckt von seinem Haus. Sie freute sich, als sie den Muntermacher in einer der Goldrandtassen serviert bekam.

»Was für edle Tassen, Herr Fuchs!«, entfuhr es ihr entzückt.

Ihr Kollege verdrehte die Augen in ihre Richtung und wendete sich dem Tatverdächtigen zu: »Also, Herr Fuchs, Sie können sich bestimmt denken, warum wir hier sind. Wir hoffen, dass Sie sich in der Zwischenzeit wieder erinnern, mit wem sie zur Tatzeit zusammen waren oder wo sie sich aufgehalten haben.«

Eugen Fuchs nickte: »Ja. Ich war hier bei uns in der Scheune beim internen Treffen der Schäfer. Das findet jedes Jahr bei uns auf dem Hof statt. Wir feiern nicht die ganze Nacht auf dem offiziellen Schäfertanz, sondern feiern im Anschluss hier untereinander. Dabei kam ich auch mit Melanie im letzten Jahr zusammen. Das Treffen gab es schon zu Lebzeiten meines Vaters und Großvaters und an dieser Tradition halten wir fest, auch nach seinem Tod. Dass ich hier war, können möglicherweise auch mehrere Schäfer bezeugen. Ich kann Ihnen die Namen aller Beteiligten geben. Allerdings waren die meisten ziemlich angetrunken. Kann sein, dass der ein oder andere nicht weiß, wann ich da war. Daran erinnere ich mich selber auch nicht mehr so genau.«

»War da auch Michael Lämmle dabei?«, erkundigte sich Matthias.

Eugen Fuchs zögerte und schüttelte dann den Kopf. »Bis zum letzten Jahr ja, aber diesmal sind wir ja wegen Melanie aneinandergeraten. Da erklärt es sich ja von selbst, dass er anschließend nicht dazu kam.«

»Und was ist mit Ferdinand Däschle? War er dabei?« Jetzt war Martina gespannt.

»Ja, klar. Alle mochten ihn. Er war immer lustig und gut drauf. Hatte immer seine Gitarre dabei. Eine echte Stimmungskanone. Er war der hilfsbereiteste Mensch, den ich kenne. War in sämtlichen Vereinen aktiv dabei. Er konnte keiner Fliege was zuleide tun. Pech, dass es ausgerechnet ihn erwischt hat.« Eugen Fuchs schien es wirklich zu bedauern, dass Däschle tot war.

Kübelchen sah ihren Kollegen an und fragte: »Das heißt, er hatte eher keine Feinde?«

Eugen Fuchs sah sie verwundert an: »Wieso? Handelt es sich um einen Anschlag? Sigrid Schnäbele, die Frau unseres ehemaligen Schäfers, hat mir berichtet, dass es sich vermutlich um eine Mine aus dem Krieg gehandelt hat.«

Sigrid Schnäbele war doch eine alte Tratschtante. Kübelchen versetzte ihrem Kollegen einen Stoß mit dem Ellbogen und flüsterte: »Ich sags doch: Sigrid-Service!«

Fischer verstand sofort, was sie meinte und grinste.

Sigrids Gerede hatte ein Gutes. Die beiden Kommissare hatten ebenfalls von ihr erfahren, dass Eugen Fuchs und Friedhelm Schnäbele sich kannten.

Der Kommissar erklärte: »Tatsächlich handelte sich um eine Mine, aber mehr wissen wir noch nicht. Vielleicht lag sie auch seit dem Krieg an der Stelle, auch wenn das eher unwahrscheinlich ist. Schließlich sind über den Schotter schon Unmengen Autos gefahren. Das kann fast nicht sein. Wir müssen in alle Richtungen ermitteln, bis es Klarheit gibt! Deshalb ist der Schäferlauf auch vorzeitig abgebrochen worden. Im Moment haben wir tatsächlich etwas Sorge, dass man es auf Sie, Ihren Bruder oder Ihre Verlobte abgesehen hat.«

Der junge Mann schien daran Zweifel zu haben. »Ach Blödsinn. Wer sollte uns denn was Böses wollen? Ich kann schon auf uns aufpassen, aber ich kann mir das nicht vorstellen. Die Mine lag bestimmt schon seit dem Krieg da. Man hört sowas doch immer mal wieder.«

»Wir haben momentan tatsächlich keine Bestätigung, aber falls sich herausstellen sollte, dass die Mine absichtlich gelegt wurde und Sie in Gefahr sein könnten, werden wir einen Streifenwagen vor Ihrem Anwesen aufstellen. Bis dahin sind Sie bitte vorsichtig!«, entgegnete Fischer.

»Ach übrigens, warum haben Sie uns eigentlich anfangs nichts von Ihrem Bruder erzählt?«, wollte Kübelchen wissen.

»Da gibt es nichts zu erzählen!«, meinte Eugen unfreundlich. »Er ist unterbelichtet. Man kann ihn nie sich selbst überlassen. Seit Vaters Tod muss ich mich allein um ihn kümmern. Ich habe ihn schon auf die Warteliste fürs Heim eintragen lassen. Da wäre er am besten aufgehoben und ich hätte meine Ruhe.«

Er klang ziemlich abgebrüht und Kübelchen tat der sensible Albrecht sehr leid. In diesem Moment hätten sich die Ermittler alles vorstellen können. Auch dass der ältere der Fuchs-Brüder ein Mörder war. So eiskalt und gemein, wie er gerade rüberkam. Möglicherweise saß der Täter also hier mit ihnen am Kaffeetisch und sie mussten ihn nur noch überführen. Immerhin hatte er in Bezug auf Lämmle ein klares Motiv.

Über Däschle wussten sie noch zu wenig. Eugen erwähnte noch kurz, dass dieser seit Jahren Witwer war und sonst keine weiteren Angehörigen bekannt waren, bevor sie sich verabschiedeten und zu Fischers Büro fuhren.

Die ersten drei Zeugen, mit denen Eugen Fuchs vermutlich in der Tatnacht zusammen gefeiert hatte, waren ihnen schon vom Leistungshüten bekannt. Traudl Nägele, Peter Wentsch, Ferdinand Däschle. Die anderen bestätigten später am Telefon, dass Eugen Fuchs mit ihnen während der Tatzeit zusammen auf seinem Hof gefeiert hatte. Allerdings sah man sich auf so einem Treffen nicht lückenlos, und so konnten sie auch nicht sicher sagen, ob er sich zwischendurch entfernt hatte. War Ferdinand Däschle womöglich Zeuge, als Eugen Fuchs den armen Michael Lämmle erschlug, und musste deshalb sterben? Das wäre auf jeden Fall eine Möglichkeit. Auch zwei weitere, die sie ebenfalls noch anriefen, sagten dasselbe.

Oder wurde Ferdinand Däschle nur durch einen dummen Zufall zum Opfer und jemand wollte den jungen Fuchs unter die Erde bringen? Ferdinand selbst schien unter den Teilnehmern extrem beliebt gewesen zu sein. Genau wie es Eugen Fuchs gesagt hatte.

Die beiden Ermittler überlegten hin und her. »Ganz schön verzwickt. Wie sollen wir nun weiter verfahren, Matthias?«

Der Kommissar zuckte mit den Schultern, während er Martina ansah. Insgeheim wusste er, was er jetzt am liebsten mit ihr machen würde. Die Vorstellung, zum Schäferwagen zu fahren, zu entspannen, abzuschalten und Zeit mit Kübelchen zu verbringen, reizte ihn sehr. Bei dem Gedanken wurde ihm gleichzeitig heiß und kalt. Leider waren sie mal wieder in die Kollegenschiene gerutscht und momentan gab es da fast kein Entrinnen.

Als Nächstes hatten sie einen Termin mit Frau Dr. Wolf. Die beiden Ermittler hofften, dass sie etwas Neues zu berichten hatte.

Sie wartete schon, als die Kommissare eintraten.

»Wir haben tatsächlich ein Überbleibsel aus alten Zeiten entdeckt, das diese verheerende Wirkung hatte. Es wurden Teile einer alten Mine sichergestellt.«

»Da hatte der alte Schnäbele tatsächlich den richtigen Riecher!«, pfiff Matthias anerkennend durch die Zähne.

»Aber jetzt kommt's: Allerdings war diese zwar alt, ist aber nicht seit dem Krieg dort vergraben gewesen, wie man es manchmal erlebt«, fuhr Frau Dr. Wolf fort. »Sie muss dort neu unter dem Auto deponiert worden sein. Ferdinand Däschle ist einfach rückwärts drübergefahren. Da war aufgrund der parkenden anderen Autos gar nicht anders rauszukommen. Der Täter hat das genau geplant. Es sieht ganz so aus, als ob jemand genau gewusst hat, was er tun muss, um den Wagen in die Luft zu jagen.«

Kübelchen und Fischer dachten in dem Moment dasselbe.

Es gab nun ein weiteres Verbrechen aufzuklären.

»Ich frage mich, wo man heutzutage sowas herbekommt!«, dachte Martina laut.

Keiner wusste eine Antwort. Matthias zuckte mit den Schultern. »Keine Ahnung!«

Die Sorgen um Familie Fuchs waren also nicht unbegründet.

Als die beiden Ermittler bei Eugen Fuchs klingelten, um ihn von den Untersuchungsergebnissen persönlich in Kenntnis zu setzen, öffnete ihnen Melanie. Sie sah wie immer sehr hübsch aus mit ihrem luftigen, etwas zu kurzen Blumenkleidchen, und Kübelchen beobachtete eifersüchtig ihren Kollegen, wie er sie anstrahlte. Er hatte sich kein bisschen geändert. Immer noch derselbe Hallodri.

»Hallo, kommen Sie doch herein. Eugen ist gerade im Bad. Er kommt gleich.« Mit wippendem Röckchen wedelte sie voraus. Ihre langen, dunklen gewellten Haare schimmerten und schmiegten sich ihren Rücken entlang. Einfach umwerfend, musste die Kommissarin neidvoll zugeben.

Sie setzten sich ins Wohnzimmer und Fischer strahlte immer noch. Melanie Wentsch lächelte zurück und die beiden verfielen in ein für Martina unsinniges Geplänkel. Die Frau beugte sich immer wieder nach vorne und kokettierte mit ihren Reizen. Als Melanie sie dann auch noch ausgrenzte und nur Matthias ansprach, platzte Kübelchen schon fast der Kragen.

»Und wie geht es Ihnen? Kommen Sie mit Ihren Ermittlungen voran, Herr Kommissar?«, erkundigte sich die junge Frau, während sie den beiden Jogurttörtchen servierte.

Das war das, was sie am besten kann. Sie kommt ja schließlich aus der Dienstleistungsbranche, dachte Kübelchen etwas gehässig. Sie würde sich nicht provozieren lassen. Es reichte, dass Matthias früher immer so ein eifersüchtiger Gockel war. Allerdings fiel ihr das verdammt schwer. Sie fühlte, wie ihr Blut in Wallung geriet, und versuchte sich zu beherrschen.

»Na ja, wir tun, was wir können!«, antwortete Fischer mit veränderter Stimme.

… wir tun, was wir können …!, äffte Kübelchen ihn in Gedanken nach. Das war ja nicht auszuhalten! Noch ein falsches Wort und sie würde ihre Beherrschung verlieren!

»Und Ihr Kuchen sieht ja verdammt lecker aus!«, flötete er weiter.

Es fehlte nur noch, dass er sagte: Mindestens genauso lecker wie Sie!, dachte Martina und verdrehte unbemerkt die Augen. Sie konnte gerade nichts sagen. Es hatte ihr förmlich die Sprache verschlagen. Sie fand ihn mal wieder unmöglich. Abgesehen davon konnte man schließlich auch bei der Dame nicht wissen, ob sie etwas mit den Morden zu tun hatte.

Eugen Fuchs betrat in einem weißen Bademantel den Raum. Er schien sich nichts daraus zu machen, halb nackt zu erscheinen. Vielleicht genoss er es sogar. Manche hatten ja ein erhöhtes Geltungsbedürfnis und er schien zu dieser

Sorte Mensch zu gehören. Es war ja eigentlich nichts dabei, außer dass Kübelchens Fantasie beflügelt wurde. Seine dunklen Brusthaare blitzten unter dem Ausschnitt hervor und er strahlte Martina freundlich an. Er schien Fischer gar nicht wahrzunehmen, was sie innerlich aufjubeln ließ.

Bestimmt ist er darunter splitterfasernackt!, mutmaßte die Kommissarin und beschloss, zum Gegenschlag auszuholen. Das geschah Matthias grad recht und sie nutzte die Gelegenheit, um zu flirten. Sie setzte ihr schönstes Lächeln auf und surrte sanft: »Hallo, Herr Fuchs! Schön, dass wir uns so schnell wiedersehen. Ich hoffe, wir kommen nicht ungelegen.« Dabei warf sie gezielt einen Blick auf seinen halboffenen Bademantel.

Er grinste und sah an sich herunter, stolz wie Oskar über seine Wirkung, und antwortete mit erotischem Unterton: »Keineswegs, Frau Kommissarin. Solange es Sie nicht stört, dass ich noch nicht angezogen bin.«

Leichte Röte überzog ihre Wangen. Sie winkte lächelnd ab und schnurrte. »Keineswegs, überhaupt nicht!« Der Typ war echt sehr anziehend, wenn er nicht gerade betrunken war. Er wirkte nicht mehr so ungepflegt wie bei der ersten Befragung. Dabei störte auch sein Bäuchlein nicht. Der Rest war sehr überzeugend. So langsam konnte sie Melanies Männerwahl nachvollziehen. Sie sah im Seitenwinkel, dass ihre Retourkutsche Früchte trug. Matthias kochte sichtlich vor Wut. Seine Augen blitzten. Er war eben doch eifersüchtig.

»Als wir kürzlich Ihren Bruder Albrecht im Krankenhaus befragen wollten, hat er sehr emotional reagiert. Können Sie uns das erklären? Kannte er das Opfer und ist deshalb so betroffen?«, erkundigte sich Martina.

»Ja, flüchtig. Aber das ist nicht der Grund für seinen Ausraster. Er reagiert einfach anders auf solch schlimme, unerwartete Ereignisse. Er ist noch wie ein Kind«, erklärte Eugen Fuchs.

Kübelchen zeigte Verständnis. »Es ist sicher nicht einfach, mit einem behinderten Bruder aufzuwachsen.«

Dankbar setzte sich Herr Fuchs neben Martina und ließ seine nackten behaarten Beine hervorblitzen, bevor er weitersprach.

»Ja, also, damit Sie das auch gleich wissen, falls noch Fragen aufkommen. Ich hole ihn gleich nachher nach Hause. Dann kann er endlich wieder im eigenen Bett schlafen. Im Krankenhaus ist alles fremd und die können ihm sowieso nicht helfen. Körperlich ist ja alles in Ordnung. Melanie ist so nett und wir wechseln uns mit der Betreuung ab, bis eine Lösung gefunden ist. Seit Vaters Tod vor zwei Monaten ist er noch mehr durch den Wind als davor. Und jetzt noch die zwei Toten. Auf Dauer können wir ihn nicht betreuen, weil wir so eingespannt sind. Wir können der Verantwortung nicht gerecht werden. Wir sind, wie ich schon mal erwähnt habe, auf der Suche nach einem Heimplatz. So ungern wir das tun. Das wird auch eine riesige Umstellung für ihn.«

»Also, wieso wir eigentlich hauptsächlich hier sind, Herr Fuchs! Wir haben aufgrund der Ergebnisse der KTU leider die Sorge, dass jemand Ihnen oder Ihrer Familie nach dem Leben trachtet! Die Mine wurde absichtlich unter Ihren Reifen gelegt! Deshalb werden wir Ihnen Polizeischutz gewähren!«, erklärte Kübelchen.

»Das hätte ich jetzt nicht erwartet! Das kann ich mir kaum vorstellen. Wer sollte so etwas tun?«, antwortete er aufgeregt.

Melanie schien es nicht besser zu gehen. Sie wirkte sehr besorgt. »Das müssen wir Albrecht schonend beibringen, denn es wird ihn zusätzlich verunsichern«, meinte sie.

Eugen nickte zustimmend.

»Leider haben wir keine besseren Nachrichten. Es ist besser, wenn wir Sie beschützen, bis wir weitere Ergebnisse haben. Im besten Fall den Täter«, ergänzte Matthias.

Die beiden Ermittler verabschiedeten sich fürs Erste. Sie hatten noch einen Termin mit dem Bürgermeister. Eugen Fuchs musste auch los, um Albrecht abzuholen.

Noch am Abend würden sie alles besprechen und ihre neuesten Ergebnisse austauschen, die in irgendeiner Weise in dem Fall weiterhelfen konnten. Sie tappten immer noch ziemlich im Dunkeln. Bis jetzt gab es nur Eugen Fuchs und Melanie Wentsch als Verdächtige.

Sie fuhren mit ihren Wagen los und parkten schließlich in der Nähe des Rathauses. Das Gebäude, ein altes Fachwerkhaus mit einem Türmchen auf dem Dach, stand am Marktplatz, in dessen Mitte sich der Marktbrunnen mit den Fahnen des Schäferlaufs befand.

Sie sahen einen dunkelblauen Mercedes auf dem Parkplatz stehen. Der noble Schlitten gehörte sicher Bürgermeister Fröschle. Mal sehen, ob er ihnen weiterhelfen konnte.

Als sie das Rathaus betraten, erkannte Kübelchen schon, als er die Treppe herunterkam, seinen schicken, teuren Anzug. Er roch auch gut nach einem sicherlich sehr teuren Aftershave.

Nachdem sich die Ermittler dem Bürgermeister vorgestellt hatten, drückte er sein Bedauern und seine Erschütterung über den Vorfall aus und meinte:

»Ich hoffe inständig, dass ich etwas zur Lösung der Fälle beitragen kann. Es ist schließlich auch in meinem Interesse, dass die beiden Todesfälle rasch aufgeklärt werden. Schlimm genug, dass das hier in unserem beschaulichen Bad Urach passiert ist und wir den Schäferlauf auf Eis legen mussten.«

»Unsere erste Frage wäre, ob Sie die teilnehmenden Schäfer alle kennen bzw. gekannt haben?«, erkundigte sich Fischer.

Fröschle nickte: »Ja, mehr oder weniger. Den Däschle nur flüchtig, aber den Lämmle kannte ich gut.«

»Gibt es eigentlich eine Liste der Teilnehmer des Sonntagsprogramms?«, fragte Martina. »Nicht, dass wir jemanden bei der Befragung vergessen.«

»Ja, die habe ich mitgebracht«, erwiderte er, während er ein ordentlich gefaltetes Papier aus seinem Jackett zog und Martina überreichte.

Kübelchen nahm es entgegen und steckte es in ihre Jackentasche. »Vielen Dank!«

»So was in der Art gab es ja schon mal hier in Bad Urach beim Schäferlauf. Ich meine mit einem Schäfer. Er war wie vom Erdboden verschluckt und mit ihm der Inhalt der Lade. Wissen Sie etwas darüber?«, erkundigte sich Fischer.

Der Bürgermeister nickte: »Also, ich war damals noch ein junger Kerl. Also, bin ich ja immer noch«, meinte er zwinkernd, bevor er weiterredete.

Kübelchen erinnerte sich an seinen flotten Tanz mit der jungen Metzgerstochter auf dem Marktplatz und musste ihm beipflichten.

»Ich war noch nicht im Amt, aber den Diebstahl und das Verschwinden hat jeder mitbekommen. Man hat keine Leiche gefunden und ist davon ausgegangen, dass der Schäfer mit dem Geld durchgebrannt ist. Er wurde nie mehr gesehen. Im Rathaus gibt es noch Aufschriebe, die das dokumentieren, dass damals das Geld aus der Lade in derselben Nacht verschwand wie der Schäfer Paul Nägele. Die Polizei hat damals versucht, ihn zu finden. Keine Spur. Irgendwann wurde der Fall zu den Akten gelegt. Das Geld des Vereins war weg, der Schäfer auch. Wenn Sie Zeit haben, dann kann ich Ihnen gleich nachher im Rathaus zeigen, wo damals eingebrochen wurde. Aber ob das nach so vielen

Jahren weiterhilft? Sicher geht es ja nicht um diesen alten Fall, oder?« Er hob neugierig die Augenbrauen.

»Wir interessieren uns trotzdem dafür. Ein wenig Zeit hätten wir auch noch«, entgegnete Fischer.

Der Bürgermeister führte sie in einen Raum im Erdgeschoss. Dort gab es einen zugemauerten Eingang. Man konnte noch die Umrisse erkennen.

»Hier sind die Diebe damals hereingekommen. Aus alten Plänen geht hervor, dass es sich um eine Holztür gehandelt hat, die nicht besonders diebstahlsicher war. Die Zunftlade war im Nebenraum untergebracht. Da steht sie jetzt nach dem abgebrochenen Schäferlauf wieder für die nächsten zwei Jahre.«

Sie folgten ihm dorthin. In dem Zimmer hingen jede Menge Bilder mit Schafherden und Schäfern in Öl gemalt oder in Zinn gegossen. Auch waren mehrere Schäferstäbe fächerartig an der Wand befestigt. Eine Fahne ebenfalls. Auch der Schäferlauf war in einem Glaskasten in Miniaturform aufgebaut. Auf einer der Zeichnungen an der Wand war die Schäferlade dargestellt. All das war interessant, brachte aber keine neuen Erkenntnisse.

Sie verabschiedeten sich von Bürgermeister Fröschle, holten als Nächstes Quendolin ab und fuhren zum Pflegeheim.

Der alte Kommissar Moser saß mit seinem Rollstuhl im Park hinter dem Gebäude und rauchte Pfeife. Der Geruch kam ihnen schon meterweit entgegen und weckte bei der Kommissarin Erinnerungen an ihre Kindheit und den Opa, der auch immer abends mit seiner Pfeife vor dem Haus saß.

»Hallo Opa«, begrüßte die Rechtsmedizinerin ihren Großvater liebevoll. »Erinnerst du dich an meine beiden Kollegen Martina und Matthias? Sie hätten ein paar Fragen an dich.«

Der Alte sah die Kommissarin verschmitzt an und meinte mit Kennerblick: »Also bei uns gab es damals keine so schneidigen Polizistinnen. Das wollte ich bei Ihrem letzten Besuch schon loswerden, Frau Kübler.« Er zwinkerte selbstbewusst und Kübelchen grinste ihn an.

»Sagen Sie mal, flirten Sie etwa mit mir?«, scherzte Martina.

»Sieht ganz danach aus!«, antwortete er keck, während seine Enkelin seine Pfeife nahm und ihn in sein Zimmer zurückschob.

Die beiden Ermittler folgten ihnen und Fischer lehnte sich an die Wand neben der Zimmertür. Quendolin platzierte ihren Opa an der Fensterfront und nahm neben ihm auf der Fensterbank Platz.

»Na, dann schießen Sie mal los. Ich habe Ihnen ja schon kürzlich erzählt, wie das damals war. Was möchten Sie noch wissen? Gibt es Neuigkeiten?«

Man hatte das Gefühl, dass die Tatsache, dass hier ein Fall zu lösen war, die Lebensgeister in ihm weckten.

»Am besten erzählen Sie uns noch mal ganz genau, was damals passiert ist und warum der Fall zu den Akten gelegt wurde«, schlug Kübelchen vor.

Moser drehte sich zum Fenster und blickte nachdenklich auf die alte knorrige Linde, die direkt davorstand. Er begann damit, ihnen einen Blick in die Vergangenheit zu gewähren.

»Paul Nägele hatte damals seinen Schäferwagen ungefähr da stehen, wo sich heute der Campingplatz *Pfählhof* befindet. Natürlich war das nicht so komfortabel wie heute. Es gab nur die Wiese, auf die man den Wagen stellen konnte, keine Bodenplatten, damit alles sauber bleibt, und auch keine Sitzbänke und Sonnenschirme. Ich erinnere mich noch genau, als wir frühmorgens ins Rathaus gerufen wurden, weil die Zunftlade gestohlen worden war. Es war am

Wochenende des Schäferlaufs. Nachdem wir die Spuren im Rathaus sichergestellt hatten, schauten wir noch beim Schäferlauf vorbei, weil es ja nahelag, dass unter den vielen Menschen einer der Dieb sein könnte. Es fand gerade das Leistungshüten statt und die Teilnehmer standen bereit, um die Startnummer zu ziehen. Alle außer Paul Nägele. Er kam nicht, obwohl alle auf ihn warteten.«

Franz Moser berichtete weiter. »Wir sind dann zu seinem Schäferwagen neben dem Campingplatz. Keine Spur von ihm. Karl Fuchs hat uns damals erzählt, dass der Nägele ihm schon immer seltsam vorkam und er ihm den Diebstahl durchaus zutraute, da der Schäfer auch immer in Geldnöten war. Scheinbar hatte er ihn kurz vor dem Einbruch um eine größere Summe angebettelt, aber diese nicht bekommen. Fuchs wusste wohl, dass er sein Geld dann nie wieder sehen würde.«

Die beiden Ermittler hörten gespannt zu. Dem alten Mann fielen heute weitere Details ein, die er beim letzten Mal nicht erwähnt hatte.

»Wie ging es dann weiter, Herr Moser?«, fragte Fischer neugierig.

Eine Pflegerin schaute herein und gab zu verstehen, dass sie jetzt dann gehen sollten, weil es bald Essen gab.

»Sind Sie auch auf den Gedanken gekommen, dass er tot sein könnte?«, erkundigte sich Martina.

»Nein, es gab keine Hinweise darauf. Wir waren überzeugt, dass er mit der Beute abgehauen ist. Es waren immerhin so um die zehntausend Mark in der Lade.«

»Und, gab es sonst eine Spur?« Martina sah ihn gespannt an.

Er schüttelte den Kopf. »Die Hinweise verliefen alle im Sand. Damals hatte man auch noch nicht die Möglichkeiten, die man heute hat, um Spuren zu sichern. Nägele wurde nie gefunden. Wir haben natürlich eine Fahndung ausgeschrieben, aber ohne Erfolg. Seine Schwester hat damals noch lange versucht, ihn zu finden und hat auch öfter auf der Polizei nachgefragt. Sie hatte ja nur ihn. Leider musste sie sich irgendwann damit abfinden, dass ihr Bruder mit dem Geld abgehauen ist. Vermutlich untergetaucht. Seine Schäferkollegen hatten ihn am Abend zuvor noch beim gemeinsamen Feiern auf dem Hof von Karl Fuchs getroffen. Er war bei allen Schäfern gut bekannt, weil er jedes Jahr beim Leistungshüten dabei war. Er ging laut Aussage von den anderen Schäfern sehr früh. Ab dem Moment, wo er gegangen ist, hatte ihn niemand mehr gesehen. Da es keine Leiche gab, wurden damals keine Ermittlungen zu seinem Verschwinden geführt, sondern wir haben den Fall des Diebstahls bearbeitet. Also wurde der Fall irgendwann zu den Akten gelegt. Aber das wissen Sie ja bereits.«

Es war den beiden Ermittlern jetzt klar, warum man damals nicht nach Paul Nägele gesucht hatte.

Es gab keinen Hinweis darauf, dass er tot war und somit auch keinen Grund, nach ihm zu suchen. Vermutlich hatte er sich tatsächlich mit der Kohle vom Acker gemacht. Die Summe in der Lade war, wie sie laut der Erinnerung des alten Kommissars Moser gehört hatten, »am Schäferlauf-Wochenende sehr gut gefüllt«.

Da sie den alten Mann jetzt genug in Anspruch genommen hatten, und er zum Essen gehen musste sowie alle Fragen für den Moment beantwortet waren, verabschiedeten sie sich von Quenns Opa und wollten sich in ihre wohlverdiente Kaffeepause begeben. Leider kam in diesem Augenblick ein Anruf rein, was Fischer und seine Kollegin sehr bedauerten, doch er musste rangehen, da es sich um sein Diensthandy handelte. Sein Gesichtsausdruck sagte Kübelchen, dass schon wieder etwas passiert seine musste.

Hörte das denn nie auf?

Er sah sie an: »Das war Albrecht Fuchs. Er klang sehr verängstigt. Zum Glück haben wir ihm im Krankenhaus noch meine Handynummer gegeben, falls ihm noch was einfällt. Möglicherweise Einbrecher. Wir müssen sofort zum Fuchsenhof!«, erklärte er kurz und die beiden rannten zum Parkplatz.

Sie schwangen sich in seinen alten Mustang, der offensichtlich wusste, dass er jetzt nicht schlappmachen durfte. Als sie am Fuchsenhof ankamen, parkten sie hinter der Hecke und zückten vorsichtshalber ihre Waffen. Ein Traktor stand vor dem Haus, aber kein Wagen.

Matthias sah Kübelchen an und gab ihr durch Zeichen zu verstehen, dass er hinters Haus zur Terrassentür gehen würde. Er ging voraus und schlich links ums Haus herum durch den schön gestalteten Garten mit Pool und Pavillon. Kübelchen wartete mit ihrer Pistole in der Hand an der Ecke, ob jemand herauskommen würde. Sie machte sich Sorgen um Albrecht.

Wo war er nur?

Die Terrassentür war nur einen Spalt geöffnet und Matthias stieß sie leicht auf, damit er hineinschlüpfen konnte. Kübelchen versuchte nebenbei, Herrn Fuchs per Handy zu erreichen, ohne die Haustür aus den Augen zu lassen.

Matthias hörte ein Geräusch. Wer schlich denn da durchs Gebäude? Da war doch jemand! Falls es sich um einen Einbrecher handelte, hatten sie die Eingänge im Blick. Er hinten, sie vorne.

Die Kommissarin hörte ein leises Rascheln.

Fischer hatte schon Verstärkung angefordert. Inzwischen war er an der Wohnzimmertür, die zum Hausgang führte. Er vernahm das laute Quietschen einer Tür. Prompt hörte er, wie jemand mit eiligen Schritten den Gang entlang in

Richtung Haustür rannte und wie diese aufgerissen wurde. Fischer kam sofort in Bewegung. Dann hörte er den Aufschrei seiner Kollegin, die draußen umgerannt wurde.

Als er bei ihr ankam, lag sie mit dem Rücken auf dem Schotterweg. Es war sonst niemand mehr zu sehen.

»Hast du jemanden erkannt, Martina?«, rief er aufgeregt.

Sie hielt sich den Hinterkopf und sprach empört: »Wie wäre es mit einem Alles- in-Ordnung, Martina?«, kritisierte sie ihn.

»Oh, tut mir leid!«, entschuldigte er sich. »Komm, ich helfe dir beim Aufstehen. Bist du verletzt?«, erkundigte sich Matthias besorgt.

Sie schüttelte den Kopf. »Nein, nur etwas verbogen. Leider habe ich nichts registriert, weil es so schnell ging und ich umgerannt wurde. Halb so wild! Komm, wir machen uns auf die Suche nach Albrecht!«, forderte sie ihren Kollegen ungeduldig auf.

»Wir müssen unbedingt Albrechts Bruder informieren!« Die Kommissarin zog ihr Handy aus der Jacke. Sie hatte Eugens Nummer beim letzten Mal eingespeichert. Doch er ging nicht ran.

»Der Schafstall hinterm Haus!«, hatte Martina plötzlich eine Eingebung, während sie schon losstürmte. Ihr Kollege folgte ihr auf den Fersen. Das Tor stand offen und man hörte das Blöken einiger Schafe. Die meisten waren im Sommer draußen auf den Wiesen.

Eugen Fuchs machte gerade im Stall sauber. »Hallo, Herr Fuchs, ein Glück, dass wir Sie hier finden.« Fischer war von dem kurzen Sprint etwas außer Atem und sein Herz klopfte bis zum Hals.

Fuchs fuhr überrascht herum. »Haben Sie mich erschreckt! Ist was passiert?«, erkundigte er sich.

»Sie hatten gerade einen Einbrecher in Ihrem Haus.

Ihr Bruder hat mich auf dem Handy angerufen!«, erklärte Fischer, während er nach Luft japste.

»Wie bitte, Einbrecher? Haben sie etwas mitgenommen? Verdammt, Albrecht ist allein im Haus! Ich muss sofort nachsehen!«

»Wir waren schon da. Er ist vermutlich nicht im Wohngebäude. Vielleicht hat er sich versteckt. Er hat uns angerufen«, berichtete Martina.

»Na, immerhin! Ich habe ihm Ihre Nummer gegeben, falls doch etwas an Ihrer Theorie dran ist, dass es jemand auf uns abgesehen hat. Da hat er zur Abwechslung auch mal was kapiert mit seinen paar Hirnzellen«, meinte Fuchs.

In solchen Momenten fanden die Ermittler die Möglichkeit, dass Eugen Fuchs hinter dem Tod von Lämmle steckte, gar nicht mehr so abwegig. Er konnte so grob und gemein sein!

»Wir sollten jetzt keine langen Reden schwingen und ihn suchen, Herr Fuchs!«, befahl Fischer.

»Sie haben recht!« Der junge Schäfer ließ die Mistgabel fallen und wollte losstürmen.

Martina hielt ihn am Ärmel fest. »Warten Sie!« Dabei blickte sie zu dem Bretterverschlag hinter den Schafen und deutete mit dem Kinn in diese Richtung. Man konnte einen Haarschopf sehen und dieser stammte eindeutig von Albrecht. Zum Glück hatte sie das bemerkt.

»Hoffentlich hat er nicht gehört, wie Sie über ihn gesprochen haben!«, meinte Fischer streng.

»Und wenn schon!«, antwortete Fuchs, während er zum Verschlag ging, seinen Bruder am Arm packte und ihn herauszog. »Mach, dass du da rauskommst, du Hasenfuß!«

»Au, du tust mir weh!«, schrie Albrecht, riss sich los und stürmte zum Scheunentor hinaus. Ihn traf es offensichtlich sehr. Das war auch kein Wunder.

Kübelchen lief sofort hinter ihm her und hakte ihn freundschaftlich unter. Matthias und Eugen kamen hinterhergelaufen.

»Der Einbrecher hat Ihnen sicher einen ordentlichen Schrecken eingejagt, Albrecht! Am besten erzählen sie mir mal, was passiert ist!«, versuchte Kübelchen, ihm ein paar Worte zu entlocken, doch er war zu aufgeregt. Als sie beim Haus ankamen, blieb er vor der Tür stehen und fragte verängstigt: »Ist der Einbrecher weg?« Martina nahm seine Hand. »Er ist abgehauen und hat mich dabei umgerannt!«

Als sie ankamen, stand die Haustür noch offen. Die Terrassentür ebenfalls.

Fischer inspizierte trotzdem noch mal das Haus, bevor sie eintraten.

Als sie sich auf das Sofa gesetzt hatten, versuchte Kübelchen es noch einmal.

»Haben Sie den Einbrecher gesehen?« Albrecht schüttelte den Kopf. »Ich war oben, weil Eugen gesagt hat, dass er in den Stall geht und ich solange in meinem Zimmer bleiben soll! Die Terrassentür hat gequietscht. Vielleicht war sie nicht verriegelt!«, stammelte er. »Ich hatte Angst. Ich bin über die Feuertreppe raus zum Stall. Da habe ich mich versteckt, weil Eugen mir sowieso nicht geglaubt und geschimpft hätte, weil ich nicht im Zimmer geblieben bin!«

Es war echt schlimm, dass Albrecht so Angst vor seinem Bruder und seiner Reaktion hatte. Sie hatten es ja selber erlebt.

»Gut, dass Sie uns angerufen haben, Albrecht. Ich bin froh, dass Ihnen nichts passiert ist!«, bestärkte Fischer ihn.

Nachdem Eugen Fuchs seinen Bruder in sein Zimmer gebracht hatte, warteten sie auf die Spusi.

»Nun ist es leider soweit und wir müssen nach unseren Ergebnissen bezüglich des Anschlags mit der Mine und diesem Einbruch weiterhin eine Polizeistreife vor Ihrem Haus aufstellen. Es wäre auch gut, wenn Sie Ihren Bruder nicht mehr allein lassen. So lange, bis der Fall geklärt ist.«

Eugen Fuchs schien überrascht, da sie bis jetzt nur vorsichtshalber eine Polizeistreife am Haus abgestellt hatten. »Hat sich Ihr anfänglicher Verdacht nun tatsächlich verfestigt?«

Matthias klärte ihn kurz auf: »Also, wir haben laut KTU Grund zur Annahme, dass es sich um einen gezielten Mordanschlag auf Sie handelte, Herr Fuchs! Das haben Sie bisher nicht so richtig wahrhaben wollen. Und jetzt noch das mit dem Einbrecher …«

Die Tatsache, dass er dem Tod nur knapp entronnen war, weil er Däschle sein Auto geliehen hatte, schien Fuchs nun bewusst zu werden. Er ließ sich rückwärts aufs Sofa plumpsen, als ob er weiche Knie bekommen hätte. Er wurde ziemlich blass um die Nase.

»Soll ich Ihnen ein Glas Wasser holen?«, erkundigte sich Kübelchen besorgt. Er schüttelte den Kopf. »Nein, danke! Ich muss das nur erst sacken lassen. Ich habe nicht damit gerechnet, dass es so ernst ist!«

Matthias überlegte derweil, ob Eugen Fuchs den Anschlag vielleicht auch selbst inszeniert haben könnte, um von sich als Täter abzulenken. Fischer besaß eine gesunde Portion Misstrauen. Man konnte nicht wissen, ob Fuchs ihnen nur etwas vormachte. Kübelchen war allerdings am Zweifeln, ob sie ihm solch eine Tat zutraute, nachdem er nun so betroffen reagierte.

»Wir müssen echt vom Schlimmsten ausgehen. Sie bekommen, wie schon erwähnt, ab sofort Polizeischutz rund um die Uhr, Herr Fuchs!«, entschied der Kommissar. »Vielleicht ist Ihnen in der Zwischenzeit ja eingefallen, ob es jemanden gibt, der Ihnen nach dem Leben trachtet. Gab es in letzter Zeit jemanden, mit dem Sie im Clinch lagen?« Fischer ließ nicht locker, während er vor dem Chesterfield-Sofa, auf dem Eugen Fuchs zusammengekauert saß, hin und herlief. Martina holte nun doch etwas zu trinken aus der Küche und setzte sich anschließend neben ihn.

Eugen Fuchs nickte. »Tatsächlich habe ich nachgedacht. Wissen Sie, seit mein Vater tot ist, bin ich derjenige, der für das Weiterbestehen der Schäfertradition hier in Bad Urach verantwortlich ist. Das ist ein ungeschriebenes Gesetz, weil das schon seit jeher die Familie Fuchs in der Hand hatte. Heutzutage sind die Leute da manchmal etwas schwierig. Früher gab es da keine Diskussion, weil man an Traditionen festhielt. Wir waren die reichsten Schäfer in der Gegend und hatten den größten Hof und die meisten Wiesen, deshalb hatten wir auch immer den Platz im Vorstand und das Sagen, wenn es um wichtige Entscheidungen ging. Heute wird ja immer mit jedem über alles diskutiert und abgestimmt. Mein Vater würde sich im Grab umdrehen.«

»Heißt das, es gibt Schäfer, die Ihnen diese Position streitig machen?«, wollte Kübelchen genauer wissen.

Fuchs bestätigte dies: »Ja, allerdings. Mit mehreren hatte ich deshalb schon heftige Auseinandersetzungen. Es geht da um Macht und natürlich möchte auch der ein oder andere meine Wiesen haben. Und zwar nicht nur Schäfer, auch Bauern und Gemeinderäte, aber ich wäre nicht der Sohn meines Vaters, wenn ich da nicht Oberwasser behalten würde«, schickte er noch großkotzig hinterher.

Sein Schreck bezüglich der Gefahr, in der er schwebte, schien schon wieder verraucht.

»Und mit wem hatten Sie diese Konflikte?«, stocherte Fischer nach.

»Das ist ja das Fatale. Mit Ferdinand Däschle.« Fuchs sah ratlos aus.

»Und der ist tot!«, sprachen die Ermittler wie aus einem Mund.

Sollte der Mann seinen Schäferkollegen wegen des Machtkampfs um die Vorstandsrolle umgebracht haben? Das war schwer vorstellbar. Außerdem passte es da gar nicht, dass er es so offen erzählte. Einerseits hatte er ihm seinen Wagen geliehen und gleichzeitig wollte auch dieser ihm seine Position bei den Schäfern streitig machen und seine Wiese haben. Aber dann gab man ihm doch eigentlich nicht sein Auto und legte dann eine Mine. Das war doch jedem klar, dass sowas rauskommen würde. So dumm war Eugen Fuchs nicht. Oder war das der Trick dabei? Dass er Lämmle aus Eifersucht im Affekt getötet haben könnte, war allerdings durchaus für beide Ermittler noch immer vorstellbar.

Kübelchen überlegte immer wieder, ob er wohl die ganze Zeit bei den anderen Leuten beim Schäferlauf gestanden hatte. Er konnte die Mine ja erst nach dem Abstellen des Autos hinter das Rad legen. Der Frage mussten sie noch nachgehen. Er hatte anfangs auch nicht ganz die Wahrheit gesagt und Däschle als unkomplizierten, freundlichen und hilfsbereiten Kollegen bezeichnet, dem niemand etwas Böses wollte. Das passte nicht so richtig zu seiner jetzigen Aussage.

»Gab es noch weitere Differenzen zwischen irgendwelchen Personen und Ihnen?«, erkundigte sich Fischer.

Fuchs nickte. »Ja, wie gesagt, den ein oder anderen Gemeinderat. Selbst der Bürgermeister ist scharf auf meine Wiesen. Sie alle würden ja am allerliebsten ein Baugebiet daraus machen. Die waren eindeutig alles andere als traurig, als Vater starb. Sie dachten, dass sie endlich der Familie Fuchs das Ruder entreißen könnten und die Wiesen kaufen, die so eine unglaublich gute Lage haben. Aber nicht mit mir! Sie sehen also, es gibt jede Menge Tatverdächtige. Drum ist es möglicherweise doch ganz gut, dass ich Polizeischutz bekomme.«

Martina warf einen Blick aus dem Fenster. »Ah, ich sehe, die Kollegen sind da. Das ging ja schnell.«

Die Polizisten platzierten sich mit dem Wagen vor der Tür.

Die Kollegen von der Spusi fuhren in den Hof und machten sich gleich an die Arbeit. Frau Dr. Wolf sah kurz herein. »Hallo!«, grüßte sie. Fischer ging zu ihr in den Hausgang, um ihr die wichtigsten Einzelheiten zu berichten. Der Eindringling hatte, wenn sie Pech hatten, möglicherweise Handschuhe getragen. Mal sehen, ob er etwas mitgenommen hatte und ob es andere Spuren gab.

Eugen schien sich bei dieser Frage ziemlich sicher und schüttelte den Kopf. »Sieht nicht so aus. Hab nachgesehen: Der Tresor ist ebenfalls unversehrt! Sollte mir noch etwas auffallen, dann melde ich mich!«

Für heute hatten die Kommissare genug Informationen gesammelt und brauchten dringend eine Pause.

Die Spusi blieb noch.

»Eugen!« Ein aufgeregtes Rufen hallte durch das Haus. Albrecht Fuchs rief nach seinem Bruder. Er war sicher ziemlich durch den Wind und nun liefen auch noch so viele fremde Leute durchs Haus.

Die Ermittler wollten nicht länger stören und verabschiedeten sich. Frau Doktor Wolf hob kurz den Kopf im Vorbeigehen. »Ich melde mich später bei Ihnen!«

Als sie endlich bei ihrem Schäferwagen waren, setzte sich Matthias draußen auf die Bank und grübelte. Er öffnete ein Fläschchen Schwarzriesling mit Spätburgunder, den sie auch schon im Restaurant getrunken hatten. Er setzte sich gemütlich in die Abendsonne und ließ alle Ergebnisse Revue passieren, während er darauf wartete, dass Kübelchen aus dem Wagen kam. So ganz abschalten konnte man als Polizist nie.

Martina wühlte währenddessen in ihren Reisetaschen. So lange, bis sie etwas Rotes herauszog. Ihre Bluse. Sie zog sie an und ließ wie zufällig die oberen beiden Knöpfe offen. Was machte sie da nur schon wieder? Sie bereute ihr Verhalten, das sie beim letzten Mal im Schäferwagen an den Tag gelegt hatte.

In der ersten Nacht im Schäferwagen hatte sie ihn abgewiesen, und nun? Sie verstand sich selbst nicht.

Fischer war so in Gedanken versunken, als sie herauskam, dass ihm ihre Veränderung erst gar nicht auffiel. Sie setzte sich auf die gegenüberstehende Bank und seufzte tief, sodass er den Kopf hob.

»Oha, Martina. Das ist aber …«. Er schluckte.

Es wurde ihr heiß und kalt, als er sie mit seinen stahlblauen Augen endlich mal so ansah, wie man eine Frau ansieht, die man anziehend findet. Nun war es ihr doch etwas unangenehm und sie knöpfte eifrig die oberen Knöpfe zu. »Ups, das war ein Versehen!«, schwindelte sie.

»Alles klar. Hätte mich auch gewundert!«, erwiderte er und versuchte, seine Enttäuschung zu verbergen.

Sie nickte. Doch sie war sehr geknickt. Hoffentlich sah man ihr das nicht gleich an. Kübelchen hatte gehofft, dass es aufgrund der neu gewonnenen Nähe ihrer Wohnorte eine neue Chance für sie beide gäbe, aber Matthias schien ein Wiederaufleben einer Beziehung nach seinem missglückten Annäherungsversuch komplett abgehakt zu haben. Hatte er die Entfernung zwischen Trier und Würzbach vor Wochen nur als Grund vorgeschoben, weil er sie doch nicht genug liebte? War sein Versuch nach dem Fest nur dem erhöhten Alkoholspiegel zu verdanken? Vielleicht hing ihm seine Versetzung auch so nach, dass er momentan nicht bereit war …

Es war dämmrig und kühl hier unten. Die Wände waren feucht und klamm. Doch das störte nicht. Viel wichtiger war, dass es hier alles gab, was man brauchte. Ein Sammelsurium von besonderen Gegenständen.

Außer einigen Spinnen, die hier ihre Netze ungestört bauen konnten, und die eine oder andere Kellerassel war das einzige Lebewesen der Hund von Michael Lämmle. Er trug einen Maulkorb, damit er ruhig war und sein Bellen nicht alles verriet. Zum Glück kam hier unten niemand herein, sodass das leise Gewimmer eigentlich niemand hören konnte.

Das Verlies war unterirdisch und einsturzgefährdet und niemand kam hierher. Der Hund legte sich seinem Schicksal ergeben auf das Heu in der Ecke. Zum Bellen blieb vor Hunger keine Zeit, sobald ihm der Maulkorb abgenommen wurde, fraß er, so viel er konnte. Er schlang förmlich. Irgendwie konnte das arme Tier einem leidtun, aber im Moment konnte man ihn weder ins Tierheim bringen, noch einem lieben neuen Herrchen oder Frauchen übergeben. Da musste man warten, bis Gras über die Sache gewachsen war.

An der Wand hing ein Hakenkreuz aus Kriegszeiten. Es war hier früher ein Lager angelegt worden. Die gegenüberliegende Mauer war mit alten Waffen bestückt. Auch diese stammten überwiegend aus dem Ersten und Zweiten Weltkrieg und hatten sicher so manches Leben ausgelöscht. Ein Beil hing auch dabei. Die Mine war ja nun verbraucht. Diese hatte nun leider den Falschen erwischt. Dabei war die

Idee echt gut gewesen. Beim nächsten Mal würde so etwas nicht noch mal passieren. Das mit dem Gift war leider auch schief gegangen. Vielleicht war die Dosis zu schwach oder der Krankenwagen zu schnell gewesen. Die Polizei war noch zu sehr mit dem Fall beschäftigt. Irgendwann würden sie aufgeben, so wie damals vor dreißig Jahren. Diese Versager. Dann konnte man wieder losschlagen. Wenn jemand hier unten gefangen sein würde, dann konnte man davon ausgehen, dass er nie gefunden wurde. So wie bei Paul Nägele damals, nach dem diese Idioten gar nicht erst gesucht hatten. Der alte Kommissar, dieser Schlaumeier.

In einer Nische waren Ketten in der Wand verankert. Sie stammten noch aus dem Mittelalter, genau wie die Maulbirne und die Daumenschrauben. Dieses »Handwerkszeug« hatte schon sehr viel Leid verursacht.

Es kam die Erinnerung an höllische Qualen, an Hilflosigkeit, an unmenschliche Schmerzen, an unerträgliche Demütigungen, bei denen es kein Entfliehen gab. In der Erinnerung liefen die Bilder vorbei. Hilflos. Die Schläge auf das blanke Hinterteil mit einem Lederriemen. Angstschreie mit verbundenem Mund nur ganz schwach, so leise, dass sie nicht nach außen drangen. Und dann diese schrecklichen Schmerzen. Warum bemerkte es keiner? Die Menschen waren feige. Keiner wollte sich in irgendetwas einmischen. Vielleicht waren sie auch gleichgültig, solange es nicht um sie selber ging. Wer wusste schon, was in den Köpfen und Herzen der Leute vorging.

Bei all den Demütigungen und Lügen war der Wunsch nach Flucht und später nach dem Tod immer wieder sehr nah gewesen. Doch dieser hatte sich umgewandelt in ein Gefühl von Hass und Rachegelüsten und es entwickelte sich das Ziel, selbst die Entscheidung über Leben und Tod und die Qualen zu haben. Wie zufrieden es machen konnte, wenn man jemandem den Tod einhauchte. Egal, ob es aus reiner Wut passierte oder geplant war. Was machte das schon für einen Unterschied. Dann das, was man bei einem Gespräch belauscht hatte. Es war wieder hervorgekrochen und hatte sich im ganzen Körper ausgebreitet und verteilt, bis es die Bereiche des Gehirns erreichte, wo man sich erinnerte.

Alles war zurück.

Die Macht über Leben und Tod, das Gefühl, jemandem das Leben zu verkürzen, waren unbeschreiblich befriedigend. Doch trotzdem nicht so zufriedenstellend wie erwartet, weil es so schnell vorbei war. Der Tod trat schnell ein. Zuerst wand sich der Körper, ein kurzes Aufbegehren mit letzter Kraft, dann gingen die Lebensgeister, weil das Kissen die Luft nahm. Es schaffte nur kurze Befriedigung. Nun wollte man einen Schritt weiter gehen, wissen, wie es war, wenn man jemanden in der Hand hatte, sich mit ihm beschäftigte, indem man ihn langsam zu Tode quälte. So ähnlich, wie es eine Katze mit der Maus tat, die sie gefangen hatte. Die Vorstellung erzeugte ein unermessliches Verlangen danach. Man hatte sich dem Teufel verschrieben. Damals kam auch niemand und half. Das Böse keimte wie nie zuvor und begann sich im Inneren zu entfalten und auszubreiten, bis es jede Faser erreicht hatte und die Fäulnis und Zersetzung des Guten einsetzte.

Es war noch nicht zu Ende. Bald würde es wieder so weit sein. Es war alles vorbereitet. Bald würde es weitergehen …

EIN SCHÄFERSTÜNDCHEN

Melanie Wentsch war heute Vormittag dran, sich mit Albrecht zu beschäftigen. Seit sie erfahren hatten, dass der Anschlag allem Anschein nach Eugen Fuchs gegolten hatte, waren alle vorsichtiger geworden.

Sie hatte vor, seinen Bruder mit zum Rewe zu nehmen. Das machte er sehr gerne und sie hatte gleichzeitig jemand Kräftigen dabei, der ihr beim Tragen half.

Albrecht kam die Treppe herunter und lächelte die Verlobte seines Bruders strahlend an. Seine unglaublich geraden weißen Zähne blitzten dabei aus dem Spalt seiner schönen vollen Lippen hervor. Die grünen Augen waren von kleinen Lachfältchen geziert. Man konnte ihm ansehen, wie sehr er sich freute. Es war das selige Gesicht eines Kindes. Völlig ohne Scheu konnte er seine Gefühle zeigen.

Endlich kam er mal raus hier. Seit dem Anschlag konnte man sich ja kaum frei bewegen. Die Polizei stand pausenlos vor dem Haus und beobachtete jeden ihrer Schritte. Albrecht trug seine Lieblingsjeans und ein gebügeltes schwarzes, eng anliegendes Hemd, das seinen muskulösen Oberkörper sehr vorteilhaft zur Geltung brachte.

Melanie sah ihm bewundernd entgegen, als er die Stufen herunterkam. Also gut aussehen tut er ja. Man sieht ihm gar nicht an, dass er nicht ganz richtig tickt!, dachte die junge Frau. Mit Eugen war ja zurzeit rein sexuell nicht viel los. Mein Gott, was hatte sie denn für Gedanken? Warum passierte ihr das immer wieder? Schnell tat sie diese ab und schnappte nach dem Autoschlüssel, der am Schlüsselbrett hing.

»Na dann, Albrecht. Wollen wir los?«

Der junge Mann nickte freudig und folgte ihr zur Garage.

Der Polizist, der in seinem Dienstwagen vor dem Haus saß, kurbelte sein Fenster herunter und rief: »Wo wollen Sie denn hin?«

»Zum Rewe-Parkplatz!«, antwortete sie.

»Ich fahre Ihnen hinterher, Frau Wentsch!«

»Alles klar!«, entgegnete Melanie, und die beiden fuhren los.

Albrecht grinste immer noch, während sie losfuhren, und streichelte Melanie vertrauensselig übers Knie. Er ahnte nicht, wie es ihr dabei kalt den Rücken herunterlief. Sie fand ihn, abgesehen von seiner Behinderung, überaus männlich.

Albrecht hingegen war einfach nur froh, dass er mit einkaufen durfte und endlich mal rauskam, anstatt die ganze Zeit in der Bude herumzuhocken.

Sie blickte in den Spiegel und zwinkerte Albrecht spitzbübisch zu: »Sollen wir mal versuchen, den abzuhängen? So ein bisschen Nervenkitzel hat noch keinem geschadet!« Sie grinste verschmitzt und hatte im Handumdrehen einen verrückten Plan geschmiedet.

Albrecht lachte arglos und nickte heftig begeistert mit dem Kopf bei der Vorstellung nach einer spannenden Verfolgungsjagd.

»Au ja!«, erwiderte er kurz und klatschte aufgeregt in die schönen, kräftigen Hände. Er fand Melanie einfach klasse. Blöd nur, dass sie auf seinen Bruder abfuhr.

Sie drückte aufs Gaspedal, als ob sie den Boden des Wagens durchstoßen wollte, und der Porsche Cayenne jaulte auf. Dann raste sie um die Kurven und Albrecht hatte das Gefühl, dass er dabei nur noch auf zwei Rädern fuhr. Es war wie in den Actionfilmen, die er so liebte und heimlich anschaute, weil sein Bruder es ihm verboten hatte. Albrecht lachte laut und brüllte, während er sich am Griff der Autotür festhielt. Er bewunderte von der Seite Melanies welliges, langes dunkles Haar, ihr schönes Profil mit der wohlgeformten, zierlichen Nase und die helle reine Haut. Sie erinnerte ihn an Schneewittchen. Als seine Mutter noch lebte, hatte sie ihm immer Märchen vorgelesen. Das hatte er geliebt und sich immer vorgestellt, dass er der Prinz war, der die Prinzessin am Ende bekam, nachdem sie mit einem Apfel vergiftet und gerettet worden war. Dem kleinen Albrecht gefiel die Stelle mit dem Apfel immer ganz besonders. Vielleicht konnte er Melanie fragen, ob sie ihm die Geschichte auch mal vorlesen würde. Vielleicht konnten sie dann Prinz und Prinzessin spielen.

Als sie zum Rewe abbiegen sollte, fuhr sie stattdessen dran vorbei und rechts in die Burgstraße und lieferte sich ein Wettrennen mit dem Polizisten, der ihnen folgte.

»Wo willst du denn hin?«, erkundigte sich Albrecht.

»Lass dich überraschen!«, war ihre knappe Antwort. Sie bog ab in Richtung Naturfreundehaus. Dort nahm sie einen kleinen geschotterten Weg zum Wald. Den Polizeiwagen hatten sie tatsächlich abgehängt.

Sie hielt an einer kleinen Scheune an. Melanie hatte einen beschleunigten Atem, als sie ihn eindringlich ansah.

»Komm, wir steigen aus, Albrecht!«

Als sie beide neben dem Wagen standen, nahm sie seine Hand, führte ihn wortlos in die unverschlossene Scheune, die voller Heu war, und öffnete die Knöpfe ihrer Bluse.

Es war das, wovon er schon so oft geträumt hatte. Melanie stand vor ihm in ihrer ganzen Pracht und wollte ihn, Albrecht, den depperten Sohn vom Fuchsenhof. Ihn, den Bruder ihres Verlobten Eugen Fuchs. Ihn wollte sie verführen. In ihm kribbelte es wie ein ganzer Ameisenhaufen. Trotz seines kindlichen Wesens hatte er die Gefühle und

Reaktionen eines Mannes. Das ließ er sich nicht zweimal sagen. Er zog sie fordernd an sich.

Sie fielen eng umschlungen ins Heu und nutzten die kurze Zeit für ein Schäferstündchen, bevor der Polizeiwagen sie aufspüren und zurückbringen würde. Bis dahin mussten sie wieder angezogen im Wagen sitzen. Für Albrecht war es eine vollkommen neue Erfahrung, die er da machte. Nun gehörte sie ihm. Er war ihr Prinz und sie seine Prinzessin.

DIE TATWAFFE

Herr Schnäbele war am späten Vormittag an der Reihe, sich um Albrecht zu kümmern. Das hatte er Eugen Fuchs versprochen. Dieser hatte einen wichtigen Termin mit Melanie und dem Pfarrer wegen ihrer Trauung und konnte nicht auf seinen Bruder aufpassen. Seine Verlobte durfte dabei nicht fehlen, da es sich um das Traugespräch handelte.

Melanie und Eugen kamen schon fertig angezogen zur Tür und ließen den alten Freund der Familie eintreten.

»Albrecht ist oben! Er kommt gleich!« Mit diesen Worten verabschiedeten sie sich in Begleitung eines Polizisten.

Als der junge Mann die Treppe herunterkam, machte er ein finsteres Gesicht.

Der alte Mann fragte: »Nanu, Albrecht, freust du dich nicht auf unseren Spaziergang mit Lucifer?«

Der Berner Senner an seiner Seite hörte seinen Namen und wedelte erfreut mit dem Schwanz. Dann bellte er Albrecht auffordernd an und leckte ihm die Hand. Dieser war leider nicht aufzumuntern, nahm seine Jacke vom Haken der Garderobe, streifte an den beiden vorbei und fragte: »Kommt ihr?«

Damit ging er zur Tür raus und Herr Schnäbele und Lucifer folgten ihm auf dem Fuße.

In diesem Moment kamen Matthias und Kübelchen in den Hof gefahren. Der zweite wachhabende Polizist war schon aus dem Auto gestiegen, um die Spaziergänger in entsprechendem Abstand zu begleiten. Sowas wie heute Vormittag würde ihm nicht mehr passieren.

Die beiden Ermittler stiegen aus ihrem Dienstwagen und kamen auf die beiden und ihren »Aufpasser« zu.

»Wir haben vom Kollegen erfahren, dass Sie sich heute kurzzeitig dem Schutz durch die Polizei absichtlich entzogen haben, Albrecht«, fing Matthias an.

Albrecht nickte, erschrocken darüber, dass sie schon Bescheid wussten. Er stammelte: »Das war Melanies Idee. Sie wollte Spaß machen! Aber sie hat es nicht böse gemeint.«

Die drei Polizisten sahen sich an. Dem armen Kerl war einfach nicht klar, dass es sich bei solch einem Unterfangen um keinen Spaß handelte, sondern ihn und auch Frau Wentsch womöglich in Gefahr bringen konnte. Doch sie hätte es besser wissen müssen.

Herr Schnäbele mischte sich ein: »Ich sag's ja immer. Melanie ist keine verantwortungsvolle Person. Ihr kann man niemanden anvertrauen. Schon gar nicht Albrecht.«

»Gar nicht wahr!«, rief Albrecht wütend dazwischen, während er mit dem Fuß auf den Boden stampfte. »Das war total lustig!« Er rannte zur Garage. Dort öffnete er das Tor und Kübelchen folgte ihm, damit er nicht noch auf die Idee kam, abzuhauen. Womöglich hatte er ein Fahrzeug in der Garage.

Die Kommissarin stutzte. Er schnappte sich sein Fahrrad und wollte aufsteigen. Fischer hielt ihn noch rechtzeitig davon ab. Kübelchen kannte das Fahrrad und schaute Fischer verblüfft an. Auch er machte ein erstauntes Gesicht. Es war ihnen bei ihrer Radtour Richtung Metzingen aufgefallen, weil es so zugemüllt war.

»Kannst du bitte mal kurz mit rauskommen, Matthias!«

Sie rief kurz den Kollegen, der draußen aufpasste, dass Albrecht nicht doch noch davonradelte.

Draußen vor der Garage tauschten sie sich kurz aus. »Erinnerst du dich, Matthias, das ist doch das Fahrrad, das wir bei unserer Tour nach Metzingen am Radweg gesehen haben, als wir kurz Halt machten!«, flüsterte Kübelchen ihm zu.

»Ja, nur dass jetzt die Tierfelle fehlen«, antwortete er leise. Den beiden fiel es plötzlich wie Schuppen von den Augen. »Und die komische Stange mit dem Haken und der Schaufel dran fehlt ebenfalls!«, flüsterte Martina. Dabei sahen sie sich an und sagten wie aus einem Munde: »Eine Schäferschippe. Wie beim Schäferreigen!« Die Kommissare hatten in diesem Moment denselben Gedanken. So eine Schippe könnte die Tatwaffe sein! Sie war vorne aus Metall.

»Warum sind wir bloß nicht früher draufgekommen?«, überlegte Martina laut. »Dann könnte es doch Eugen gewesen sein!«, entfuhr es Matthias. »Ja, oder Melanie!«, entgegnete Martina etwas schnippisch. Auch der alte Schnäbele geisterte in den Köpfen der beiden herum. Er hätte auch Gelegenheit gehabt, in die Garage zu gelangen. Doch Matthias hatte noch einen anderen Gedanken. »Es könnte auch sein, dass jemand ganz anderes der Täter ist und die Schippe gesucht hat. Das würde den Einbruch erklären.«

»Stimmt, Matthias. Daran habe ich gar nicht gedacht!«

Matthias kam in Bewegung und Kübelchen folgte ihm auf dem Fuße zurück in die Garage. Sie nahmen das Rad nochmals genauer unter die Lupe. Tatsächlich war die Schippe nicht mehr am Gepäckträger befestigt. Sie standen um das Fahrrad herum und Albrecht sah sie fragend an. Er wirkte leicht verwirrt.

Die Schippe stand tatsächlich in der Ecke, zusammen mit einer ganzen Ansammlung von Gartengeräten wie Rechen, Spaten, usw. Das fiel gar nicht auf, wenn man nicht genau hinsah, weil man sie für ein Gartengerät halten konnte, wenn man nicht direkt danach suchte. Das würde auch erklären, warum die Kollegen von der Einbruchssicherung sie nicht beachtet hatten. Es ging ja dort um Wertgegenstände oder einen Eindringling, der jemandem etwas antun wollte und nicht um die Suche nach einer Tatwaffe. Zumindest hatte keiner an diese Möglichkeit gedacht. Vielleicht hatte auch jemand anderes mit Fuchsens Schippe den Mord begangen. Das würde die Sache nicht einfacher machen.

Fischer zog seine Handschuhe an und nahm die Schäferschippe in die Hand. Nach dem Schäfertanz der Trachtengruppe hatte diese sowieso jeder angefasst, aber wer weiß, vielleicht würden sie noch etwas finden.

»Albrecht, wem gehört die Schippe eigentlich?«, bohrte er.

»Sie kommt wieder an mein Fahrrad! Melanie und ich haben damit den Schäferreigen getanzt!«, stammelte er. Stress vertrug er nicht gut. Das hatten sie ja schon erlebt.

»Schon gut, Albrecht«, beruhigte ihn Martina, deren Gedanken um das kreiste, was Friedhelm Schnäbele gerade vorhin gesagt hatte. Hatten sie Melanie zu wenig Beachtung geschenkt? Vielleicht hatte sie doch mehr mit dem Tod von Michael zu tun, als sie behauptete. Und wenn nun diese Schäferschippe die Mordwaffe war?

Schnäbele trat herein. Er hatte die ganze Zeit im Hof gewartet.

»Die Schippe gehört der Familie Fuchs! Schauen Sie doch mal.« Dabei deutete er auf die Unterseite der Metallschaufel. Da war ein kleines Wappen und es war der Name *Fuchs* samt der Jahreszahl *1890* eingraviert.

In der Gravur konnte man einen leicht roten Schimmer erkennen oder täuschte sich Martina? War ein Mörder so unvorsichtig?

Das Blut konnte von allem Möglichen stammen. Frau Wolf würde möglicherweise die Spuren zuordnen können, falls es sich dabei tatsächlich um die Tatwaffe handelte.

Allerdings gab es von diesem Handwerkszeug der Schäfer in Bad Urach jede Menge, wovon die Ermittler sich beim Tanz hatten überzeugen können. Die Schäferschippe musste in die KTU, um festzustellen, ob es sich wirklich um menschliches Blut handelte.

»Eine letzte Frage noch!« Fischer sah Albrecht an. »Wer benutzt diese Schäferschippe außer Ihnen und Melanie?«

»Eugen!«, kam es wie aus der Pistole geschossen.

Herr Schnäbele sah die beiden Ermittler an. »Können wir dann los? Ich glaube, Albrecht reicht es für heute!«

Sie gaben ihm zu verstehen, dass er mit Albrecht den geplanten Spaziergang machen konnte. Die Schippe legten sie in den Wagen und schlossen ab.

»Aber die muss doch wieder an mein Fahrrad!«, rief Albrecht und drehte sich noch einmal zu ihnen um, bevor er mit Schnäbele loslief.

Der Alte hakte ihn unter.

»Sie bekommen sie auf jeden Fall wieder, das versprechen wir Ihnen!«, antwortete Martina beruhigend.

»Wir müssen unbedingt mit Eugen Fuchs und Melanie Wentsch reden!«, meinte Kübelchen zu Fischer, als sie auf dem Beifahrersitz Platz nahm. Der Verdacht erhärtete sich, dass einer der beiden Verlobten etwas mit dem Mord an Michael Lämmle zu tun hatte.

Matthias Fischer nickte. »Da könntest du recht haben. Was hältst du vom alten Schnäbele als Mörder?«

»Daran habe ich auch schon gedacht, aber was hätte er für ein Motiv?«

Er zuckte mit den Schultern. »Das müssten wir noch herausfinden, Martina! Aber wer weiß!«

Sie sah ihn von der Seite an, während er an der Ampel abbog, kurz bevor sie rot wurde. »Warum sollte Friedhelm Schnäbele uns auf das Wappen aufmerksam machen, wenn er sich damit selber schaden würde? Ist ziemlich unlogisch, oder?«

»Mal sehen, ob es sich überhaupt um Blut handelt! War ja kaum erkennbar!«, erwiderte Matthias Fischer. »Aber es kann ja tatsächlich auch ein ganz anderer mit dem Mord zu tun haben. Die Schippe kann sich jeder in einem unbemerkten Moment genommen haben.«

Seine Kollegin nickte. »Frau Wolf wird uns die Antwort liefern. Kann es sein, dass du eine Brille brauchst, wenn du das Blut kaum gesehen hast, alter Mann?«, zog sie ihn auf.

Sein finsterer Blick nach vorne sprach Bände. Was das anbetraf, verstand der Kommissar keinen Spaß.

Wie sie vorhin von Herrn Schnäbele erfahren hatten, waren Eugen Fuchs und Melanie Wentsch wegen ihrer bevorstehenden Trauung beim Pfarrer und hatten Friedhelm deshalb gebeten, ein Auge auf Albrecht zu haben. Also machten sie sich mit dem Auto auf den Weg zur Amanduskirche, um auf das Paar zu warten.

Ursprünglich wollten sie Melanie nur nochmals auf die Gefahr hinweisen, in die sie Albrecht und sich brachte, wenn sie solche Alleingänge mit ihm unternahm und der Aufsicht der Polizei entwich. Nun hatten sie durch den Zufallsfund in der Garage ganz andere Fragen und Dinge zu bereden. Während sie im Auto warteten, ließen sie alles noch mal Revue passieren.

Martina versuchte, professionellen Abstand zu Matthias einzuhalten, da es wichtig war, gut miteinander zu arbeiten. Es fiel ihr nicht ganz leicht.

»Also, was haben wir bis jetzt?«, fing Fischer an. »Michael Lämmle, einen toten Schäfer in seinem Wagen, der Melanie schon länger kannte und mit ihr schon manches Schäferstündchen verbracht hat. Da wäre es ein klares Motiv, dass Eugen die Tat aus Eifersucht begangen haben könnte.«

»Oder Melanie wollte das tatsächlich nicht mehr und er wurde zudringlich, da hat sie sich gewehrt und ihn im Affekt erschlagen!«, machte Martina weiter. »Also wenn sich herausstellt, dass es sich bei der roten Färbung an der Schippe um Blut handelt und das von Lämmle stammt, dann wären wir ein ganzes Stück weiter. Hoffentlich kann Frau Wolf noch Fingerabdrücke sicherstellen. Allerdings bleibt dann die Frage, was die Schäferschippe vom Fuchsenhof an Lämmles Wagen machte. Wenn man im Affekt handelt, dann fährt man ja nicht extra los, um sie zu holen!«, kombinierte Martina.

»Stimmt. Da hast du recht. Ich bin ja gespannt, ob das Verschwinden von Paul Nägele vor dreißig Jahren und der Mord an Michael Lämmle zusammenhängen. Es gibt ja durchaus Parallelen.«

»Allerdings! Immerhin hatten beide etwas mit der Schäferei zu tun. Beide Male passierte es am Schäferwochenende. Beide Männer haben offensichtlich eine besonders ausgeprägte Schwäche für das weibliche Geschlecht, auch wenn diese vergeben waren!« Auch über Nägele hatten sie bezüglich Frauen Ähnliches von Peter Wentsch und Traudl Nägele während des Leistungshütens erfahren.

In diesem Moment kamen die beiden Verlobten aus der Kirche. Sie hielten sich an den Händen und redeten und strahlten, dass es den Kommissaren schwerfiel, an eine Schuld der beiden zu glauben. Aber sie waren nicht Polizisten geworden, um sich auf Gefühle zu verlassen, sondern um Fakten zu schaffen. Sie hatten schon zu oft erlebt, wie sehr man sich täuschen konnte.

»Na, dann wollen wir mal!«, forderte Fischer seine Kollegin auf.

Eugen und Melanie grüßten, als sie die Ermittler erkannten. »Hallo, wollen Sie zu uns? Gibt es Neuigkeiten?«, wollte

Eugen sofort wissen, während Melanie verstohlen auf ihre rotlackierten Fingernägel schaute.

Martina nickte und erzählte ihm von Melanies morgendlichem »Scherz«, die Polizei mit einem gespielten Fluchtversuch an der Nase herumzuführen.

Fuchs drehte sich zu seiner Verlobten um. »Sag mal, Mellie, das hast du mir gar nicht erzählt! Was soll denn das? Jemand hat einen Anschlag verübt, zwei Schäfer wurden ermordet und du machst solche Sachen und bringst dich selbst und meinen Bruder in Gefahr?«, wetterte er los.

Täuschten sie sich oder färbte sich ihre Gesichtsfarbe leicht rötlich? »Ich wollte Albrecht nur ein wenig aufmuntern. Ist ja doch sehr öde, wenn man nur noch in der Bude hocken muss!«, stammelte Melanie.

Ihr schien nicht klar zu sein, dass es sich bei der ganzen Angelegenheit um keinen Spaß handelte. Sie hatte eben doch ein leichtfertiges Wesen.

Kübelchen mischte sich ein: »Das ist leider noch nicht alles, Herr Fuchs. Wir haben die Schäferschippe mit Ihrem Familienwappen in Ihrer Garage vorerst gesichert und mitgenommen.«

Während sie das sagte, beobachteten die Kommissare das Pärchen. Täuschte Fischer sich und Eugen Fuchs schluckte nervös? Äußerlich tat er so, als ob er ganz entspannt wäre, als er sich erkundigte: »Echt, was wollen Sie denn damit?«

»Es könnte sein, dass Lämmle mit einer solchen Schippe ermordet wurde«, erklärte Matthias.

»Und wieso nehmen Sie dann ausgerechnet die der Familie Fuchs mit?«, wollte Melanie neugierig wissen.

Fischer rückte nun mit dem wahren Grund heraus. »Es handelt sich hierbei nur um einen Verdacht. Wir nehmen die Schäferschippe mit, weil es aussieht, als ob Blut daran klebt. Wir wollten nur, dass Sie darüber informiert sind, wenn wir diese vorerst von der KTU überprüfen lassen. Das muss ja bis jetzt nichts heißen. Es könnte ja auch Blut von einem Tier sein. Albrecht ist deswegen übrigens etwas durcheinander. Er wollte sie ja wieder an sein Fahrrad machen.«

»Wir dachten, es wäre wichtig, dass Sie das wissen«, warf Martina noch hinterher.

Eugen Fuchs nickte: »Ja, danke. Sie wissen ja, er kommt mit Veränderungen ganz schwer klar. Die Familienschippe ist normalerweise immer an seinem Fahrrad, außer beim Schäferreigen und den dazugehörigen Proben. Nach dem Schäferlaufwochenende bekommt sie wieder ihren Platz am Rad.«

»Alles klar. Sie bekommen sie so schnell wie möglich zurück«, versicherte Martina.

Sie verabschiedeten sich, und als die beiden in Fischers Mustang stiegen und außer Reichweite waren, flüsterte Kübelchen Matthias zu: »Hast du auch das Gefühl, dass die beiden vielleicht doch etwas wissen?«

Er sah das genauso und nickte. »Ja, schon, aber wir haben keinerlei Beweise. Komisch, dass er sich beim Thema Schäferschippe plötzlich so für seinen Bruder ins Zeug legte. Macht er ja sonst auch nicht!«, stellte er fest. »Bin auf Frau Wolfs Ergebnisse gespannt. Vielleicht haben wir diesen Fall schneller gelöst als gedacht.«

»Das wäre schön!«, seufzte Martina, während sie losfuhren, um die Schäferschippe zur KTU bringen zu lassen. Sie hatten sie in Folie verpackt und wegen der Länge zwischen den Sitzen durchgeschoben. Mal sehen, was die Untersuchungen von Frau Dr. Wolf ergeben würden. Spätestens heute Nachmittag würden sie wissen, ob es sich um menschliche Blutspuren handelte.

BLUTSPUREN

Frau Dr. Wolf meldete sich schneller als erwartet, und die beiden Ermittler fuhren an diesem Montagnachmittag nach Reutlingen, um zu erfahren, was die Kollegin herausgefunden hatte.

Frau Dr. Wolf fing zügig an.

»Zuerst kommen wir zum Ergebnis des Posaunen-Mundstückes von Peter Wentsch. Es war tatsächlich mit dem Gift vom Eisenhut präpariert worden. Da wurde eine Tinktur aus Eisenhutwurzeln und Alkohol hergestellt. Diese wurde auf das Mundstück aufgetragen. Als Herr Wentsch sein Instrument benutzte, traten schnell erste Symptome einer Aconitin-Intoxikation auf. Danach wird man kaltschweißig und psychosomatisch verlangsamt. Man ist anfangs noch ansprechbar, erbricht irgendwann, dann kommt es zu einer Ateminsuffizienz sowie schweren Herzrhythmusstörungen. Da hatte der Täter wirklich eine raffinierte Idee. Dass Sie ihm trotzdem auf die Schliche gekommen sind …!«

»Da müssen wir Sie leider enttäuschen. Das waren nicht wir, sondern der behandelnde Arzt hat uns darauf gebracht!«, erklärte Kübelchen.

Die KTU-Leiterin fuhr fort. »Nun zur Schippe. Also da haben Sie ins Schwarze getroffen. Tatsächlich hat jemand versucht, die Blutspuren wegzuwischen, aber der kleine Überrest in der Schrift wurde übersehen und das hat gereicht, um festzustellen, von wem das Blut stammt.«

»Und sind sie von Lämmle?«, fragte Fischer gespannt.

Sie nickte. »Ja, die Spuren sind zweifelsfrei vom ermordeten Schäfer und es handelt sich bei der Schäferschippe auch eindeutig um die Tatwaffe.«

»Sie passt perfekt zur Kopfwunde des Opfers«, ergänzte Kübelchen.

»Ich habe übrigens jede Menge Fingerabdrücke gefunden«, fuhr Frau Dr. Wolf fort. »Da müssten wir dann schauen, ob auch die des oder der Tatverdächtigen dabei sind. Also die von Eugen und Albrecht sind natürlich dabei. Ist ja klar! Wie Sie mir ja berichtet haben, wurde die Tatwaffe auch von einigen Tänzern beim Schäfertanz angefasst. Damit können wir nicht wirklich auf den Täter schließen. Zusammen mit einem klaren Motiv könnte man einen Verdächtigen allerdings in die Mangel nehmen und hoffen, dass er es zugibt. Sein Abdruck wäre ja nur einer von vielen.«

Matthias sah zu Kübelchen und meinte: »Da werden wir wohl Familie Fuchs noch mal einen Besuch abstatten. Eugen hatte eindeutig ein Motiv, Martina. Seine Eifersucht. Da muss die Hochzeit wohl noch etwas warten. Außerdem müssen wir herausfinden, ob er auch das mit der Mine gewesen sein könnte und was er mit Wentsch für ein Problem hatte. Ist ja immerhin der Onkel seiner Verlobten. Hatte nicht Frau Schnäbele etwas von Erbschaftsstreit erwähnt?«

»Also ich finde, dass es durchaus auch Melanie gewesen sein könnte«, nahm ihm Martina den Wind aus den Segeln.

»Na ja, Melanie kommt mir nicht wie eine Mörderin vor. Außerdem sind ihre Fingerabdrücke nicht auf der Schippe, aber du hast recht. Wir behalten sie natürlich trotzdem im Auge«, lenkte er versöhnlich ein, als er ihren vorwurfsvollen Blick sah. Insgeheim freute er sich ein klitzekleines bisschen, dass sie offenbar eifersüchtig auf die Verlobte von Eugen Fuchs war.

Was war das bloß mit Martina und ihm? Jetzt, wo er in ihrer Nähe war und mit ihr im Schäferwagen übernachtete, konnte er es kaum ertragen, nicht mit ihr zusammen zu sein. In Trier war er so beschäftigt und abgelenkt, dass sie sehr schnell immer weiter in den Hintergrund rückte. Es war so, dass er irgendwann so viel Distanz hatte, dass diese Fernbeziehung für ihn nicht mehr infrage kam. Doch als sie ihm jetzt zu Hause im Bademantel die Tür geöffnet hatte, hatte er gemerkt, dass er sie vermisste, sie gerne in den Arm nehmen würde. Doch es war ihm klar, dass der Weg zurück sehr schwierig war. Schließlich war er derjenige, der vorgeschlagen hatte, dass sie doch nur Freunde bleiben sollten.

Kurze Zeit später fuhren sie schon in den Hof der Familie Fuchs. So langsam wurden sie hier Dauergäste. Als sie klingelten, hörte man, wie jemand gemächlich die Treppe herunterkam. Kurz darauf öffnete Albrecht Fuchs die Haustür.

»Hallo Albrecht, ist Ihr Bruder zu Hause?«

Der junge Mann nickte. »Ja, er schwimmt gerade mit Melanie im Pool im Keller. Wieso? Wollen Sie die Schippe zurückbringen? Dann kann die wieder an mein Fahrrad.«

»Leider noch nicht. Könnten Sie uns jetzt zu Eugen führen, bitte!«, insistierte Fischer.

Mit enttäuschtem Gesicht und ohne ein weiteres Wort ging er ihnen voraus die Treppe hinab, die direkt neben dem Eingang lag. Schon von Weitem hörten sie das Plätschern und das ausgelassene Gelächter des Paares. Die beiden spritzten sich gerade gegenseitig nass, als die drei um die Ecke kamen.

»Wow, was für ein Pool!«, entfuhr es Martina. Durch die große Glasfront schien die Sonne herein. Das Wasser schimmerte in einem herrlichen hellblauen Farbton. Eine Schiebetür war geöffnet und führte auf eine Terrasse mit teuer aussehenden Liegestühlen inmitten eines bunten Blumenmeeres.

Traumhaft!, dachte Kübelchen. Doch die Kommissarin besann sich sofort wieder darauf, aus welchem Grund sie eigentlich gekommen waren. »Tag, Herr Fuchs, können wir Sie kurz unter vier Augen sprechen?«

Fuchs schien erstaunt. Er stieg aus dem Pool, wie Gott ihn geschaffen hatte und band sich den grauen Bademantel um, der unordentlich draußen auf einer der gepolsterten gelben Pool-Liegen herumgelegen hatte.

Melanie, auch sie war splitterfasernackt, sagte erst mal kein Wort und machte es ihrem Freund gleich. Dann sah sie Matthias an und fragte: »Sagen Sie uns endlich, was los ist! Ist schon wieder was passiert?«

Er zog einen Zettel aus seiner Tasche. »Na, passiert kann man so nicht sagen. Wir haben einen Haftbefehl gegen Sie, Herr Fuchs. Sie stehen unter dem dringenden Tatverdacht, Michael Lämmle ermordet zu haben und müssen vorerst in U-Haft! Es waren tatsächlich Blutreste an der Schäferschippe mit Ihrem Familienwappen aus Ihrer Garage und die Blutprobe ergab, dass diese zweifelsfrei von Michael Lämmle stammen.«

Fuchs schluckte. »Das kann doch nicht sein. Was ist denn das für eine absurde Idee, dass ich das getan haben soll? Melanie, sag du doch auch mal was!«, flehte er seine Verlobte an.

»Was soll ich denn sagen, Eugen? Woher soll ich denn wissen, ob du es warst?«, antwortete sie ziemlich gefühllos. Dann schaute sie die Ermittler an und meinte, seiner Aufforderung folgend: »Also extrem eifersüchtig ist Eugen schon, aber einen Mord traue ich ihm ehrlich gesagt nicht zu. Eine Schlägerei ja, aber nicht das!«

»Da hören Sie es!«, wurde Eugen etwas lauter.

Doch es half nichts. Sie mussten ihn mitnehmen.

Albrecht stand währenddessen schweigend im Türrahmen und sagte kein Wort. Ihm hatte es offenbar die Sprache verschlagen. Vermutlich realisierte er gar nicht so richtig, warum sein Bruder verhaftet wurde.

Melanie ging zu ihm hin, hakte ihn unter und ging mit ihm die Treppe hinauf. Sie wollte ihn allem Anschein nach aus dem Geschehen nehmen, damit er nicht wieder völlig ausrastete.

Martina fand ihr Verhalten mehr als ungewöhnlich. Mal zeigte sie Mitgefühl und Verantwortungsbewusstsein, mal lieferte sie sich während einer laufenden Ermittlung eine Verfolgungsjagd mit den Kollegen.

Fischer und Kübelchen erklärten Eugen Fuchs: »Sie sind der einzige Verdächtige, weil Sie als einzige Person ein Motiv haben. Eifersucht! Es gibt bis jetzt keine weiteren Verdächtigen. Das Blut an der Schippe erhärtet diesen Verdacht noch.« Tatsächlich hatten sie noch keine plausible Erklärung gefunden, warum Melanie die Schippe beim Heimbringen Michael Lämmles hätte spontan zur Hand haben sollen. Also stand sie vorerst nicht im Fokus.

»Was für ein Blödsinn! Das können Sie nicht machen! Ich war das nicht! Ich möchte meinen Anwalt anrufen!«, wehrte Eugen Fuchs sich lauthals.

»Jetzt beruhigen Sie sich mal, sonst müssen wir Ihnen Handschellen anlegen, Herr Fuchs!«, sagte Fischer.

Die Drohung verfehlte ihre Wirkung nicht.

Irgendwie hatte Martina ein merkwürdiges Gefühl. Wie ein Mörder kam er ihr gerade im Moment nicht vor, auch wenn sie auch schon anders gedacht hatte, aber die Ergebnisse sprachen für sich. Eugen Fuchs würde nun verhört werden und dann hoffentlich alles zugeben. Schließlich war Mord aus Eifersucht ein häufiges Tatmotiv. Dazu würde auch die Feststellung der Rechtsmedizin bezüglich einer Affekthandlung passen. Vielleicht war er tatsächlich ausgerastet und hatte sich nicht im Griff, dann hatte er womöglich

Michael ungünstig mit der Schippe getroffen und da war es schon passiert. Aber warum hatte er dann noch mehrmals zugeschlagen?

Auf jeden Fall gab es nun eine Tatwaffe und einen Täter, und ihrem Urlaub stand dann hoffentlich nichts mehr im Wege. Andrerseits würde sie am liebsten nach Hause fahren, sobald der Fall gelöst war. Sie wurde das Gefühl nicht los, dass Matthias kein Interesse daran hatte, richtig mit ihr zusammen zu sein.

Kübelchen versuchte Eugen zu beruhigen. »Wenn Sie unschuldig sind, Herr Fuchs, dann finden wir das heraus. Verlassen Sie sich darauf! Und Ihren Anwalt dürfen Sie selbstverständlich anrufen! Aber jetzt ziehen Sie sich erst mal ein paar Sachen über!«

Tatsächlich ließ er sich besänftigen.

Auf der Wache fand die Befragung von Eugen Fuchs im Beisein seines Rechtsbeistandes statt. Matthias und Martina nahmen ihn in die Mangel. Er beteuerte immer wieder seine Unschuld. Da war vorerst nichts zu machen. Aufgrund der doch dünnen Beweislage würde er sicher in den nächsten 24 Stunden wieder aus der U-Haft freikommen.

Nachdem er abgeführt worden war, wollte Martina noch was loswerden. »Also ob wir da jetzt nicht auf dem Holzweg sind, Matthias. Irgendwie fand ich Melanies Verhalten auch merkwürdig. Sie hat ihn ja durch ihre Aussage, er hätte sich wegen seiner Eifersucht manchmal nicht im Griff, ganz schön unnötig belastet. Auch wenn sie noch hinzugefügt hat, er würde deshalb niemanden umbringen.«

»Das kann ich mir nicht vorstellen!«, antwortete Fischer sehr überzeugt.

»Ich schon! Hast du nicht bemerkt, wie kalt sie die Verhaftung gelassen hat?«, erwiderte Martina säuerlich. »Sie hat sich nicht einmal mehr von ihm verabschiedet!«

»Dafür hat sie sich gleich sehr nett um Albrecht gekümmert«, entgegnete Fischer. Er schien Melanie überhaupt nicht zu verdächtigen, was Kübelchens Eifersucht noch mehr schürte. Da mussten wohl erst Tatsachen geschaffen werden!

Auf dem Rückweg sahen sie das Ehepaar Schnäbele am Campingplatz den Weg entlanglaufen. Sie wollten gerade in den Biergarten abbiegen. Die beiden Ermittler warfen sich einen Blick zu, da auch Friedhelm noch auf ihrer Liste der Verdächtigen stand. Mal sehen, wie er auf Eugens Verhaftung reagieren würde. Fischer hielt an und drehte die Scheibe des Wagens herunter.

»Hallo, machen Sie ein kleines Kaffeepäuschen? Wir würden uns gerne anschließen!«

Kübelchen fand das eine gute Idee.

»Sigrid Schnäbele nickte erfreut: »Ja, super!«

Der alte Schnäbele zeigte keine Reaktion und lief sturheil weiter. Die beiden kannten ihn ja mittlerweile.

Auch Lucifer, der neben Frau Schnäbele her spazierte, schien mit dem Kopf zu nicken. Er und Martina hatten sich ja bei ihrem Besuch in Schnäbeles vier Wänden angefreundet, und so wedelte er mit dem Schwanz, als er bemerkte, dass Martina mitkam. Sie fand das total schön.

Alle fünf setzten sich gemeinsam an einen Tisch, Lucifer zu Kübelchens Füßen. Der Platz war weit genug weg vom Pool, damit Friedhelm Schnäbele sich nicht wegen der mit Wasser spritzenden Kinder aufregen musste. Der duftende Kaffee wurde gebracht, und es gab für jeden ein Stück Schwarzwälder Kirschtorte. Außer für Lucifer natürlich. Frau Schnäbele hatte ein selbst gebackenes Leckerli für ihn in der Tasche, sodass er auch etwas futtern konnte. Das fand Kübelchen sehr aufmerksam von ihr.

Sigrid Schnäbele, die ja offensichtlich eine sehr liebenswerte, aber auch neugierige Person war und mit ihren

Fähigkeiten locker eine Security-Firma mit dem Namen »Sigrid-Service« hätte betreiben können, der alle im Ort überwachte, schien schon etwas gehört zu haben. Woher sie so schnell ihre Informationen hatte, war den Ermittlern rätselhaft.

»Ich habe erfahren, dass Sie Eugen Fuchs verhaftet haben! Das ging ja fix! Friedhelm kennt die Jungs ja, wie Sie wissen.«

»Es stimmt. Wir haben ihn in U-Haft genommen. Woher haben Sie das so schnell erfahren?«, fragte Fischer interessiert.

Sie lachte. »Seine neugierige Nachbarin hat aus dem Fenster geschaut, als Sie ihn mitgenommen haben, und hat mich soeben auf dem Handy angerufen. Sie ist eine alte Freundin und kennt unsere Verbindung zur Familie. Außerdem habe ich meine Spione überall«, lachte sie.

Friedhelm sagte immer noch kein Wort. Seine Mundwinkel zuckten allerdings verdächtig. Er wirkte irgendwie sauer und starrte geradeaus.

»Und trauen Sie ihm so eine Tat zu, Frau Schnäbele?«, wollte Fischer wissen.

»Also er ist gewaltig eifersüchtig. Er hatte schon so oft Schlägereien und da ging es manchmal schon sehr grob zu. Einmal hat er auch einen anderen Schäfer krankenhausreif geschlagen«, berichtete Sigrid Schnäbele eifrig.

»Du reidesch den arma Kerl ja no mehr in die Scheiße!«, wetterte der alte Schnäbele los. Endlich machte er mal den Mund auf. Scheinbar passte ihm die Verhaftung von Eugen Fuchs überhaupt nicht.

Der Verdacht der beiden Ermittler erhärtete sich durch die Aussage von Frau Schnäbele. Sie wollte gerade wieder loslegen, doch diesmal war ihr Mann schneller.

»Jetzt sei doch still, Weib! I habs dir grad scho gsagt! Des isch doch scho lang her. Du machsch elles bloß no schlemmer!«, fuhr Friedhelm seiner Frau über den Mund. Er sah es scheinbar als seine Pflicht an, den Sohn seines früheren Chefs auch über dessen Tod hinaus zu verteidigen.

Lucifer knurrte, als sein Herrchen so einen Ton anschlug. Martina kraulte ihm beruhigend den Rücken.

»Haben Sie auch schon jemand in Verdacht wegen der Explosion und dem Ferdinand Däschle?«, bohrte Sigrid unbeirrt weiter.

Kübelchen zuckte mit den Schultern. »Nicht wirklich! Wir wollen nicht hoffen, dass das auch auf die Kappe von Eugen Fuchs geht! Ich kann mir allerdings nicht vorstellen, dass er jemandem sein Auto leiht und dann denjenigen in die Luft jagt. Das ist viel zu offensichtlich. Er konnte vorher ja außerdem gar nicht ahnen, dass Däschle sein Auto wegen einer Notlage ausleihen muss.«

Friedhelm stimmte ihr zu. »Allerdings! So gut kenne ich ihn. Das ist echt unwahrscheinlich. Frage ist ja auch, was für ein Motiv es geben könnte, den Däschle zu ermorden.«

Die beiden Kommissare mussten sich doch wundern, wie viel Energie beim Thema Fuchs in den alten Friedhelm gehaucht wurde. Na ja, er war eben der treu ergebene Diener seines schon verstorbenen Herrn. Sowas sollte es geben. Natürlich interessierte es ihn, wenn dessen Sohn unter Verdacht stand.

»Und wie geht es Melanie?«, erkundigte sich Sigrid Schnäbele mitfühlend.

»Sie hat die Verhaftung ganz gut weggesteckt. Vermute, dass ihr klar ist, dass der Anwalt ihn schnell wieder aus der U-Haft rausboxt. Allerdings traut sie Eugen keinen Mord zu«, berichtete Fischer.

Sigrid wirkte betroffen. Ihr fröhliches, unbekümmertes Lächeln hatte sie momentan ganz abgelegt. Es war einem besorgten Gesichtsausdruck gewichen. Immerhin war der

Verlobte ihrer Tochter unter Mordverdacht. Das war kein Pappenstiel.

»Ach Herrjele, kannst du nicht endlich damit aufhören, deiner missratenen Tochter nachzutrauern!« Friedhelm Schnäbele ärgerte sich offensichtlich, dass er das Thema angeschnitten hatte. »Sie ist zum Glück nicht meine, sondern Sigrids Tochter. Allerdings redet sie seit Jahren nicht mehr wirklich mit uns.«

»Oh, das tut mir leid!«, entgegnete Kübelchen. Sie blickte in das aschfahle, leere Gesicht von Sigrid Schnäbele. Sie wirkte, als ob jemand eine Jalousie heruntergelassen und ihr damit alles Strahlen genommen hätte. »Darf ich den Grund erfahren?«

Es sah so aus, als ob Herr Schnäbele der Atem kurz stockte, damit er nicht herausplatzte, als seine Frau anfing zu erzählen. Das machte die Ermittler noch neugieriger. Doch schon beim ersten Satz konnten sie sich seine Reaktion erklären.

»Sie hat mir damals erzählt, dass Friedhelm sie sexuell belästigt hätte. Natürlich habe ich das meiner Tochter nicht geglaubt.«

Friedhelm Schnäbeles Gesicht fror ein, was Kübelchen nicht entging.

»Sie hat Friedhelm von Anfang an abgelehnt. Ich kenne meinen Mann. Nachdem ich ihr gesagt hatte, dass sie keinen Blödsinn erzählen soll, ist sie verschwunden. Keiner wusste so recht, wohin sie gegangen ist. Wir haben damals eine Vermisstenanzeige aufgegeben und die Polizei hat wochenlang nach ihr gesucht. Ohne Erfolg. Wir dachten schon, sie wäre einem Verbrechen zum Opfer gefallen. Als sie vor drei Jahren wieder hier auftauchte, hat sie immer einen großen Bogen um unser Haus gemacht. Ich war froh, dass sie wieder da war. Wir haben sie dann durch Zufall im Edeka getroffen. Mein Mädchen hat so getan, als ob ich eine Fremde wäre. Dass sie hier anfangs keine Arbeit hatte, wurde mir von einer Bekannten berichtet. Jetzt arbeitet sie im *Restaurant Eberhard!*«

»… ja, und hat einen großen Fisch an der Angel. Nämlich Eugen Fuchs«, warf Friedhelm Schnäbele abwertend dazwischen.

Ganze Tränenbäche liefen über die Wangen der sonst scheinbar so fröhlichen, redseligen Frau. Dieser Friedhelm war aber auch echt nicht zimperlich, wenn er etwas zu sagen hatte.

Kübelchen nahm Sigrid in den Arm, während sie darüber nachdachte, ob sie Friedhelm Schnäbele so etwas wie einen Mord zutraute und was sein Motiv sein könnte. Irgendwie konnte man sich das ja bei kaum jemandem vorstellen. Allerdings war Friedhelm ja schon sehr, sehr alt… Wenn auch undurchschaubar. Seine Reaktion gerade hätte man auch als Eifersucht deuten können. Auch bei Melanie wusste man nicht so richtig, ob die Vorkommnisse in Bezug auf ihren Stiefvater nicht auch anders gewesen sein könnten, als sie behauptete. Sie war kein Kind von Traurigkeit. Das hatte man bei Michael Lämmle zur Genüge gesehen. Man konnte also nicht wissen, was damals mit ihrem Stiefvater genau los war.

»Ich weiß nicht, was das Mädel damals geritten hat. Plötzlich war sie nicht mehr da«, grummelte der Alte vor sich hin.

Fischer hatte das Geschehen die ganze Zeit beobachtet. »Jetzt seien Sie doch nicht so unsensibel! Ihre Frau leidet offensichtlich unter der Situation mit Melanie«, wies er den alten Mann in seine Schranken.

Der zuckte nur mit den Schultern und war ruhig.

Die beiden Ermittler hatten genug gehört. Was für ein Drama!

Nach den ganzen Erlebnissen und Neuigkeiten des heutigen Tages beschlossen die Kommissare, einen Spaziergang durch die Altstadt von Bad Urach zu machen, weil Martina sich das gewünscht hatte, und verabschiedeten sich vom Ehepaar Schnäbele.

Die frische Luft tat gut. Außerdem war heute ein ganz milder, warmer Abend. Ideal für ihr Vorhaben. Sie wollten sich das alte *Gasthaus Schäferlies* ansehen. Schließlich trug es den Namen des Theaterstücks, das sie am Freitag mit Michael am Vorabend seiner Ermordung angesehen hatten. Sie parkten den Mustang im Parkhaus Innenstadt.

Doch ihre Fälle ließen sie nicht los.

Zuerst rief der Anwalt von Eugen Fuchs, der inzwischen in die Justizvollzugsanstalt Rottenburg – Staatsdomäne Maßhalderbuch verbracht worden war, auf Fischers Handy an, nur um dessen Unschuld zu beteuern und sich nach neuen Ermittlungsergebnissen zu erkundigen. Dann kam ein Anruf der örtlichen Dienststelle wegen des Falls Ferdinand Däschle. Hier tappten die Ermittler noch völlig im Dunkeln. Über Däschle hatten die Uracher Kollegen herausbekommen, dass er eine Hundezucht besessen hatte und am betreffenden Tag sich wegen seiner Hündin das Auto von Eugen Fuchs ausleihen musste. Das hatte ihn das Leben gekostet. Er war seit dem Tod seiner Frau alleinstehend. Keine Kinder.

Kübelchen sah Fischer an und meinte: »Also ein paar Ungereimtheiten gibt es, Matthias. Es passt nicht zusammen, dass Eugen einerseits Lämmle umgebracht haben und gleichzeitig selber einen Tag später das Opfer eines Anschlags gewesen sein soll.«

»Außer jemand wollte sich anschließend für den Mord an Lämmle rächen«, ergänzte ihr Kollege.

Sie nickte zustimmend: »Ja, wäre möglich. Doch etwas

knapp aufeinander. Genauso gut könnten es zwei unabhängige Fälle sein, was aber aufgrund der Seltenheit solcher Taten hier in der Gegend eher unwahrscheinlich wäre. Oder Fuchs wollte von sich als Täter ablenken, indem er einen Anschlag auf sich selber inszeniert, aber natürlich nicht selbst mit dem Auto über die Mine fährt.«

Fischer stimmte ihr da in allem zu. Doch es passte trotzdem nicht so richtig für sein Gefühl.

»Eine weitere Frage, die sich mir stellt, ist, wer eine Schäferschippe mit sich herumträgt, um damit einen Mord im Affekt zu begehen. Wieso hatte dieser Jemand diese mit dabei, als er bei Lämmle geklopft hat? Oder stand die Schippe aus irgendwelchen Gründen nach der Probe für den Schäferreigen irgendwo herum und der Mörder hat sie sich einfach geschnappt und als Waffe benutzt? In diesem Fall könnte es jeder andere gewesen sein. Weitere Frage: Wie und warum kam die Schäferschippe dann wieder zurück in die Garage der Familie Fuchs, bevor die Tat entdeckt wurde?«

»Wenn die tatsächlich jemand nach der Probe des Reigens weggenommen hat, dann hat er sie vielleicht abgewaschen und nach der Tat wieder zurückgestellt. Das müsste aber wohl eher jemand gemacht haben, der von der Schippe und ihrem Platz in der Garage wusste.«

»Hm? Also entweder war es doch Eugen oder aber jemand, der wusste, dass das Wappen auf der Schippe vom Fuchsenhof stammt. So konnte derjenige den Verdacht von sich ablenken.«

»Das mit dem Wappen wissen aber bestimmt fast alle hier im Ort«, war sich Matthias ziemlich sicher.

Die Sache war ganz schön verzwickt. Sie kamen einfach auf keinen grünen Zweig.

Kübelchen glaubte noch immer nicht an die mögliche Schuld von Eugen. Sie sah Fischer von der Seite an, während sie gemütlich durchs Städtle schlenderten. »Du, Matthias, was, wenn es gar nicht Eugen war? Vielleicht will der Mörder ihm die Tat nur anhängen. Der ist doch nicht so dumm und stellt die Schäferschippe dann auch noch in die eigene Garage, oder? Das wäre doch möglich. Das geht alles so aalglatt auf.«

Er gab ihr in Gedanken recht.

Sie konnten nicht ahnen, dass bald schon jemand durch die Gänge der Steinenbergklinik schleichen würde, um noch mal ein bisschen nachzuhelfen.

EIN BLICK IN DIE VERGANGENHEIT

Ehe sie es sich versahen, standen sie vor dem Gebäude der *Wirtschaft zur Schäferlies* in der Pfählerstraße unweit des Rathauses. Das Gasthaus war etwas in die Jahre gekommen. Die Wände hätten dringend mal wieder einen Anstrich gebraucht, die Eingangstür hatte ihre besten Zeiten hinter sich und kaum noch Lack auf der Oberfläche.

An der Ecke des Hauses stand ein kleiner Brunnen, den die bemalte Figur der Schäferlies schmückte. Warf man einen Blick in den Hausgang, sah man eine dunkle Holztreppe mit einer bunten Wandbemalung.

Auf der Speisekarte unter dem Namen *Wirtschaft zur Schäferlies* hing ein Glaskasten mit der Aufschrift: *Weil schwäbisch oifach guad isch!* An der Außenwand hing außerdem noch ein Werbeschild von der Zwiefalter Klosterbrauerei, und unter den wenigen grünen Sonnenschirmen waren fast alle Plätze belegt. Das weckte in Matthias gleich den Durst auf ein kühles, frisch gezapftes Schäfer-Bier. Selten hatte ihm ein Bier so gut geschmeckt. Doch er verwarf den Gedanken schnell wieder, denn der Abend gehörte Kübelchen und sie hatte sich für diesen warmen Sommerabend einen Spaziergang durch den Ort gewünscht. Es war so mild, dass ein T-Shirt reichte.

Die ganze Zeit hatte sie schon darauf gewartet. Sie wollte sich dabei die Fotos von vergangenen Schäferläufen anschauen, die noch in den Schaufenstern der Läden und in Fenstern der Privathäuser ausgestellt waren, nachdem der Schäferlauf leider aufgrund der Vorkommnisse beendet worden war. Nach dem Marsch über den Marktplatz kamen sie am Buchladen vorbei und schauten in die Auslagen der sehr ansprechend dekorierten Schaufenster. Hier waren einige alte Fotos in unterschiedlichen Rahmen zwischen den Büchern ausgestellt. Kübelchen stutzte plötzlich, als sie eines davon genauer betrachtete. Auf einem waren vier Männer zu sehen.

»Schau mal, Matthias! Der hier sieht aus wie Friedhelm Schnäbele in jungen Jahren.«

Fischer sah genauer hin.

»Ja, du hast recht!«

Alle auf dem Foto trugen einen Schäferhut. Leider konnte man aufgrund der Schwarz-Weiß-Bilder die Farben nur erahnen. Neben dem Bezeichneten stand ein breitschultriger Mann mit einer Schippe in der linken Hand. Mit seiner rechten Hand kraulte er seinem Hund, der dicht an seinem Bein stand, das gefleckte Fell.

»Der hier hat sehr viel Ähnlichkeit mit Eugen Fuchs. Vermutlich ist das Karl Fuchs, sein verstorbener Vater«, mutmaßte Matthias.

»Der Dritte ist eindeutig Peter Wentsch. Er hat sich kaum verändert, bis auf seine grauen Haare, die auch schon damals etwas länger und lockig unter dem Hut hervorblitzten«, stellte Martina fest. Der Vierte im Bunde war der Einzige, der sich in Pose gesetzt hatte. Er hatte ein unglaublich anziehendes Strahlen in seinen Augen. Seine Gesichtszüge waren ebenmäßig und sein Lächeln war selbst auf dem Foto unwiderstehlich. Sein muskulöser Körperbau ließ damals sicher jedes Frauenherz im Umkreis höherschlagen.

Martina verkniff sich in diesem Fall, ihre Eindrücke mitzuteilen, um Fischer nicht zu ärgern.

»Aber wer könnte der hier bloß sein, Matthias? Ich habe das Gefühl, ihn schon mal gesehen zu haben.« Kübelchen überlegte, kam aber nicht drauf. Vielleicht war er ihr mal zufällig über den Weg gelaufen. Außerdem veränderten sich manche Menschen mit dem Alter doch sehr, sodass eventuelle Ähnlichkeiten schwer erkennbar waren.

Auch Fischer fiel niemand ein. Auf jeden Fall klingelten sie. Zum Glück war jemand da und sie durften ein Foto von dem Bild für ihre Ermittlungen machen.

Im Anschluss an ihren Rundgang hatten sie einen Besuch in den *AlbThermen* geplant, bevor die Ermittlungsarbeit am nächsten Morgen weiterging. Sie kamen am Rathaus vorbei und schlenderten über den Marktplatz. Der Brunnen plätscherte und ein paar Leute saßen in einem hübschen Biergarten. Diese schenkten den beiden ein paar beiläufige neugierige Blicke. Es war ganz schön ruhig im Gegensatz zum vergangenen Wochenende, wo noch die ganze Stadt auf den Beinen war.

Es lag fast so etwas wie Trauer in der Luft. Dunkle Wolken überschatteten das traditionelle, beliebte Brauchtumsfest und es wurde Zeit dafür zu sorgen, dass bald wieder die Sonne in den Ort und in die Herzen der Bad Uracher einkehrte.

Sie kauften sich ein Eis in der Waffel. Kübelchen Pistazie und Haselnuss, Matthias Waldfrucht und Mango. Nach wenigen Schritten kamen sie zu der Gedenktafel von Mörike, der hier im Stift gelebt hatte, die über einem eisernen schnörkeligen Waschbecken hing. Um die Ecke drehte sich das alte Wasserrad der Klostermühle in einem kleinen Bach.

Sie setzten sich auf eine Bank. Fischer hätte am liebsten den Arm um Kübelchen gelegt und die Romantik der Abenddämmerung genossen. Nebenan saß ein Liebespärchen, das gerade aufbrach. Er beneidete die beiden. Die Ecke eignete sich sehr gut als lauschiges Plätzchen für Verliebte.

Martina und er redeten nicht viel und genossen die Ruhe. Als sie ein Stückchen weitergingen, sahen sie die Umrisse des spätmittelalterlichen Uracher Residenzschlosses. Dort befand sich unter anderem die größte Prunkschlitten-Sammlung der Welt. Das Gebäude hatte Fachwerkobergeschosse und ein steinernes Untergeschoss und stammte aus dem 14. Jahrhundert. Graf Eberhard III. hatte es erbauen lassen.

Sie wollten sich gerade auf den Rückweg zum Wagen machen, als die Silhouette einer Person um die Ecke aus einer Nische der Häuser auftauchte. Sie erkannten Albrecht Fuchs. Er war alleine. Wie konnte das sein? Hatten die Kollegen wieder nicht aufgepasst?

Man sollte den jungen Mann doch gut beaufsichtigen und nicht alleine herumlaufen lassen, aber Eugen war ja nicht da und Melanie schien, wie Schnäbele schon mal erwähnt hatte, nicht so zuverlässig zu sein.

»Hallo, Albrecht!«, rief Fischer zu ihm hinüber, als er gerade die Straße zur Amanduskirche überqueren wollte. Der junge Mann zuckte zusammen, weil er sie vermutlich hier nicht erwartet hatte.

»Mensch, Matthias, du weißt doch, wie schreckhaft er ist!«, rügte Martina ihn.

Albrecht schien den ersten Schreck überwunden zu haben, weil er sie erkannt hatte, stoppte und kam auf sie zu. »Hallo, was machen Sie denn hier?«

Fischer antwortete: »Dasselbe könnten wir Sie auch fragen, wo Sie doch eigentlich das Haus nur mit einem Polizisten verlassen sollen.«

»Ich wollte raus. Spazieren. Der Polizist war gerade auf dem Klo. Da bin ich gegangen. Ich bin so erschrocken, dass Eugen ein Mörder ist!«, erwiderte Albrecht.

»Glauben Sie tatsächlich an seine Schuld?«, wollte Kübelchen wissen.

Albrecht sah die beiden Ermittler an und runzelte die Stirn. »Wissen Sie, er ist nicht immer nett. Das haben Sie bestimmt auch schon mitgekriegt. Manchmal wird er richtig böse und gemein.«

»Davon haben wir vorhin schon gehört. Wissen Sie, dass er einen anderen Schäfer mal krankenhausreif geschlagen hat?«

Albrecht nickte. »Ja, daran erinnere ich mich. Da hat Vater noch gelebt und ihm natürlich geholfen. So war das immer, egal, was Eugen angestellt hat. Vater hat zu ihm gehalten. Immer.«

»Wissen Sie noch, was der Grund war? Warum hat er das getan?«, erkundigte sich Fischer.

Er nickte. »Ja, also ich weiß nur, wegen Melanie. Aber die hat bestimmt nix Schlimmes g'macht!«

»Es gibt noch keine Spuren, die eindeutig beweisen, dass Ihr Bruder das war, Albrecht. Auch wenn er manchmal etwas unbeherrscht ist, muss er es nicht gewesen sein! Deshalb wird er auch bald wieder aus der U-Haft entlassen werden. Wir hoffen, dass er es zugibt, falls er es wirklich war«, entgegnete Fischer.

»Alles klar, Herr Kommissar!«

»Kommen Sie, Albrecht, wir bringen Sie nach Hause. Ist überhaupt jemand da? Vielleicht Melanie?«

Sein Gesicht erhellte sich. »Das wäre schön, aber sie muss gerade im Restaurant arbeiten.« Albrecht schien seine zukünftige Schwägerin sehr zu mögen.

Sie stiegen in Fischers Mustang und machten sich auf den Weg zum Fuchsenhof. Albrecht strahlte wie ein Honigkuchenpferd, während er auf der Rückbank des Mustangs Platz nahm, und pfiff anerkennend durch die Zähne.

»Heiße Karre, Herr Kommissar!« Was für ein kindliches Gemüt er doch hatte. Kübelchen fand das total goldig.

Als sie zum Haus kamen, war es dem Polizisten, der aufpassen sollte, ziemlich peinlich, dass Albrecht ihm schon wieder entwischt war. Er setzte sich gleich mit ihm ins Wohnzimmer, um Mensch ärgere dich nicht zu spielen. Schlimm genug, dass Albrecht schon zweimal ausgebüxt war.

Irgendwie verstanden die Ermittler nun, warum Eugen Fuchs mit dem Gedanken spielte, seinen Bruder in ein Heim zu geben. Die Mitarbeiter auf dem Hof gingen abends alle nach Hause, Melanie musste arbeiten und Eugen ebenfalls. Es gab niemanden, der sich richtig um ihn kümmern konnte. Vielleicht war es auch gut, wenn er unter seinesgleichen kam und nicht alleine herumstreunte.

»Unseren Spaziergang führen wir ein anderes Mal fort«, meinte Matthias zu Martina und sie machten sich auf den Weg zu ihrem Schäferwagen.

Fischer erinnerte sich an seinen letzten missglückten Annäherungsversuch. Sollte er es noch mal wagen? Auch Kübelchen dachte daran, als sie auf ihre Unterkunft zusteuerten. Fischer drehte sie langsam zu sich her und sie konnten einfach nicht anders und küssten sich. Sie fielen beinahe zur Schäferwagentür hinein. So nahe waren sie sich lange nicht gewesen. Diesmal würde Martina nicht wieder den gleichen Fehler machen und ihn abweisen. Sie liebte diesen Mann. Diese Nacht würde nur ihnen gehören.

Leider war der Giftanschlag danebengegangen. Und leider saß ein Polizist vor dem Zimmer. Die Kleidung des Pflegepersonals würde Zugang verschaffen, aber wie sollte man danach unbemerkt aus dem Zimmer kommen?

Der Polizist stand plötzlich auf, schaute sich um und ging zur Toilettentür.

Das war die Chance. Schnell ins Zimmer schlüpfen, das Kissen ins Gesicht drücken.

Er zappelte, während ihm der Atem abgedrückt wurde. Man hatte Peter Wentsch im Schlaf überrascht.

Schritte kamen über den Flur.

»Verdammt…«

»Halt, stehen bleiben! So bleiben Sie doch stehen!«

Zu spät.

Die Person war über alle Berge. Schnell rannte der Polizist ins Zimmer und rief den Arzt und die Schwestern.

Peter Wentsch atmete flach, aber er lebte.

GIBT ES EINEN ZWEITEN TÄTER?

Am Dienstagmorgen schien die Julisonne durch die Ritzen des Wagens herein und verbreitete ein warmes, angenehmes Licht. In der Nacht war Matthias irgendwann in sein eigenes Bett gekrochen, weil es doch zu eng wurde. Es herrschte eine seltsame Stimmung zwischen ihnen. Keiner wusste so richtig, was das alles zu bedeuten hatte. Hatten sie doch noch eine Chance auf eine gemeinsame Zukunft? Keiner wusste, ob es für den anderen nur eine einmalige Sache war oder ob mehr dahintersteckte. Sie sprachen nur Belangloses miteinander und der knifflige Fall nahm sie schnell wieder in Anspruch.

So fuhren die beiden unausgeschlafen und recht schweigsam nach Rottenburg. Heute würde eine weitere Befragung von Eugen Fuchs stattfinden.

Ein Kollege wartete mit dem Tatverdächtigen schon vor dem Vernehmungsraum, als die beiden kamen. Er würde hinter der Scheibe zuhören. Kübelchen und Fischer gingen mit hinein, um das Verhör durchzuführen. Auch Johannes Schwender, der Anwalt des Tatverdächtigen, war wieder anwesend.

»Nun, Herr Fuchs, Sie wissen ja, warum wir hier sind. Sie stehen unter dem Verdacht, Michael Lämmle aus Eifersucht erschlagen zu haben. Auch wenn Sie auf dem Schäferfest auf Ihrem Hof gewesen sind. Keiner der befragten Schäferkollegen konnte sicher bestätigen, dass Sie die ganze Zeit da waren. Da war wohl tatsächlich der Alkoholpegel ausnahmslos sehr hoch«, stellte Matthias fest.

Eugen Fuchs sah die beiden Kommissare an. »Oh Mann, ich habe es geahnt! So eine Scheiße! Die blöde Sauferei! Eigentlich trinke ich nicht gern, aber ich habe keine andere Idee, wie das Zeug sonst in meinen Körper gelangen soll!«, grölte er los.

Kübelchen musste ein Lachen unterdrücken. Der Typ schien selbst in solch einer Situation nie den Humor zu verlieren. Ihr Kollege fand das überhaupt nicht komisch. Fuchs schien sich seiner Sache ziemlich sicher zu sein, wenn er noch so blöde Witze machen konnte.

»Ich bitte Sie, Herr Fuchs. Jetzt ist keine Zeit für solche Späße. Einiges spricht gegen Sie. Die Schippe Ihrer Familie mit den Blutresten von Michael Lämmle stand immerhin in Ihrer Garage. Ihre Fingerabdrücke sind laut KTU auch darauf. Das sind doch schon ein paar Zufälle zu viel. Jetzt reden Sie schon. Das kann sich positiv auf das Strafmaß auswirken«, schlug Matthias vor.

In diesem Moment klingelte sein Handy. Es war der Kollege aus der Klinik, der auf Wentsch aufpassen sollte. Er runzelte die Stirn, während er zuhörte. Es hatte tatsächlich jemand versucht, Peter Wentsch mit einem Kissen zu ersticken. Der alte Schäfer hatte zum Glück überlebt, weil der Polizist nur kurz weg war.

Matthias sah den Anwalt und seinen Mandanten an.

»Entschuldigen Sie uns bitte kurz!« Dann gab er Martina zu verstehen, sie solle mit ihm vor die Tür kommen.

Dort gab er den Kollegen in Bad Urach den Auftrag, Peter Wentsch zu befragen und auch die Spurensicherung mit in die Klinik zu nehmen. Dann gab er Kübelchen in kurzen Worten wieder, was geschehen war.

»Mensch, Matthias, das ist ein Hin und Her. Damit wird Eugen weniger verdächtig. Damit kann er auf jeden Fall nichts zu tun haben«, stellte die Kommissarin fest.

»Moment, nicht so schnell!«, erwiderte Fischer. »Das heißt nur, dass zumindest in einem der beiden Fälle noch ein anderer seine Hand im Spiel hat. Was den Tod unseres Schäfers Michael Lämmle im Schäferwagen anbetrifft, ist Fuchs damit nicht völlig entlastet«, erwiderte er.

»Aber kann es sein, dass es zwei Täter im selben Umfeld zur gleichen Zeit gibt?«, rätselte Kübelchen laut. »In dieser scheinbar harmlosen Gegend?«, warf sie noch hinterher.

»Keine Ahnung, wir werden es herausfinden, Frau Kollegin!«, meinte Fischer überzeugt.

Als sie wieder zurück in den Vernehmungsraum kamen, fing Rechtsbeistand Schwender ohne Umschweife an, sich für den jungen Mann ins Zeug zu legen.

»Also, mein Mandant muss auf jeden Fall aus der U-Haft entlassen werden. Das sind ja alles nur haltlose Vermutungen. Bloß weil er schon mal handgreiflich wurde, ist er noch lange kein Mörder. Sie vergessen hoffentlich nicht, dass auf der Schäferschippe nicht nur die Fingerabdrücke meines Mandanten, sondern auch die von jeder Menge anderer Leute drauf waren. Sie sagen jetzt nichts mehr, Herr Fuchs. Die Beweislage ist doch sehr dünn. Das heißt, ich werde Herrn Fuchs nun mitnehmen.«

Eugen sah Kübelchen verzweifelt an: »Sie glauben mir doch auch, Frau Kübler? Sieht so ein brutaler Mörder aus?«

»Was meine Kollegin denkt oder nicht, Herr Fuchs, ist leider nicht ausschlaggebend«, warf Matthias barsch ein.

Martina blickte zu Matthias. Er war schließlich der diensthabende Kommissar. Sie verstand seinen Wink.

»Also, Sie bleiben weiterhin noch unter Verdacht. Aber ich denke, dass wir Sie, wie Herr Schwender schon verlauten ließ, vorerst nicht länger hierbehalten können, da wir nichts beweisen können. Noch nichts.«

Kübelchen grübelte derweil. Eugen hatte vorhin den

Nagel auf den Kopf getroffen. Sie hatte tatsächlich langsam Zweifel an seiner Schuld. Es sprach nicht allzu viel gegen ihn. So unüberlegt war Eugen Fuchs nicht, dass er seinen Rivalen ermordete und dann die Tatwaffe bei sich in die Garage stellte. Außerdem hatte die Explosion am nächsten Tag möglicherweise ihm gegolten und jemand hatte während seiner U-Haft versucht, Peter Wentsch mit dem Kissen zu ersticken.

Das war so ziemlich der komplizierteste Fall, den die beiden Ermittler in ihrer Laufbahn erlebt hatten.

Während sie zurückfuhren, gingen die beiden Kollegen noch mal alle ihre Gedankengänge und Ermittlungspunkte durch und der Kommissar bestätigte, dass Eugen Fuchs gerade etwas aus der Schusslinie geriet.

»Allerdings machen Menschen, die im Affekt handeln, oft Fehler«, erinnerte er Martina. »Trotz allem werden wir uns jetzt mal überlegen, wer es noch gewesen sein könnte und wer es sonst noch auf Wentsch und Däschle bzw. Eugen abgesehen haben könnte.«

Martina dachte laut nach. »Wer hatte mit Michael Lämmle Kontakt? Da ist einmal Eugen Fuchs mit seiner Eifersucht, dann war Melanie mit ihm beim Schäferwagen, wobei wir ja nicht wirklich wissen können, ob sie die Wahrheit sagt und nicht mit Michael hineingegangen ist. Ihrer Aussage nach hat sie ihn nur hingefahren und ist gleich wieder gegangen.«

»Dann nehmen wir Frau Wentsch noch mal in die Mangel!«, schlug Matthias Fischer vor, was seine Kollegin begrüßte.

Gesagt, getan. Sie riefen die Verlobte von Eugen Fuchs auf dem Handy an und vereinbarten als Treffpunkt den Fuchsenhof. Da war sie als Unterstützung bei ihrem Schwager Albrecht Fuchs, bis Eugen entlassen wurde.

Melanie öffnete die Tür, schon bevor sie klingeln konnten, und deutete mit dem Finger am Mund an, dass sie leise sein sollten. »Pst, Albrecht ist oben in seinem Zimmer und schaut Fernsehen. Man kann ihn nicht aus den Augen lassen.«

»Das haben wir ja gestern erlebt!«, entgegnete Fischer. »Wenn er will, findet er wohl immer einen Trick, um auszubüxen!«

»Ich kann auch nicht überall gleichzeitig sein!«, wehrte Melanie ab. »Aber wir können uns kurz ungestört unterhalten. Kommen Sie mit ins Wohnzimmer.«

Sie nahmen auf dem dunkelbraunen edlen Chesterfield-Sofa Platz. Melanie setzte sich ihnen gegenüber in den Ohrensessel und schlug die schlanken Beine, die in hochhackigen, sicher sündhaft teuren feuerroten Pumps steckten, elegant übereinander.

»Nun, weshalb sind Sie gekommen? Gibt es was Neues von Eugen?«

»Außer dass er aus Mangel an Beweisen vorerst aus der U-Haft entlassen wird, nicht wirklich. Das wissen Sie aber bestimmt schon!« Man merkte Martina an, dass sie der Frau nicht so richtig über den Weg traute.

»Wir wollten Sie noch etwas fragen«, surrte Fischer freundlich. Er schien da einen anderen Eindruck zu haben. Seine Stimme hatte einen sanften Klang, wenn er mit ihr sprach, was Kübelchen natürlich bemerkte.

»Was möchten Sie denn wissen?«, flötete Melanie.

Fischer brachte es schließlich auf den Punkt: »Sie wissen, wie wichtig es ist, dass Sie uns alles erzählen. Deshalb frage ich Sie jetzt noch mal: Sind Sie tatsächlich an dem Abend von Lämmles Tod gleich weggefahren, nachdem sie ihn zu seinem Schäferwagen gebracht haben? Oder sind Sie doch zu ihm hineingegangen?«

»Zu einem sogenannten Schäferstündchen!«, warf Martina noch bezeichnend hinterher.

»Vielleicht wollten Sie nur nicht, dass Ihr Verlobter es erfährt oder dass Sie unter Verdacht geraten!«

Melanies Gesicht sprach Bände. Sie schluckte und nickte schließlich. »Ja, also so richtig gelogen habe ich nicht. Ich sagte, dass ich nicht mit in den Schäferwagen gegangen bin, aber wir haben draußen … also vor dem Schäferwagen. Verstehen Sie?«

So genau wollte Martina das gar nicht wissen. Sie sah Melanie an und meinte: »Dagegen ist ja nichts einzuwenden, aber da Sie während der Schäferreigen-Probe Zugang zur Schäferschippe der Familie Fuchs hatten, muss ich Sie jetzt fragen: Haben sie Michael Lämmle ermordet?«

»Nein, natürlich nicht!«, beteuerte Melanie, entsetzt, dass man ihr so etwas zutraute. »Was für einen Grund hätte ich haben sollen?«

Es klang sehr glaubwürdig. Selbst für Kübelchen.

Matthias schaute zu seiner Kollegin hinüber und dann zu Melanie.

»Sagen Sie uns die Wahrheit?«, erkundigte sich Kübelchen dennoch streng.

»Doch, ich sage die Wahrheit!«, reagierte Melanie Wentsch sehr überzeugend.

»Haben Sie bei der Rückfahrt zufällig jemanden gesehen?«

»Hm?« Melanie überlegte. »Nein, aber wenn ich so darüber nachdenke, dann habe ich mich irgendwie beobachtet gefühlt.«

»Ja gut, bei so einer Aktion ginge mir das auch so!«, erwiderte die Kommissarin forsch.

Die junge Frau schüttelte den Kopf. »Nein, das war ja so abgelegen und dunkel. Man konnte die eigene Hand vor

Augen nicht sehen. War ja nicht das erste Mal, dass ich das gemacht habe. Es war nur so ein komisches Gefühl.«

Leider konnten die Ermittler damit nicht viel anfangen. Fischer erkundigte sich noch, ob es irgendwelche Personen gab, von denen sie wusste, dass sie Lämmle nach dem Leben trachteten oder sonstige heimliche Verehrer, die sich nicht im Griff hatten.

»Also da fällt mir nur mein Stiefvater ein«, kam es wie aus der Pistole geschossen.

»Ihre Mutter hat uns schon erzählt, warum Sie von zu Hause weg sind«, berichtete Fischer. »Allerdings auch, dass sie das mit dem Missbrauch durch Ihren Stiefvater damals nicht geglaubt hat.«

Melanie nickte. »Ach, das ist lange her und ich habe mir da wohl etwas zusammengesponnen. Ich hatte einfach eine Wut, als meine Mutter Friedhelm geheiratet hat, kaum war mein Vater unter der Erde. Sie hat ihn schon davor kennengelernt und mit ihm rumgemacht, als mein Vater noch lebte und schwer krank und bettlägerig war. Da war ich gerade mal acht Jahre alt. Immerhin reden wir wieder miteinander, wenn auch nur das Nötigste.«

Warum konnte Kübelchen ihr nicht so recht glauben?

Sie wurden unterbrochen. In diesem Moment kam Albrecht zur Tür herein und fragte: »Ist was passiert? Über wen redet ihr?«

Melanie lenkte ab: »Nein, nein, Albrecht. Alles gut. Stell dir vor, Eugen kommt heim!«

Er machte ein überraschtes Gesicht. »Wirklich?«

Die Kommissare nickten. Scheinbar freute er sich nicht besonders darüber. Die beiden wussten ja, dass sein Bruder und er kein so gutes Verhältnis hatten. War da vielleicht noch mehr im Argen, als man auf den ersten Blick vermutete?

Als sie später draußen im Wagen saßen, meinte die Kommissarin: »Also irgendwie glaube ich Melanie nicht, dass sie das mit Herrn Schnäbele erfunden hat. Meinst du nicht, dass er sie vielleicht doch sexuell belästigt hat oder zumindest was zwischen den beiden gelaufen ist, ob freiwillig oder unfreiwillig? Wir wissen ja aus Erfahrung, dass man das den Leuten nicht unbedingt ansieht, und sie scheint ja körperlich sehr aktiv zu sein.«

Fischer nickte, denn er hatte denselben Gedanken. »Wir können ja Friedhelm Schnäbele noch mal befragen. Sollte er tatsächlich auf seine Stieftochter abfahren und eifersüchtig sein, dann hätte auch er ein Motiv. Als guter Freund des Hauses hatte er ebenfalls Zugang zur Schäferschippe. Außerdem könnte er auch bei Peter Wentsch einen Grund haben wegen der Erbschaftsstreitigkeiten. Könnte passen.«

Um ein wenig den Kopf freizubekommen, begaben sich die zwei zum Biergarten auf dem Campingplatz. Die duftenden Bratwürste, das frisch gezapfte Bier vom Fass und das lecker belegte Bauernbrot lenkten sie ab und erinnerten sie daran, wie hungrig sie waren.

Fischer lehnte sich zurück. Es duftete herrlich nach Essen. Martina bestellte für sich einen Zwiebelkuchen, Fischer die Wurst. Sie setzten sich an einen der Tische am Rand und beobachteten das bunte Treiben, während sie aßen und die Sonnenstrahlen genossen.

Das Handy klingelte. Quendolin war am Apparat. »Hallo, Matthias. Ich habe gehört, dass Eugen jetzt wieder auf freiem Fuß ist. Ging echt schnell! Und, gibt es sonst was Neues? Habt ihr was für eine neugierige Rechtsmedizinerin?«, scherzte sie.

»Du hast ja sicher auch schon mitbekommen, dass auf Peter Wentsch ein weiterer Mordanschlag verübt wurde.

Im Krankenhaus. Jemand hat versucht, ihn in Reutlingen zu ersticken. Wurde aber durch unseren Wachhabenden aufgescheucht. Mehr wissen wir noch nicht. Unsere Leute sind vor Ort.«

»Oje, hört das denn nie auf?«, stöhnte Quendolin durch die Leitung. »Was ist denn das für ein Lärm bei euch?«

»Wir sind gerade im Camping-Biergarten *Pfählhof*. Auch Polizeibeamte haben mal Hunger«, rief Martina in Bierlaune dazwischen, während sie Matthias zuprostete.

»Ist ganz schön zäh im Moment! Für dich gibt es momentan nichts zu tun. Wir melden uns, sobald es Neuigkeiten und Arbeit für dich gibt.« Mit diesen Worten legte Fischer auf, tunkte seine Bratwurst in den scharfen Senf und biss herzhaft davon ab, dass es nur so spritzte. Sie hatten jetzt Feierabend und basta.

Oder doch nicht?

Martina hatte sich gerade so richtig entspannt in ihren Stuhl hineingelehnt, sah über den Terrassenrand in Richtung der Wohnwagen und traute ihren Augen nicht. Sie sah gerade zwei feuerrote hochhackige Pumps in einem Wohnwagen verschwinden. Zwei Typen folgten den hübschen langen Beinen auf dem Fuße. Martina rieb sich die Augen. Die Schuhe kannte sie doch. Das waren die Schuhe von Melanie Wentsch. Von wegen auf Albrecht aufpassen! Ohne ein Wort stand sie auf und lief zu dem Wohnwagen. Matthias kam hinter ihr her.

»Was ist denn plötzlich los, Martina? Du kannst doch nicht so einfach losrennen. Wir haben noch nicht gegessen und bezahlt haben wir auch noch nicht!«

»Ich bin ja gleich wieder da! Geh du zurück an den Tisch, damit die Bedienung nicht Alarm schlägt!«, erwiderte sie und hielt den Zeigefinger an den Mund, während sie mit dem Kinn zu dem Wagen deutete.

Matthias verstand nur Bahnhof und tat wie ihm geheißen.

Die Kommissarin war indessen am Wohnwagen angekommen und versuchte, einen Blick durchs Fenster zu erhaschen. Leider konnte man nichts erkennen. Sie hörte nur Stimmengemurmel, verstand aber kein Wort. Sie musste wohl oder übel unverrichteter Dinge warten, bis sie herauskamen.

»Was war denn los?«, wollte Matthias wissen, als sie zurückkam.

Sie sah ihren Kollegen an, der sie die ganze Zeit aus der Ferne beobachtet hatte.

»Melanie sagte doch, dass sie im *Eberhard* arbeiten muss. Ich habe gerade ihre hübschen Beine in den tollen Pumps mit zwei zwielichtigen Typen in genau diesem Wohnwagen verschwinden sehen. Wer weiß, was die da machen.« Dabei hatte seine Kollegin einen vielsagenden Blick.

»Bist du sicher? Solche Schuhe gibt es doch öfter. Außerdem ist sie ein freier Mensch und kann tun und lassen, was sie will. Vielleicht geht deine Fantasie mit dir durch.«

Das war mal wieder typisch, dass er die schöne Melanie in Schutz nahm. Das tat weh. Auch, dass er sich nicht vorstellen konnte, wie genau sich Frauen Schuhe oder Körperteile von anderen merken konnten, war typisch. Und es waren eindeutig Melanies Beine gewesen.

»Selbst wenn, dann geht uns ihr Liebesleben nichts an. Und überhaupt, Schätzchen, was hast du denn für eine blühende Vorstellungskraft, dass du dir irgendwelche Sachen zusammenreimst?«, zwinkerte er keck, während er ihr freundschaftlich einen Handkuss zuwarf.

Er konnte ja nicht ahnen, was das wieder in ihr auslöste.

Sie rollte mit den Augen und versuchte, sich nichts anmerken zu lassen. »Männer!«

Er schaute über Martinas Schulter in Richtung Wohnwagen und Melanie kam genau in diesem Augenblick heraus und zupfte ihr Kleidchen zurecht. Sie winkte herüber, als sie die beiden erkannte, und kam näher.

»Hallo, Bad Urach ist echt ein Dorf. Da sieht man sich dauernd.«

»Wir dachten, Sie müssen arbeiten!«, konnte sich Martina nicht verkneifen.

Melanie schien es nicht zu stören, dass sie die beiden Kommissare hier traf.

»Ach, wissen Sie. Albrecht schläft gerade und ich habe ihm meine Nummer auf den Nachttisch gelegt. Ist doch klar, wenn mein Ver…«

Martina fand es traurig, dass sie Albrecht einfach so alleine ließ, weil sie ihre Ruhe haben wollte. Die Tür des Campingwagens öffnete sich ein weiteres Mal und der frisch aus der U-Haft entlassene Eugen Fuchs kam heraus. Er war putzmunter.

Kübelchen war peinlich berührt. Da hatte sie sich tatsächlich etwas zusammengesponnen. Trotzdem hätte es die Kommissarin brennend interessiert, was die beiden mit dem anderen Mann da gemacht hatten.

Frau Wentsch verabschiedete sich nach dem kurzen Smalltalk und Eugen hob in einiger Entfernung die Hand zum Gruß. Martina merkte sich vorsichtshalber die Wagennummer des Fremden. Man konnte ja nie wissen.

Kaum waren sie an ihrem Tisch zurück, meldete sich die Spurensicherung. Das Kissen, mit dem jemand versucht hatte, Peter Wentsch zu ersticken, war inzwischen ins Labor gebracht worden. Das Opfer selbst hatte den Kollegen erzählt, dass er niemanden erkannt habe.

»Der Täter hat bestimmt Handschuhe getragen…«, vermutete Kübelchen.

»Klingt wieder nach Sackgasse«, ergänzte Matthias.

Da der Bungalow von Schnäbeles auf dem Weg lag, bot es sich nach der Stärkung im Biergarten an, gleich dort Halt zu machen. Sie wollten noch mal bei Sigrid und Friedhelm bezüglich Peter Wentsch und Melanie nachfühlen, um unbedingt mehr über die Beziehung zwischen Friedhelm und seiner Stieftochter zu erfahren. Vielleicht brachte sie das weiter.

VERMISST AM BAD URACHER WASSERFALL

Frau Schnäbele war gerade beim Blumen Gießen und sah den beiden entgegen.

»Na, Ihnen scheint es hier zu gefallen!«, stellte sie fest.

Die beiden grinsten. »Auf jeden Fall. Ist Ihr Mann da?«, erkundigte sich Fischer freundlich.

Sie schüttelte den Kopf. »Er ist mit Lucifer unterwegs. Die spazieren immer den Weg zum Bad Uracher Wasserfall hoch. Er parkt für gewöhnlich dort auf dem Parkplatz sein Auto, damit es nicht zu weit ist. Allerdings sind die zwei schon ziemlich lange weg. Ich frage mich, wo sie bleiben. Wieso fragen Sie?«

Fischer zögerte, bevor er sich erkundigte: »Frau Schnäbele, könnte es sein, dass Ihre Tochter damals doch die Wahrheit gesagt hat und von Ihrem Mann sexuell belästigt wurde?«

Die Frau reagierte betroffen und schluckte. »Das war damals wirklich schlimm für mich, als meine Tochter das behauptete.« Sie machte eine Pause und stockte kurz. »Ich war immer überzeugt davon, dass sie das erfunden hat, also, ich meine, um Friedhelm und mich auseinanderzubringen. Anders konnte und kann ich mir das nicht vorstellen«, entgegnete sie verhalten. »Ich weiß, es klingt komisch aus dem Mund einer Mutter, aber …« Sie hörte kurz auf zu reden, atmete tief ein und aus und sah die beiden peinlich berührt an. »… was ich mir denken könnte, wäre, dass da schon was gewesen ist, aber auf freiwilliger Basis. Meine Tochter war sehr frühreif und nie ein Kind von Traurigkeit, wenn Sie verstehen, was ich damit sagen will. Und Friedhelm ist auch nur ein Mann. Er war dem weiblichen Geschlecht schon immer sehr zugetan.«

Martina und Fischer waren über die Antwort sehr irritiert. Wie konnte eine Mutter ihrem Kind so etwas zutrauen und wie konnte sie es ihrem Mann zugestehen, dass so etwas vorgefallen sein könnte. Melanie war doch ihr eigenes Fleisch und Blut, selbst wenn sie dem Ganzen vielleicht nicht abgeneigt gewesen war. Allem Anschein nach hatte Sigrid Schnäbele mehrere Gesichter oder sie litt unter extremen Stimmungsschwankungen. Seltsam. Eine Mutter sollte doch ihrem Kind mehr Vertrauen entgegenbringen. Da musste einiges im Argen liegen.

Sie verabschiedeten sich, da Friedhelm noch immer nicht zurück war.

»Wir gehen dann wieder und versuchen es morgen noch mal, Frau Schnäbele. Der Spaziergang Ihres Mannes scheint ja länger zu dauern.«

Als sie weit genug entfernt waren, meinte Fischer zu seiner Kollegin: »Also, da stimmt doch was nicht, Martina!«

Kübelchen nickte. »Ja, scheint so. Man weiß ja, dass Mütter bei so etwas sehr häufig die Augen verschließen, weil sie nicht wahrhaben wollen, dass der Mann, den sie geliebt und geheiratet haben, zu so etwas fähig ist.«

Am frühen Mittwochmorgen klopfte jemand wie wild an die Tür ihres Schäferwagens.

»Hallo, sind Sie da?«

Matthias ging zur Tür und öffnete. Es war Sigrid Schnäbele. Sie sah ziemlich zerzaust und übernächtigt aus. »Sie müssen mir helfen! Bitte!« Sie war ganz aufgeregt.

»Jetzt setzen Sie sich erst mal. Was ist passiert?«, wollte Fischer wissen, während er ihr einen Platz anbot.

Kübelchen rollte sich umständlich aus dem Bett und kam heraus.

»Friedhelm ist spurlos verschwunden!« Sigrid schien sich ernsthaft Sorgen zu machen. »Ich habe mich gestern, nachdem Sie weg waren, noch mit einer Bekannten getroffen. Da war Friedhelm noch nicht zurück vom Spaziergang mit Lucifer. Ich habe ihm einen Zettel hingelegt, um ihn daran zu erinnern, dass ich mit der Freundin essen gehe. Als ich heimgekommen bin, habe ich mich gleich schlafen gelegt. Wissen Sie, wir haben getrennte Räume, weil er so schnarcht, deshalb habe ich auch nicht bemerkt, dass er nicht heimgekommen ist. Als ich heute Morgen aufgestanden bin, habe ich in sein Zimmer geschaut. Fehlanzeige! Er war nicht in seinem Bett! Es war unberührt. Auch von Lucifer keine Spur!«

Kübelchen legte den Arm tröstend um Sigrids Schultern.

»Ist es möglich, dass er irgendwo mit Kumpeln beim Feiern hängen geblieben ist? Ist so etwas schon mal vorgekommen?«, fragte Matthias vorsichtig, obwohl er sich das bei Friedhelm Schnäbele nicht wirklich vorstellen konnte.

Sigrid verneinte. »Mein Mann hat einen sehr strukturierten Tagesablauf. Er würde niemals einfach so woanders übernachten.«

»Wir werden gleich eine Suchmeldung starten und so viele Einsatzkräfte wie möglich einbeziehen, Frau Schnäbele!«, erklärte Fischer.

»Darauf habe ich gehofft, deshalb bin ich ja zu Ihnen geeilt!« Die Frau schien auf die Unterstützung der beiden zu bauen.

»Also wenn Ihnen das hilft, dann kommen wir mit zu Ihnen. Vielleicht ist er schon wieder aufgetaucht und war nur Brötchen holen«, beruhigte Kübelchen die Frau.

Als sie wenig später zum Bungalow kamen, mussten sie leider feststellen, dass niemand da war. Friedhelm Schnäbele und Lucifer fehlten nach wie vor.

Frau Schnäbele wurde langsam immer nervöser. Sie machte sich starke Vorwürfe. »Hätte ich ihn bloß nicht alleine gehen lassen, dann wäre das nicht passiert! Immer wieder habe ich ihm vorgeschlagen, dass ich ihn in Zukunft begleite. Schließlich ist er nicht mehr der Jüngste. Aber er wollte seine Ruhe.«

»Das ist doch nicht Ihre Schuld, Frau Schnäbele«, versuchte Matthias sie zu beruhigen.

Die Frau fuhr sich aufgeregt durch die Haare.

»Kennen Sie seine Strecke?«, wollte Matthias wissen.

»Also den Weg ist Eugen Fuchs vorhin gleich abgelaufen, bevor ich bei Ihnen geklopft habe. Es ist zurzeit ein anderer, steilerer Weg durch den Wald als sonst. Der besser begehbare ist momentan gesperrt, weil ein Hornissenvolk sein Nest am Wegesrand gebaut hat. Deshalb hatte ich die Befürchtung, er wäre gestürzt oder abgerutscht. Eugen hat nichts entdeckt. Ihn habe ich als Erstes angerufen. Vielleicht haben Eugen oder Albrecht noch eine andere Idee! Mit ihnen hat er einen sehr engen Kontakt.«

»Also wenn Sie das beruhigt, dann fahren wir mal kurz zum Fuchsenhof und fragen nach!«, schlug Fischer vor.

Sigrid war einverstanden.

»Und Sie bleiben hier, falls sich Ihr Mann meldet oder doch noch kommt. In diesem Fall geben Sie uns bitte sofort Bescheid«, bat Kübelchen, während sie der Frau tröstend den Arm streichelte.

Frau Schnäbele nickte.

Eugen Fuchs war zu Hause. Er schien sehr besorgt um den alten Freund seines Vaters. »Verdammt, ich hoffe, er taucht wieder auf. Sigrid hat Ihnen ja sicher erzählt, dass ich schon den umgeleiteten Weg zu den Wasserfällen abgelaufen bin, weil er dort ziemlich oft unterwegs ist. Allerdings stand sein Wagen nicht auf dem Parkplatz. Das ist komisch.«

»Ah, okay, dann sollten wir nach dem Auto suchen lassen. Danke für den Hinweis!«, sagte Fischer.

Martina erkundigte sich unterdessen: »Wo ist denn eigentlich Ihr Bruder? Hoffentlich regt er sich nicht zu sehr auf, wenn er das erfährt! Er ist ja so sensibel.«

Fuchs warf die Stirn in Falten und zog die Augenbrauen eng zusammen. »Der sensible Albrecht ist in seinem Zimmer und weiß noch nichts!«, spottete er.

»Da kann er doch nichts dafür. Er ist nun mal behindert! Ich finde es nicht sehr nett, wenn Sie so reagieren!«, maßregelte ihn Kübelchen. »Ich schau mal nach ihm, wenn Sie nichts dagegen haben, Herr Fuchs! Früher oder später wird er es sowieso erfahren und vielleicht weiß er ja zufällig, wo Friedhelm sein könnte. Schließlich hat er ihn ab und zu begleitet, so wie ich das mitbekommen habe.« Dabei warf sie ihm einen rügenden Blick zu.

»Ja, meinetwegen. Die Treppe hoch. Zweite Tür links.«

Sie stand auf, ging nach oben und klopfte kurz danach sachte an die Zimmertür. »Albrecht, sind Sie schon wach?«

Die Tür war angelehnt und sie warf einen Blick hinein. Er lag mit geschlossenen Augen in seinem Bett und sah aus wie ein kleiner Junge. Sie schob das Album, das auf seiner Decke lag, sachte beiseite, um ihn nicht zu erschrecken. Er war wirklich sehr attraktiv. Nur sein Schnarchen passte nicht dazu.

Sie flüsterte: »Albrecht!« Langsam öffnete er seine Augen. »Nicht erschrecken, Albrecht. Ich bin es nur. Frau Kübler von der Kripo.«

Er rieb sich die Augen, klappte seine Bettdecke um, setzte sich auf und … In diesem Moment rauschte sein Bruder zur Tür herein und polterte ungehalten:

»Jetzt mach, dass du endlich aufstehst, du Faulpelz! Friedhelm ist verschwunden und du schläfst hier in aller Seelenruhe!« Er wollte wohl nicht abwarten, bis Martina seinen Bruder sanft vorbereitete. In dem Moment konnte sie sich von Eugens unkontrollierter Art selbst überzeugen. Sobald ihm etwas gegen den Strich ging, fuhr Eugen Fuchs oben hinaus wie eine Rakete mit einer zu kurzen Zündschnur.

Kübelchen hielt ihn zurück, indem sie sein Handgelenk festhielt. »Jetzt beruhigen Sie sich mal, Herr Fuchs. Er kann das doch nicht wissen. Sie sind klar aufgeregt, aber da lassen Sie ihre Anspannung am Falschen aus.«

»Ja, ja, klar. Der arme Behinderte …«, rief er noch, bevor er wieder aus dem Zimmer stürmte. »Sie haben doch keine Ahnung, wie das ist mit so einem Schwachkopf in der Familie!«

Martina konnte es gar nicht fassen, wie rücksichtslos Eugen Fuchs sein konnte. In der Aufregung und mit einem erhöhten Alkoholpegel konnte er sein wahres Gesicht nicht mehr verbergen.

Matthias kam nun auch hinterher. Er hatte alles mitbekommen und schüttelte entrüstet den Kopf. »Unmöglich!«

Albrecht hatte sich mittlerweile aufgesetzt, saß wie ein »Häuflein Elend« auf der Bettkante und meinte zitternd mit traurigem Gesichtsausdruck: »So ist Eugen oft und noch viel schlimmer!« Er hatte Tränen in den Augen. »Was ist mit Friedhelm?«, erkundigte er sich besorgt.

Die beiden erklärten ihm, was los war, und er wollte sich schnell anziehen, um beim Suchen zu helfen. Was für ein Kontrast zu seinem Bruder! Er stand völlig neben sich und zog seinen Pulli falsch herum an. Martina half ihm dabei, sich anzuziehen, weil er so durcheinander war.

»Lassen Sie mal, wir suchen Ihren alten Freund. Vielleicht können Sie schon mal überlegen, ob Sie noch eine Idee haben, wo er sonst noch gern mit seinem Hund spazieren geht.« Kübelchen streichelte ihm beruhigend den Rücken.

Eugen stand mit der Kaffeetasse in der Hand unten in der Küche, als sie eintraten. »Tut mir leid, dass ich so ausfallend war«, bedauerte er.

Irgendwie nahm Martina ihm das nicht richtig ab.

»Bei uns müssen Sie sich nicht entschuldigen, sondern bei Ihrem Bruder«, meinte Fischer bestimmend. Ihm schien es genauso zu gehen.

Kübelchen sah ihn dankbar an.

Fischer hatte telefoniert und den Kollegen Bescheid gegeben, dass Friedhelm Schnäbele vermisst wurde.

»Also ich weiß, dass Friedhelm gerne Richtung Wasserfälle läuft oder zur Falkensteiner Höhle!«, erinnerte sich Albrecht.

»Da habe ich schon gesucht!«, warf Eugen ein.

»Wir fahren auch noch mal hin!«, versicherte Martina.

Eugen hatte Melanie Bescheid gegeben, damit sie bei Albrecht blieb, da man ihn unmöglich alleine lassen konnte. Eugen musste zu den Schafen und bot an, später bei der Suche zu helfen.

Das hatte ihnen gerade noch gefehlt. Jetzt gab es nicht nur zwei Morde und einen zweimal missglückten Anschlag aufzuklären, sondern auch noch einen Vermissten! Vom Fall Nägele ganz zu schweigen. Die beiden Kommissare hofften inständig, dass Friedhelms Verschwinden nicht mit dem Fall zusammenhing, ihm nichts passiert war und er wohlbehalten wieder auftauchte. Sie konnten ja nicht ahnen, was dem alten Mann gerade widerfuhr.

Er hatte alle Mühe, seine Augen zu öffnen. Dunkelheit umgab ihn, als es ihm schließlich gelang, die Lider anzuheben. Sein Schädel brummte, als ob ein Schwarm Bienen seinen Kopf bewohnen würde. Seine Lungen lechzten nach Sauerstoff, doch der Mund war fest verschlossen und nur durch die Nase konnte er etwas von der stickigen Luft aufnehmen und seinen Körper damit notdürftig versorgen. Ihm war richtig übel.

So langsam dämmerte es ihm, dass er gefangen lag. Er erinnerte sich an einen harten Schlag auf den Hinterkopf. Wo war er hier nur hingeraten? Er versuchte sich zu erinnern und seine Hände zu bewegen, aber man hatte ihm die Handgelenke zusammengebunden. Er befand sich in so etwas wie einer engen Kiste oder womöglich lag er in einem Sarg. Der Alte konnte nichts sehen, aber er fühlte rechts und links die Wand und auch sein Kopf stand oben an. Mit den Fußspitzen konnte er unten eine harte Fläche berühren.

Verdammt, was wollte man von ihm? Er besaß doch nichts! Um Geld konnte es sich nicht handeln. Aber wieso dann er? Hatte man ihn lebendig begraben? Vielleicht war er schon mit der Kiste unter der Erde. Er wusste es nicht. Sein Herz begann bei dieser Vorstellung schneller zu schlagen, sodass er es fast nicht mehr aushalten konnte, schließlich war er schon alt, da machte der Motor sowieso nicht mehr allzu viel mit. Er stellte sich vor, wie Würmer und anderes Ungeziefer in die Kiste gekrochen kamen und es ihn langsam, aber sicher zerfraß und zersetzte. Bei diesem Gedanken schüttelte es ihn vor Ekel und Angst.

In diesem Moment hörte er dicht neben sich ein Jaulen. Es war Lucifer. Mensch, was für ein gutes Gefühl, dass er da war! Das Geräusch seines treuen Gefährten gab ihm ein Fünkchen Hoffnung und er erinnerte sich an Bruchteile. Sie waren abends spazieren gelaufen. In Richtung Wasserfall. Natürlich durch die Absperrung. Er hatte keine Angst vor Hornissen. Solange man sie in Ruhe ließ, griffen sie einen auch nicht an.

Doch diesmal war Lucifer am Wasserfall hoch in den Wald hineingelaufen und nicht wiedergekommen. Das war noch nie passiert. Normalerweise hörte er, wenn Friedhelm pfiff. Nichts. Das Bellen versickerte im Geräusch des plätschernden Wasserfalls und verlor sich im Dickicht des Waldes. Doch wie ging es weiter? Wie war er hierher geraten? Die Erinnerungen kamen nur noch in Fetzen. Waldwege, ein steiler Anstieg, ein dunkles Verlies … dann ein harter Schlag von hinten auf den Kopf. Seine Stetsonmütze hatte nicht wirklich viel von der Wucht abgehalten.

Und nun war er hier eingesperrt. Friedhelm versuchte, nach seinem treuen Gefährten außerhalb seines Gefängnisses zu rufen, aber leider war es nicht möglich, da der Mund verklebt war.

Lucifer würde es trotzdem hören. Nun streckte er sich, um mit den Zehenspitzen gegen den Boden der Kiste zu klopfen. Hunde hatten ja ein sehr feines Gehör. Eigentlich musste Lucifer klar sein, dass er in Gefahr schwebte. Vielleicht hatte man ihn festgebunden. Solange er ihn neben sich vernahm, war auf jeden Fall sicher, dass er nicht unter der Erde verbuddelt war.

Je wacher er wurde, umso unbequemer fühlte sich sein Gefängnis an. Unter ihm drückten ihn mehrere harte Teile, die sich wie dicke Äste anfühlten. Ihm fiel sein Wagen in einem Seitenweg im Wald Richtung der Ruine Hohenurach ein. Wieso war er denn dorthin gefahren? Er erinnerte sich nicht.

Sie würden ihn finden, hoffte er.

Ihm wurde schwindelig und er verlor aufgrund der dünnen Luft, der Enge und der Aufregung langsam wieder das Bewusstsein. Weit entfernt hörte er nur noch ein leises, verzweifeltes Jaulen. Dann fielen ihm die Augen zu.

Lucifer wusste, dass Friedhelm direkt in der alten Truhe neben ihm lag. Was sollte er nur tun, um sein Herrchen aus dieser misslichen Lage zu befreien? Am besten nach Hause. Die blöde Schnur würde er locker durchbeißen. Aber wie konnte er sich verständlich machen?

Er lief direkt neben der Truhe aufgeregt hin und her. Man hatte ihn nur an einer einfachen Schnur angebunden.

Neben ihm war noch ein anderer Vierbeiner festgemacht. Es war Kuschel, der Hund von Michael Lämmle. Lucifer stupste ihn aufmunternd mit der Schnauze an, so als ob er sagen wollte »Keine Sorge, ich hol uns hier raus.«

Auf dem Boden lag ein Teil der Knochen, die seinem Herrchen hatten Platz machen müssen, weil er sonst nicht hineingepasst hätte. Der Knochen würde Frauchen Sigrid bestimmt auffallen.

Lucifer versuchte immer wieder, das Seil durchzubeißen. Vor allem, als sein Herrchen Lebenszeichen aus der riesigen Truhe verlauten ließ. Nach einiger Zeit schaffte er es tatsächlich und biss auch die Schnur des anderen Hundes durch. Er stupste diesen ein weiteres Mal, bellte ihn an und drehte sich zum Gehen.

Der andere verstand die Aufforderung. Dann schnappte sich Lucifer einen der Knochen und rannte in Windeseile davon. Der andere folgte ihm auf dem Fuße.

DIE SUCHAKTION

Nachdem Kübelchen und Fischer einige Stunden nach dem alten Schnäbele gesucht hatten, wurden Friedhelms braune Stetsonmütze und sein Geldbeutel mit Ausweispapieren bei den Bad Uracher Wasserfällen von Wanderern gefunden.

Es handelte sich bei den Wasserfällen um eines der eindrucksvollsten Naturschauspiele der Schwäbischen Alb. Kübelchen wäre es lieber gewesen, diese unter angenehmeren Umständen mit Matthias zu besuchen. Man benötigte für den Weg und die unebenen rutschigen Treppen gutes Schuhwerk und als trittsicherer, geübter Wanderer war es nicht sehr schwierig, da hinaufzusteigen, um das Spektakel von oben zu bestaunen. Es gab dort teilweise zugewucherte Stellen, vermooste Stufen, auf denen man ausrutschen konnte – und tatsächlich ein sehr schwaches Handynetz. Ein Paradies für Leute, die gut zu Fuß waren und Unwegsamkeiten bewältigen konnten. Ein beeindruckendes Naturphänomen.

Kübelchen war vor Jahren ein einziges Mal ganz bis nach oben hochgestiegen. Damals hatte sie sich einer Gruppe mit einem Wanderführer angeschlossen. Es war wunderschön gewesen, aber hinterher waren alle fix und fertig.

Was Schnäbele nun genau dorthin verschlagen hatte, beziehungsweise wie seine Mütze hier oben hingekommen war, hieß es nun herauszufinden. Martina und Matthias wollten keine Zeit verlieren und warten, bis die Kollegen kamen, und trafen sich mit den beiden Wanderern, die den Fund gemacht hatten. Sigrid Schnäbele tat ihnen leid und sie wollten keine Zeit verlieren. Womöglich lag Friedhelm irgendwo im Wald. Verletzt und hilflos. Die Ermittler hatten allerdings auch Sorge, dass der Täter noch mal zugeschlagen hatte. Das konnte man in dem Fall nie wissen. Immer waren Schäfer im Spiel. Michael Lämmle, Ferdinand Däschle, Peter Wentsch. Da auch Friedhelm früher Schäfer war, konnte es gut sein, dass auch er zum Opfer geworden war.

Der Weg zum Uracher Wasserfall sah verhältnismäßig harmlos aus. Einen Teil der Strecke waren sie gefahren, obwohl das eigentlich eine Wanderstrecke war. Das hätte sonst zu lange gedauert. Man konnte ja nicht wissen, ob Schnäbele irgendwo lag und dringend Hilfe brauchte. Nach einigen Metern kam eine Absperrung mit einer Warnung, dass Hornissen direkt am Weg ihr Nest hatten und man auf eigene Gefahr den Weg nutzen konnte, aber besser den umgeleiteten Pfad wählen sollte. Links führte ein steilerer Weg nach oben durch den Wald. Hatte der alte Mann diesen genommen und war unterwegs gestürzt oder hatte einen Schwächeanfall? Man konnte es nicht wissen.

»Ich sags dir lieber gleich, Matthias. Da hoch, das ist kein Spaziergang«, warnte Kübelchen den Kollegen.

Die beiden Wanderer, die die Mütze gefunden hatten, grinsten.

Fischer schien sie nicht wirklich ernst zu nehmen. »So anstrengend sieht es gar nicht aus, Martina. Wir sind ja schließlich nicht in den Schweizer Alpen«, witzelte er.

Sie trennten sich und gingen jeweils zu zweit die beiden Strecken ab. Es war extrem steinig und anstrengend, aber Matthias Fischer biss die Zähne zusammen, bis sie endlich am Wasserfall ankamen.

»Immerhin hat es zum Wasserfall hoch Treppen!«, meinte Fischer atemlos. Er war jetzt schon erschöpft.

Kübelchen sagte nichts mehr. Na ja, er würde es ja selber merken. Sie schmunzelte nur. Sie war sehr fit, was das Laufen und Klettern anbelangte. Als sie einige Meter hochgestiegen waren, merkte Fischer schon, was sie gemeint hatte. Die endlos vielen unebenen Stufen und Wegabschnitte gingen ihm in die Beine. Seine Oberschenkel schmerzten.

Die Kommissarin atmete die gute, frische Luft ein. Es war noch genauso schön hier, wie sie es in Erinnerung hatte. Die Luft war feucht und das satte Grün der unterschiedlichen Pflanzen war unvergleichlich kräftig.

Die beiden Wanderer waren schon vorher am Treffpunkt unten am Wasserfall angekommen und zeigten in die bewaldete Höhe, wo sie die Mütze gefunden hatten.

Matthias war jetzt schon leicht überfordert, als sie über einige dicke Baumwurzeln und unebene Stufen steigen mussten. Für seine untrainierten Beine war es ein enormer Kraftakt. Dazu war alles von der Feuchtigkeit des Wasserfalls auch noch extrem rutschig. Natürlich hatte er auch nicht auf seine Kollegin gehört, die ihm geraten hatte, ordentliche Schuhe anzuziehen. Wer konnte denn ahnen, dass das hier so eine Kletterpartie werden würde? Er sagte nichts und litt im Stillen. Diese Blöße wollte er sich nicht geben.

Immer wieder kam man ganz dicht an den Wasserfall heran. Von ganz oben stürzte das Wasser einige Meter in die Tiefe. Die drei anderen ließen Matthias den Vortritt, als es über die letzten Stufen ging, und er betrat diese fast ganz oben. Das Wasser lief in kleinen Bächen über sie herab. Doch die Kraft verließ ihn auf der halben Höhe, er rutschte ab und fiel auf die nassen Treppen.

»Oje, Matthias! Hast du dir wehgetan?« Martina half ihm aus dem Matsch heraus. Die beiden anderen folgten und zeigten den Ermittlern den Platz, wo sie die Mütze und den Geldbeutel mit Friedhelms Ausweis entdeckt hatten.

»Der Alte kann doch niemals hier hochgeklettert sein«,

mutmaßte Matthias. »Also, wenn ich da schlappmache, obwohl ich bestimmt einige Jährchen jünger bin.«

»Keine Ahnung, aber so ein Schäfer ist schon einiges gewohnt. Die haben schon sehr viel Bewegung in ihrem Job. Allerdings kann ich mir das auch kaum vorstellen!«, bestätigte Kübelchen.

»Und was machen wir jetzt mit dir, Matthias? Das Abzweigen vom Weg am Hang entlang und durch das Gestrüpp wird noch anstrengender als das hier, und eigentlich müssen wir die Gegend nach Friedhelm absuchen. Wo ist überhaupt sein Hund? Der müsste doch Laut geben, wenn seinem Herrchen was passiert ist!« Kübelchen sah Matthias fragend an.

Er nahm sich zusammen, und mit vereinten Kräften schafften sie es, dass Matthias doch noch hochkam. Allerdings war er pudelnass. Lange konnte er so nicht hier bleiben, sonst würde er sich womöglich noch den Tod holen, dachte Martina besorgt. Einer der Wanderer zog etwas aus seinem Rucksack. Er hatte zum Glück Ersatzklamotten dabei. Eine Leggings und ein Shirt. Das war die Rettung.

Plötzlich hörten sie jemanden rufen. Es kam von weiter unten. »Hallo, wo sind Sie?« Die Stimme kam ihnen bekannt vor. In diesem Moment entdeckten sie einen blonden gestylten Haarschopf, der den steilen Weg hochkam, als ob es keinerlei Anstrengung für ihn bedeutete. Es war Eugen Fuchs. Sein muskulöser Oberkörper steckte in einem schwarzen Muskelshirt, und als er die Stufen erkletterte, sah man die kräftigen Sehnen seiner durchtrainierten Arme. Kübelchen konnte nicht anders und musste einen Blick auf ihn werfen. Was für eine Sportskanone, auch wenn er einen kleinen Bauch hatte!

Fischer sah ihm grimmig entgegen. Na toll, da war die Blamage noch etwas größer! Warum war es ihm so wichtig, was Martina als Mann von ihm hielt? Ihm wurde immer bewusster, dass er sich in Trier etwas vorgemacht hatte, als sie weit genug von ihm entfernt war.

»Ich konnte Sie nicht erreichen. Hier gibt es manchmal ein schlechtes Handynetz. Habe von Sigrid das mit dem Ausweis und der Mütze von Friedhelm gehört. Da dachte ich, dann klettere ich mal kurz rauf und hier bin ich! Ich habe es zu Hause nicht mehr ausgehalten und möchte helfen, Friedhelm zu finden. Er war einer von Vaters Schäfern und ich kenne ihn von klein an. Ich kenne mich hier gut aus. Das hilft vielleicht! Gibt es schon was Neues?«

Die beiden Ermittler samt den Wanderburschen schüttelten den Kopf. »Nein, leider keine Spur«, antwortete Kübelchen.

Eugen erklärte: »Also falls er sich hier verirrt haben sollte oder bewusstlos irgendwo liegt, dann wird es sehr schwer, ihn zu finden. Ist ja wirklich sehr unübersichtlich, sobald man die Kehren verlässt. Total zugewachsen.«

Eugen sah Martina bewundernd an, was ihm den grimmigen Blick von Matthias einbrachte.

»Wir brauchen unbedingt unsere Spürhunde!«, sagte Fischer. »Martina, könntest du bitte zurückgehen, bis dein Telefon funktioniert und die Kollegen anrufen! Ich komme dann, wenn sie da sind. Anschließend müssen wir noch mal mit seiner Frau sprechen. Vielleicht hat sie noch irgendeinen Hinweis. Ich gebe Bescheid, wenn wir etwas finden. Die Kollegen sollen bitte ein Funkgerät mitbringen. Später treffen wir uns in meinem Büro zur Besprechung!«

Die beiden hilfsbereiten Wanderer schickte er nach Hause. Ihre Personalien waren schon auf der Polizeiwache aufgenommen worden, als sie dort vorstellig geworden waren, nachdem sie Ausweis und Mütze gefunden hatten.

»Bist du sicher, Matthias, dass nicht ich mit Eugen im

Wald suchen sollte?«, fragte Martina vorsichtig nach. Sie meinte es nur gut mit ihm.

Er schüttelte den Kopf. Das wäre ja nochmal schöner, wenn er Kübelchen mit diesem Gigolo alleine in den dichten Wald lassen würde! Da hätte der ja freie Bahn, und so nahm er lieber diese Strapazen auf sich.

»Wir machen das so, wie ich es gesagt habe, Martina!«, meinte er bestimmend und auch leicht gereizt. »Ich begleite dich noch ein paar Schritte. Bin gleich zurück, Herr Fuchs.«

Als sie in ausreichender Entfernung waren, konnte Matthias endlich loswerden, was ihm auf der Zunge lag: »Musstest du Fuchs so auf die Muskeln starren?«

Martina war überrascht, dass ihn das störte und schöpfte Hoffnung. Empfand er doch noch etwas für sie?

»Wieso? Ist doch sehr schön, wenn jemand so durchtrainierte Arme hat, Matthias! Jetzt sei doch nicht so. Du schaust den Damen doch auch bei jeder Gelegenheit in den Ausschnitt.« Wo sie recht hatte, da hatte sie recht. Außerdem ging ihn das tatsächlich überhaupt nichts an und sie hatten gerade wirklich andere Sorgen.

»Okay, vergessen wir das. Kann mir ja egal sein. Wir sehen uns nachher. Schau du vorher bitte noch bei Sigrid Schnäbele vorbei. Vielleicht gibt es Neuigkeiten«, beendete er das Ganze und ließ eine nachdenkliche Martina zurück.

LUCIFER

Eine Dreiviertelstunde später klopfte Kübelchen an die Tür von Schnäbeles Bungalow. Sie vernahm langsame Schritte im Gang und Sigrid öffnete gleich darauf. Sie hatte rot unterlaufene Augen. Das Taschentuch hielt sie vorsichtshalber in den Händen. Als Kübelchen eintrat, brach es aus ihr heraus.

»Ich mach mir solche Sorgen!«

Martina setzte sich mit ihr auf die Couch im kleinen Wohnraum.

»Jetzt versuchen Sie sich mal zu beruhigen, Frau Schnäbele. Wir überlegen gemeinsam, ob uns etwas einfällt, das weiterhelfen könnte«, schlug sie vor und legte den Arm um sie. »Ist Lucifer wenigstens aufgetaucht? Normalerweise findet ein Hund doch immer nach Hause«, meinte Martina überzeugt.

Die Frau schüttelte nur den Kopf.

Martina erkundigte sich weiter: »Ist Ihr Mann öfter allein auf dem Gelände des Wasserfalls unterwegs?«

»Normalerweise läuft er nur unten den Weg im Maisental den Brühlbach entlang und nur die ersten Treppen hoch und lässt dann Lucifer kurz alleine hoch zum Podest springen. Das stört abends für gewöhnlich keinen, weil sich nachts garantiert niemand da hin traut. Da hat Lucifer freie Bahn. Er liebt es, wenn ihn ein paar Wassertropfen treffen. Zurzeit ist ja eine Absperrung wegen den Hornissen da. Da wurden einige Wanderer angegriffen. Einer musste sogar ins Krankenhaus. Kann sein, dass mein Mann da trotzdem durchgelaufen ist, so wie ich ihn kenne. Nicht dass er gestochen wurde und da irgendwo liegt.«

»Nein, wir sind beide Strecken abgelaufen. Nicht eine einzige Spur«, berichtete Martina.

»Für gewöhnlich trinkt Friedhelm später manchmal ein Bierchen mit dem Stefan, dem der Kiosk am Parkplatz gehört, wenn er noch offen hat, wenn Friedhelm zurückläuft. Er heißt Stefan Niethammer. Vielleicht hat er etwas gesehen.«

»Tatsächlich haben wir dort noch gar nicht nachgefragt. Da gehe ich nachher noch vorbei. Wir sind schnurstracks zum Wasserfall geeilt, um keine Zeit zu verlieren. Allerdings ist es sehr unwahrscheinlich, dass Ihr Mann da verschwunden ist, weil sein Auto nicht auf dem Parkplatz steht. Womöglich ist er anschließend noch woanders hingefahren. Da könnte Herr Niethammer tatsächlich helfen.«

Kübelchen hatte noch eine Frage: »Frau Schnäbele, oder kann es sein, dass Ihr Mann woanders geparkt hat und doch am Wasserfall hochgestiegen ist? Vielleicht, weil Lucifer nicht wiederkam und in den Wald gerannt ist? Oder ist das eher unwahrscheinlich?«

»Das kann schon sein. Auch den Wasserfall könnte er notfalls schaffen. Sein Hund ist ihm sehr ans Herz gewachsen. Allerdings ist Lucifer normalerweise sehr gehorsam. Sie machen das schon seit Jahren so. Warum sollte Lucifer plötzlich nicht zurückkommen?«, fragte Sigrid. »Doch finde ich es genau wie Sie komisch, dass das Auto fehlt«, setzte sie noch hinterher.

Martina nickte. »Haben Sie noch eine andere Idee, wo Ihr Mann, Ihr Hund und der Wagen abgeblieben sein könnten?«

Sie schüttelte den Kopf. »Leider nein!«

Kübelchen verabschiedete sich und sie vereinbarten, dass jede sofort Bescheid geben würde, wenn es etwas Neues gab.

Als sie draußen war, überlegte Martina: Also, wenn der da hochgestiegen ist, dann weiß ich auch nicht. Der ist ja mindestens fünfunddreißig Jahre älter als Matthias, und Matthias kam kaum vorwärts. Die Chance, dass ihm dabei, falls er dort oben unterwegs war, etwas passiert ist, klingt doch sehr wahrscheinlich. Hoffentlich finden die Kollegen ihn bald!

Das Handy bimmelte. Es war Matthias. »Martina, kannst du mich doch kurz abholen? Würde nur ungern einen der suchenden Kollegen abzwacken, damit ich zu meinem Büro komme.«

»Das trifft sich gut, Matthias. Frau Schnäbele hatte noch den Tipp, dass der Herr Niethammer vom Kiosk am Parkplatz etwas gesehen haben könnte. Bin schon auf dem Sprung. Am besten kommst du mir entgegen.«

Gut, dass sie sein Gesicht nicht sehen konnte. Der Gedanke, dass er einen Teil der Strecke zum Parkplatz zu Fuß gehen sollte nach der Tortur durch den Wald, war ihm ein Gräuel. Doch er riss sich zusammen, als er an Eugen Fuchs und seinen Astralkörper dachte.

Etwa eine halbe Stunde später trafen sie sich wie verabredet. Stefan Niethammer saß hinter dem Kiosk auf einem alten Holzbänkchen, von dem der weiße Lack stellenweise schon abblätterte. Vor ihm auf dem Tisch stand eine Flasche Bier. Er sah die beiden auf sich zukommen und lächelte ihnen freundlich entgegen.

»Mir hen scho zua!«, erklärte er und erhob sich.

Sie klärten ihn über den Grund ihres Erscheinens auf.

»Kommissar Matthias Fischer und das hier ist meine Kollegin, Frau Kübler. Haben Sie schon gehört, dass Friedhelm Schnäbele bei den Wasserfällen vermisst wird?«

Der Kioskbesitzer schüttelte den Kopf. Er sah völlig überrascht aus. »Der Friedhelm, was? I hab mi scho über des Polizeiaufgebot gwundert. Also was macht der alte Kerle denn do oba? Des kann i mir gar ned vorschdella. Der lauft normal bloß bis onda rom und lässt der Hond alloi nuff. Warum isch der denn ned zo mir komma, falls der abghaua isch? I ben einiges jenger und kenn do jedes Bläddle. I hätt doch gholfa. Des isch scho komisch. Aber worom die Kripo on ned bloß der Suchtrupp?«

»Seine Frau Sigrid kennt uns und hat uns um Hilfe gebeten.«

»Hm, oder gehen Sie davon aus, dass des ned mit rechten Dingen zugoht, nach dem, was in letschder Zeit in Urach so los war?«, ließ er sich nicht beirren.

»Das auch, Herr Niethammer! Da haben Sie gut kombiniert!«, antwortete Matthias. »Haben Sie ihn gesehen, als er gestern Abend hier vorbeikam?«

Er nickte: »Ja, klar. Ich hab ihm no zugruafa, dass i ein Zwiefalter Schäferbier für ihn kalt schdell.«

Das war das Bier, das vom Zwiefalter Klosterbräu für den Schäferlauf kreiert worden war. Darüber hatte Matthias schon im *Reutlinger General-Anzeiger* gelesen und im *Eberhard* und beim Marktplatzhock davon probiert. Es schmeckte herrlich erfrischend. So, wie man sich ein ordentliches Bier vorstellte.

»Und da haben Sie sich nicht gefragt, wo er bleibt?«, erkundigte sich Martina.

»Eigentlich ned! Der isch scho an wunderlicher Kauz, der alde Friedhelm. Manchmol nemmt er mei Einladung an, manchmol ned, manchmol kommt er oangemeldet. Je nach Luschd und Laune.«

»Fischer hatte noch eine letzte Frage: »Haben Sie ihn zurückkommen sehen?«

»Noi, i hab dann ufgräumt on ben hoimgfahra. Do kriag i nemme mit, wenn ebber drußa romlauft. I hab au ned druf gachtet, ob des Auto no do war.«

»Alles klar, Herr Niethammer! Falls Ihnen doch noch irgendetwas einfällt, melden Sie sich bitte!«, verabschiedeten sich die zwei Kommissare, nachdem Fischer Niethammer eine Visitenkarte in die Hand gedrückt hatte.

Friedhelm Schnäbele und sein Hund Lucifer schienen tatsächlich verschollen zu sein. Es war zum Verrücktwerden. Es wurde immer komplizierter. In dem Moment, als Martina das dachte, klingelte ihr Handy.

Es war Frau Schnäbele. Sie klang sehr aufgeregt. »Hallo Frau Kübler, Lucifer ist zurück! Er ist ganz zerzaust und völlig durcheinander! Und er kam nicht alleine!«

Martina sagte nur: »Wie jetzt? Ist Friedhelm auch aufgetaucht?«

»Nein, leider nicht, aber ein anderer Hund. Ich glaube, es ist der von Michael Lämmle!«, kam es durch die Leitung.

Kübelchen berichtete Matthias alles in kurzen Worten und sagte zu Sigrid: »Wir kommen!«

Bei der Ankunft von Fischer und Kübelchen saß die ältere Dame mit rot geweinten Augen auf der Hollywoodschaukel ihrer Terrasse und kraulte dem völlig zusammengekauerten Lucifer das zerzauste Fell. Das alte rot gestrichene Gartentor quietschte, als sie es öffneten, und der sonst so fidele Hund bewegte sich keinen Zentimeter, um zu sehen, wer zu Besuch kam, geschweige denn seinen sonst so erfreut wedelnden Schwanz. Normalerweise scharwenzelte er doch sonst sofort um Kübelchen herum, wenn er sie sah. Vielmehr lag er mit seinem Kopf auf seinen Vorderpfoten und machte ein sehr trauriges Gesicht. Der andere Hund saß offensichtlich verstört unter dem Tisch. Es handelte sich tatsächlich um Kuschel. Wo hatte Lucifer ihn nur aufgetrieben?

Den Ermittlern dämmerte es so langsam. Tatsächlich dachten sie daran, dass sich Friedhelm womöglich in den Fängen des Täters befand. Lucifer war ja mit ziemlicher

Sicherheit dort gewesen, wo sein Herrchen war. Doch wie bekamen sie heraus, wo das war?

»Gefressen hat er auch nicht! Beide nicht!«, brach es aus Sigrid Schnäbele heraus, als die beiden zu ihr auf die Terrasse traten. Sie machte sich fürchterliche Sorgen. Das konnte man ihr ansehen. Sicher fragte sie sich, warum Friedhelm nicht mit zurückgekommen war.

Da musste ja etwas passiert sein.

Martina setzte sich in der Hocke neben das Tier und kraulte ihm den Hals.

»Wo hast du denn dein Herrchen gelassen, Lucifer?«

Er sah sie an, dann stand er plötzlich auf und lief die Stufen hinab. Die drei sahen ihm hinterher.

»Wenn Hunde reden könnten«, murmelte Frau Schnäbele.

Er war schnell zurück und hatte einen ziemlich großen Knochen zwischen den Zähnen, den er Martina vor die Füße legte, während er sie flehend ansah. Er stupste ihn mit der Schnauze immer ein bisschen näher zu Martinas Füßen.

»Ja, das ist ja ein feiner Knochen, Lucifer. Was ist denn damit, Lucifer?«, fragte Martina. »Willst du mit mir spielen? Soll ich ihn werfen und du holst ihn wieder?« Er kläffte ein einziges Mal, während er immer noch unbeweglich vor ihr stand. Sie nahm den Knochen und wollte ihn werfen, da umfasste Matthias ihr Handgelenk.

»Halt, Martina! Warte mal!«

Überrascht sah sie ihren Kollegen an: »Wieso, was ist?«

»Hast du dir den Knochen mal genauer angeschaut?«

Sie schüttelte den Kopf und warf einen Blick darauf.

»Er sieht aus, als ob er von einem Menschen stammt. Ist ziemlich groß! Natürlich könnte er auch von einem großen Tier sein, aber wer weiß.«

Tatsächlich, Matthias hatte es gut erkannt.

»Frau Schnäbele, wo hat er ihn her?«, fragte Martina neugierig.

»Ich weiß nicht! Ich habe diesen Knochen vorher noch nie gesehen!« Die Frau wirkte sofort etwas lebhafter.

Natürlich war der Knochen nicht von Friedhelm Schnäbele. Schließlich war er völlig frei von Fleisch oder Blut, aber warum hatte Lucifer den Kommissaren den Knochen gebracht? Das war doch sehr merkwürdig. Vielleicht gab es auch keinen Zusammenhang und er hatte ihn einfach irgendwo gefunden, doch der Hund gab dafür viel zu hartnäckig zu verstehen, dass es mit dem Knochen etwas auf sich hatte.

Auf jeden Fall würden sie ihn zu Quendolin in die Rechtsmedizin bringen.

»Wir nehmen den Knochen vorsichtshalber mit. Frau Schnäbele, wir tun weiterhin alles, um Ihren Mann zu finden!«, sagte Matthias.

»Die Kollegen haben schon mit Spürhunden im Gebiet um den Bad Uracher Wasserfall gesucht, aber auch nichts entdeckt«, erzählte Martina. »Wir haben uns heute schon sehr gewundert, dass Ihr Mann, entschuldigen Sie unsere Offenheit, in diesem hohen Alter noch solche Torturen auf sich nimmt. Mein Kollege hier ist wesentlich jünger und hatte sehr zu kämpfen.«

Die Frau zuckte ahnungslos mit den schmalen Schultern. »Ich verstehe das auch nicht. Schon etwas merkwürdig. Wie schon gesagt, weiß man bei ihm nie!«

Die Kommissare packten den Knochen in eine Tüte und verabschiedeten sich. Sigrid nahm die beiden Hunde am Halsband und ging in ihren Bungalow.

Fischer und Kübelchen waren in Fischers Büro mit Quendolin Moser verabredet. Mal sehen, ob sie noch etwas Neues zu berichten hatte. Als sie den Raum betraten, saß die Rechtsmedizinerin gerade an seinem abgewetzten alten Holzschreibtisch, hatte die Füße hochgelegt und biss herzhaft in ihr Leberkäsweckle, so als ob es ihr Büro wäre. Die Tüte vom *Metzger Schneider* lag auf der Tischplatte neben ihren Füßen. Es roch herrlich. In diesem Moment fiel ihnen erst auf, dass sie ziemlich großen Hunger hatten. Quenn deutete kauend in Richtung Papiertüte. »Hab euch auch ein Weckle mitgebracht«, nuschelte sie mit vollem Mund.

»Die Zeitung lesed ihr erschd nochher, ned dass eich dor Appetit vergeht!«, fügte sie noch hinzu und deutete auf das *Metzinger-Uracher Volksblatt*, das ebenfalls auf dem Schreibtisch lag.

Das ließen sich die beiden nicht zweimal sagen. Was in der Zeitung stand, interessierte sie auch, aber erst danach.

»Des isch jo nett, dankschee«, verfiel Kübelchen in ihre Muttersprache, was die Kollegin mit einem Grinsen quittierte.

Die beiden setzten sich und jeder schenkte sich noch einen lauwarmen Kaffee aus der Thermoskanne ein. Fischer griff nun doch nach der Zeitung und las die Schlagzeile laut vor: »Jetzt auch noch ein Vermisstenfall! Und die Kripo tappt noch immer im Dunkeln!«

Das war echt kein guter Start als neuer Kriminalhauptkommissar in Bad Urach.

»Macht euch nichts draus!«, tröstete ihn Quendolin. »Die haben sonst nie was Spannendes zu berichten!« Sie hatte ja recht, aber sie mussten dringend ein paar Ergebnisse liefern und vor allem den alten Friedhelm finden.

»Und, gibts was Neues von Schnäbele?«, erkundigte sich Quendolin neugierig.

»Die Suchhunde haben leider nichts entdeckt. Keine Spur von dem alten Mann. Dafür ist Schnäbeles Hund wieder zu Hause aufgetaucht. Er hat den Knochen hier mitgebracht.

Allem Anschein nach von einem Menschen.« Matthias legte ihn neben ihren Teller.

Sie warf einen Blick mit ihrem geschulten Auge darauf, während sie einen ordentlichen Biss von ihrem Leberkäsweckle nahm. »Ja, eindeutig ein menschlicher Oberschenkelknochen. Nicht mehr so ganz taufrisch. Also abnagen könnte man den nicht mehr!«, lachte sie, während sie ihn begutachtete und nebenbei kaute.

Kübelchen kicherte in sich hinein. Quendolins äußere Erscheinung passte so gar nicht zu ihrem Auftreten und dem, was sie manchmal so von sich gab. Sobald sie den Mund aufmachte, verflüchtigte sich das elfenhafte Erscheinungsbild. Kübelchen hatte mittlerweile kapiert, dass von ihr keine Gefahr ausging, was ihren lieben Kollegen anbetraf. Quenn stand eindeutig nicht auf Männer. Sie wurde ihr immer sympathischer.

»Wir haben auch Herrn Niethammer vom Kiosk am Wasserfall befragt. Er sah Schnäbele dorthin laufen, hat ihn aber nicht zurückkommen sehen, weil er irgendwann heimgegangen ist. Auch sonst ist ihm scheinbar nichts weiter aufgefallen«, berichtete Matthias weiter.

Und Martina fügte noch hinzu: »Ja, es ist echt wie verhext. Übrigens ist auch Herr Schnäbeles Auto nicht wie sonst auf dem Parkplatz, wenn er dort mit dem Hund spazieren geht. Merkwürdigerweise wurde auch sein Wagen noch nirgends sonst gefunden bisher.«

Quendolin und die beiden warfen einen Blick auf die Wand, an der Fotos von Michael Lämmle und Ferdinand Däschle, den beiden Toten vom Schäferlauf, hingen. Auch eines von Peter Wentsch hing da. Daneben war ein Zeitungsartikel des *Reutlinger General-Anzeigers* über den alten Fall, der etwa dreißig Jahre zurücklag: das Verschwinden Paul Nägeles und des Geldes der Schäferlade.

Das dazugehörige Bild war im Verhältnis zu den heutigen Aufnahmen ziemlich unscharf. Doch es stellte den Bezug her zu der Aufnahme aus dem Buchladen.

Der Kommissar nahm ein Foto, das auf dem Schreibtisch lag, und pinnte es daneben. Darauf war Friedhelm Schnäbele zu sehen.

»Da wollen wir mal hoffen, dass das Verschwinden nichts mit unserem Fall zu tun hat und wir nicht noch mal einen Toten beklagen müssen. So langsam mache ich mir echt Gedanken, ob wir den alten Mann noch finden.«

Er hatte noch mehr Bilder ausgedruckt und gab diese Martina in die Hand. »Na, dann legen wir mal los, Martina. Tragen wir mal zusammen, was wir haben!«

Kübelchen stellte sich vor das Board. Unterhalb von Lämmle brachte sie das Foto von Melanie Wentsch an. Daneben Eugen Fuchs, ihren Verlobten.

»Also, den guten Mann hatten wir ja schon in U-Haft bezüglich Motiv Eifersucht und Lämmles Blut an seiner Schäferschippe. Auch wissen wir seit Kurzem von Melanie, dass sie in der Nacht doch etwas mit Lämmle hatte, sich beobachtet fühlte und uns zuerst angelogen hat, weil sie Angst hatte, dass es rauskommt. Ihr Verlobter Eugen ist, wie uns nun ebenfalls bekannt ist, schon mehrmals wegen Schlägereien auffällig geworden. Melanie selbst hätte Lämmle aus Notwehr erschlagen können, aber dann hätte sie erstens nicht zugegeben, dass sie in der besagten Nacht etwas mit ihm hatte und zweitens trägt man dabei nicht die Schäferschippe des eigenen Verlobten spazieren, um dem Lover damit im Affekt eins überzuziehen.«

Matthias und Quenn hatten gespannt zugehört und nickten nur zustimmend. Ihre Kollegin pinnte Frau Schnäbele neben Friedhelm und fuhr fort: »Herr Schnäbele ist Sigrids zweiter Mann. Melanie Wentsch ist ihre Tochter aus erster

Ehe. Der Kontakt war lange Zeit abgebrochen, da Melanie ihrem Stiefvater vor etlichen Jahren sexuelle Übergriffe vorgeworfen hat, was sich seine Frau nicht vorstellen kann. Vor allem, weil sie sich jetzt wieder ab und zu sehen, weil Friedhelm zu den Fuchs-Brüdern Kontakt hat. Ich bin der Meinung, dass man das merken würde, wenn da was Unfreiwilliges gelaufen wäre. Sie würde ihm aus dem Weg gehen und nicht ganz normal mit ihm reden, als ob nichts passiert wäre. Also für mich äußerst unglaubwürdig.«

»Ich könnte mir schon vorstellen, dass etwas war«, warf Fischer dazwischen. »Allerdings eher so, dass es aus freien Stücken geschah, nach dem Verhalten, das Frau Wentsch sonst so an den Tag legt, aber dafür gibt es bislang keinerlei Beweise.«

Kübelchen nickte. Endlich hatte es auch Fischer eingesehen, dass Melanie kein Kind von Traurigkeit war.

»Sehe ich auch so. Es gibt noch eine weitere Verbindung. Schnäbele war ein sehr enger, jahrelanger Mitarbeiter vom alten Karl Fuchs. Er war früher einer seiner Schäfer. Auch jetzt hat der Alte noch Kontakt zur Familie. Schnäbele kümmert sich jetzt hin und wieder um Albrecht Fuchs, dem geistig zurückgebliebenen, aber sehr liebenswürdigen, feinfühligen Bruder. Auch Melanie betreut ihn manchmal, seit der alte Fuchs vor zwei Monaten das Zeitliche gesegnet hat. Das ist ein Berührungspunkt von Tochter und Stiefvater. Albrecht scheint die Verlobte seines Bruders sehr zu mögen, aber trotzdem werden sie ihn demnächst aus Mangel an Zeit in ein Heim geben, weil auch die Mutter schon vor Längerem gestorben ist«, schilderte Kübelchen.

»So, nun kommen wir zum Tod von Ferdinand Däschle«, erklärte Fischer weiter, »der bei der Explosion von Fuchsens Auto gestorben ist. Da kam ja heraus, dass Eugen ihm sein Auto geliehen hatte und er nur deshalb verschont geblieben ist. Dabei könnte es sich um eine Inszenierung seitens Eugens handeln, weil er wollte, dass man ihn als Opfer sieht. Ist ebenfalls nur eine vage Vermutung.«

»Genau, aber es könnte ja genauso gut sein, dass es jemand auf Eugen abgesehen hat und nicht wusste, dass Ferdinand den Wagen verliehen hat«, meinte Martina. »Auch hier sind wir noch kein Stück weiter. Allerdings gab es ja den eben erwähnten Einbruch auf dem Fuchsenhof, ohne dass etwas gestohlen wurde, was die zweite Variante wahrscheinlicher macht. Doch auch hier könnte es sich um das Legen einer falschen Fährte handeln, um sich in der Opferrolle darzustellen.«

»Oder um einen Zufall. Vielleicht war es ein ganz normaler Einbrecher, der überrascht wurde«, erwiderte Fischer.

»Allerdings wurde meines Wissens nichts entwendet«, entgegnete Martina. »Vielleicht hat der Täter oder die Täterin ja auch die Tatwaffe gesucht!«

»Gut möglich, Martina!«, stimmte Fischer seiner Kollegin zu.

»Momentan haben wir den Kollegen noch vor Fuchsens Haus. Lassen wir das vorsichtshalber noch weiterlaufen?« Sie sah Matthias fragend an.

»Gute Frage, ich würde sagen, dass wir das Haus noch ein paar Tage beobachten. Vielleicht kommen wir dann etwas weiter«, beschloss er als diensthabender Kommissar.

»Wir haben ja auch noch die Vergiftung von Peter Wentsch über das Posaunen-Mundstück«, berichtete Kübelchen.

In diesem Moment klingelte Fischers Handy. Als er hörte, dass Frau Dr. Wolf am Apparat war, stellte er auf laut. Die Leiterin der KTU berichtete ihm, dass an dem Kissen, mit dem versucht wurde, Peter Wentsch zu ersticken, keine weiterführenden Spuren festgestellt werden konnten. Fischer bedankte sich und beendete das Gespräch.

»Na, das passt ja!«, sagte Quendolin und stand auf. »Das war ja der zweite Versuch, ihn in die ewigen Jagdgründe zu schicken. Hier könnte auch Friedhelm oder Sigrid ein Motiv wegen der Erbangelegenheiten haben.«

»Und Melanie!«, ergänzte Martina.

Quenn nickte. »Stimmt! Ich würde gern noch kurz den alten Fall Nägele rekonstruieren, den damals mein Opa bearbeitet hat. Ich habe noch mal mit ihm gesprochen. Paul Nägele war ein Schäfer aus Bad Urach, der bei jedem Schäferlauf am Leistungshüten teilgenommen hat. Damals hatte er wie immer seinen Schäferwagen auf der Wiese abgestellt, da, wo jetzt auch Lämmles Wagen stand. In der Nacht vor dem Wettbewerb im Ortsteil Wittlingen verschwand Nägele, wie wir wissen, spurlos, und mit ihm der Inhalt der Zunftlade des Schäfervereins aus dem Rathaus. Er verschwand gleichzeitig mit dem ganzen Batzen Geld, das eingenommen worden war. Man hatte damals nicht lang ermittelt, da alle dachten, er hätte sich aus dem Staub gemacht. Falls ihr noch was wissen wollt, könnt ihr meinen Opa fragen!«

»Bestimmt werden wir auf deinen Vorschlag zurückkommen, Quenn!«, erwiderte Fischer. »Doch zuerst sind wir mal gespannt, was du bezüglich des Knochens herausfindest.«

»Und ich erst!«, antwortete die Rechtsmedizinerin, während sie sich die Tüte mit dem Knochen schnappte und aus dem Raum ging. »Bis morgen dann! Ich melde mich, sobald ich Ergebnisse habe! Und ihr zwei gönnt euch mal eine Pause nach diesem ereignisreichen Tag!«, grüßte sie noch, bevor sie zu ihrem Wagen ging, um nach Tübingen in die Rechtsmedizin zu fahren.

JEDE MENGE FRAGEN

Auf dem Fuchsenhof herrschte Totenstille, als Kübelchen den Klingelknopf drückte. Gleich darauf hörten sie Schritte und Eugen Fuchs öffnete. Er sah besorgt aus. Konnte man so etwas spielen? Die Ermittler hatten ja schon einige Erfahrungen gesammelt und wussten, dass man sich enorm täuschen konnte. Bis jetzt hatten sie ihn jedenfalls noch nicht aus dem Verdächtigenkreis ausgeschlossen.

»Und, gibt es was Neues von Friedhelm?«, fragte Eugen.

Die beiden schüttelten den Kopf. »Wir hatten gehofft, dass Ihnen in der Zwischenzeit vielleicht etwas eingefallen ist oder dass er sich gemeldet hat. Deshalb sind wir hier. Demnach gibt es keine neuen Spuren!«, stellte Matthias fest. »Dürfen wir kurz hereinkommen?«

Der Stadtschäfer trat zur Seite und sie traten ein. Im Wohnzimmer saß Albrecht auf dem Sofa und starrte den Fernsehbildschirm an, als ob er einen Film schauen würde. Doch das Gerät war gar nicht an.

»Hallo, Albrecht. Wie geht es Ihnen?«, erkundigte sich Kübelchen besorgt und setzte sich neben ihn.

Er reagierte nicht sofort, drehte ihr aber dann das bedrückte Gesicht zu, und sie sah den traurigen Glanz in seinen Augen. Er rückte näher, so wie es ein Kind tut, wenn es verängstigt oder traurig ist.

»Ich wäre so froh, wenn Friedhelm jetzt einfach zur Tür hereinkäme und alles wäre gut.«

Kübelchen legte tröstend den Arm um ihn, während Fischer und sein Bruder auf dem Sofa Platz nahmen.

»Wir werden ihn schon finden, Albrecht!«, sagte sie beruhigend. Doch Albrecht starrte schon wieder apathisch auf den schwarzen Bildschirm und schien unerreichbar. Hier konnte sie momentan nichts ausrichten.

Fischer versuchte inzwischen, noch ein paar Informationen aus Eugen Fuchs herauszubekommen. »Kennen Sie die Schäfer auf dem alten Foto hier?«, erkundigte er sich, während er die Kopie des Fotos aus seiner Jackentasche zog, das sie im Schaufenster der Buchhandlung entdeckt hatten. Täuschte er sich und Albrecht hatte nur kurz zu ihnen hergeschaut? Vielleicht sollte er ihm auch das Foto zeigen. Er verwarf den Gedanken aber gleich wieder. Eugen hatte das Bild inzwischen angesehen, nickte und meinte:

»Ja, klar. Das Bild ist auch in unserem Familienalbum. Also drei davon kenne ich. Das mit dem Hund ist unser Vater Karl Fuchs. Rechts von ihm steht Friedhelm Schnäbele und links Peter Wentsch.«

»Und der Vierte im Bunde?«, wollte Fischer wissen.

Er zuckte mit den Schultern. »Keine Ahnung! Den kenne ich leider nicht! Allerdings kommt er mir bekannt vor. Wo haben Sie das Foto denn eigentlich her?«, erkundigte er sich.

»Von der Buchhandlung am Markt aus dem Schaufenster!«, erwiderte Matthias, während er ihn genau beobachtete. Doch Eugen Fuchs zeigte keine besondere Reaktion. Immerhin wussten sie jetzt sicher, wer auf dem Foto zu sehen war. Bis auf einen, aber das würden sie auch noch herausfinden.

Der junge Schäfer begleitete sie zum Ausgang.

Als sie sich an der Haustür von ihm verabschiedeten, riet Kübelchen noch: »Am besten kümmern sie sich um Ihren Bruder, bis wir mehr wissen, Herr Fuchs. Notfalls schicken wir eine Psychologin vorbei. Albrecht wirkt doch sehr besorgt und mitgenommen. Sollten Sie etwas hören, rufen Sie uns bitte an!«

Die beiden waren sich nicht sicher, ob Eugen Fuchs jetzt wirklich nach seinem Bruder sehen würde oder noch auf ihm herumhackte, wenn er sowieso schon so fertig war. Das Letztere konnten sich beide gut vorstellen, doch sie hatten keine Zeit, sich auch noch darum zu kümmern, auch wenn sie Albrecht mit einem unguten Gefühl zurückließen. Schließlich konnte sein Bruder Eugen nach wie vor der Täter sein.

Kurze Zeit später öffnete ihnen eine blasse, verheulte Frau Schnäbele die Tür zu ihrem Bungalow. Sie wirkte sehr eingefallen und zitterte.

»Hallo, Frau Schnäbele, wie geht es Ihnen? Sie sind sehr blass. Haben Sie überhaupt etwas gegessen?«, wollte Martina besorgt wissen, als sie die alte zitternde Dame sah.

Diese schüttelte den Kopf. »Kommen Sie doch bitte herein. Ich muss mich hinsetzen!«, sagte sie mit leiser, schwacher Stimme.

Als die drei im Wohnzimmer saßen, Lucifer zu ihren Füßen, erkundigte sich Matthias: »Wir dachten, wir schauen nach Ihnen. Vielleicht gibt es ja auch von Ihrer Seite Neuigkeiten oder Ideen, wo wir noch nach Ihrem Mann suchen könnten.«

»Ich weiß nicht, aber ich habe mir Gedanken gemacht. Da hat man den Paul damals vielleicht zu Unrecht verdächtigt. Ich habe immer gesagt, dass ich ihm so etwas nicht zutraue. Mein Mann war da ganz anderer Meinung und die Polizei auch. Das war so ein netter Mensch. Er hat mir damals sogar freiwillig geholfen, meine Büsche zu pflanzen, Randsteine zu setzen und den Rasen zu mähen, weil Friedhelm auf dem Fuchsenhof immer so viel arbeiten musste. Wir haben uns sehr gut verstanden. Er redete nur wenig, hatte aber immer gute Laune. Eine echte Frohnatur.«

Ein kurzes Lächeln huschte über ihr Gesicht. »Friedhelm war fast froh, als er verschwunden war. Er war sehr eifersüchtig. Ist er heute immer noch.« Beim Namen ihres verschwundenen Mannes verblasste ihr Lächeln gleich wieder. »Mein Bruder Peter hat ihn dann auch noch bestätigt und aufgestachelt.«

Die Ermittler fanden ihre Ausführungen sehr aufschlussreich und schöpften einen neuen Verdacht. Vielleicht hatte der alte Schnäbele damals tatsächlich ein Motiv. Die Eifersucht auf Nägele wegen seiner Frau. Und jetzt vielleicht bei Lämmle, der seiner Stieftochter zu nahekam? Auch das war nicht auszuschließen.

Matthias zeigte auch ihr das Schwarz-Weiß-Foto. »Ist der rechts Paul Nägele?«

Sie nickte.

Es war den Ermittlern klar, dass Eugen ihn nicht kennen konnte, da Nägele ja schon dreißig Jahre tot war. Damals war Fuchs noch klein.

»Sind Nägele und Friedhelm auch mal aneinandergeraten?«, wollte Matthias wissen.

»Ja, einmal. Allerdings konnte ich meinen Mann beruhigen. Damals war mein Garten so weit fertig und Paul kam nicht mehr so oft zu uns.« Sigrid merkte langsam, worauf sie hinauswollten. Sie sah die beiden entsetzt an: »Sie glauben doch nicht, dass mein Friedhelm etwas mit dem Verschwinden von Paul zu tun hat? So etwas könnte er doch nicht! Oder glauben Sie, dass er das dreißig Jahre vor mir verschwiegen hätte?«

Tatsächlich zogen das die beiden Kommissare in Erwägung. Die Frau wurde ganz aufgeregt, und Kübelchen versuchte, sie zu beruhigen und abzulenken.

»Wir sammeln nur Fakten und Informationen, Frau Schnäbele, und im Moment wollen wir einfach nur Ihren

Mann finden. Deshalb haben wir uns überlegt, ob Lucifer uns nicht helfen könnte. Glauben Sie, dass man ihm irgendwie vermitteln könnte, dass er uns dort hinführen soll, wo er den Knochen gefunden hat oder wo möglicherweise Ihr Mann ist?«

Sigrid Schnäbele sah die beiden erstaunt an. Ein Hoffnungsschimmer lag in ihren Augen. »Also einen Versuch ist es auf jeden Fall wert. Lucifer ist sehr schlau.«

Allerdings war es leider schon dunkel und es machte nicht viel Sinn, jetzt um diese Uhrzeit mit dem Hund loszuziehen, da es am Wasserfall nachts viel zu gefährlich war, falls er sie dorthin führen würde.

So mussten sie wohl oder übel noch den nächsten Morgen abwarten.

Jetzt hieß es erst mal Feierabend machen und abschalten, auch wenn das für Sigrid Schnäbele weiteres Warten und Ungewissheit bedeutete. Sie wussten, im Biergarten *Pfählhof* wartete ein leckeres Essen auf sie beide.

Es war ein warmer Sommerabend, der förmlich danach schrie, sich dort auf die Terrasse zu setzen!

Der Biergarten war mit Lichterketten und Lampen an der Seite hell beleuchtet. Man hörte die Grillen im Gebüsch zirpen und die Vögel zwitscherten. Martina legte die Beine übereinander und lehnte sich trotz allem gemütlich in ihrem Stuhl zurück, während sie die kleine Speisekarte las. Matthias tat es ihr gleich und winkte dann den Kellner heran.

»Ich hätte gerne den schwäbischen Wurstsalat und ein Schäferbier!«, lächelte Kübelchen ihn freundlich an. Matthias sagte nur: »Für mich dasselbe!«

Während sie warteten, versuchten sie, nicht an ihren Fall zu denken, doch das war wirklich schwer. Den ganzen Tag war man damit beschäftigt und abends konnte man nicht abschalten. Es gab einfach zu viele ungelöste Fragen und Dinge, über die man nachdenken musste.

»Also ich weiß gerade nicht, was ich denken soll!«, fing Fischer an. »Die neue Info, dass Friedhelm Schnäbele damals auf Nägele eifersüchtig war, schwirrt mir die ganze Zeit im Kopf herum. Womöglich ist er ein Wiederholungstäter. Heute Lämmle, damals Nägele. Auch dass sein Schwager Peter Wentsch ihn dabei noch bestärkt hat. Vielleicht hatte er doch etwas damit zu tun? Aber wie passt das mit seinem jetzigen Verschwinden zusammen? Womöglich gibt es da einen Zusammenhang. Lucifer findet den Knochen und das vermutlich an dem Ort, an dem sich Friedhelm gerade befindet. Doch was macht der alte Schnäbele da und warum kommt er nicht heim? Wieso kommt der Hund ohne ihn? Und wo kann das sein? Hat man ihm etwas angetan oder ist ihm etwas passiert und er liegt irgendwo? Die Kollegen mit den Suchhunden haben doch wirklich alles abgesucht!«

Seine Kollegin sah ihn an. »Tja, Fragen über Fragen. Falls Friedhelm tatsächlich wusste, wo die menschlichen Überreste von Nägele sind und womöglich etwas mit dessen Verschwinden zu tun hat, erklärt das nicht, wieso er nicht zurückkommt, wo wir ihm doch überhaupt nicht auf der Spur waren. Allerdings, sollte er tatsächlich in seine Stieftochter vernarrt sein und auch da Eifersucht verspüren, dann würde sich das ganze Bild zusammenfügen, auch was Michael Lämmle betrifft.«

Fischer hatte sehr gespannt zugehört. »Stimmt, Martina. Dann gäbe es für irgendjemanden auch einen Grund, ihn zu hassen. Vielleicht ist ihm beim Mord an Lämmle jemand auf die Schliche gekommen und hat ihn zur Rede gestellt.«

»Das könnte durchaus sein, aber wer könnte das sein?«

Ihre Getränke und ihr Essen wurden gebracht. Die beiden hatten mächtigen Hunger und schaufelten sich den Wurstsalat gierig in den Mund. Es herrschte eine Gesprächspause und jeder hing seinen Gedanken nach.

Martina dachte während des Essens an den armen Albrecht Fuchs, der das alles nur schwer verkraften konnte. Schließlich stand er Friedhelm offensichtlich sehr nahe, weil dieser sich öfter um ihn kümmerte. Sie mussten den alten Mann so schnell wie möglich finden und das hoffentlich lebend. Vermutlich konnte er mehr zur Auflösung des Falles beitragen, als sie bis zu diesem Zeitpunkt dachten.

»Womöglich hatten Schnäbele und seine Stieftochter Melanie Wentsch tatsächlich ein Verhältnis, das bei ihrer Rückkehr wieder aufgeflammt ist. Das wäre ein Grund für den alten Schnäbele, Michael Lämmle aus Eifersucht zu erschlagen. Vielleicht war es im Fall Nägele damals genauso. Immerhin hatte Schnäbele uneingeschränkten Zugang zu Fuchsens Haus und Garage und hätte sich ebenfalls die Schäferschippe nehmen können«, kombinierte Martina.

»Aber das erklärt nicht sein Verschwinden und auch nicht den Giftanschlag auf Peter Wentsch. Allenfalls den Anschlag auf Eugen!«, erwiderte ihr Kollege.

Kübelchen konnte sich das alles kaum vorstellen, wenn sie an den alten Schnäbele dachte. Klar war er kein Ausbund an Freundlichkeit, aber ein Mörder?

Für den Augenblick wollte sie es gut sein lassen. Sie sah Matthias an und dachte daran, dass sie neulich im Schäferwagen die halbe Nacht geschmust und gekuschelt hatten. Gerne hätte sie von ihm gehört, dass er doch noch etwas für sie empfand und wieder mit ihr zusammen sein wollte.

Eine Fernbeziehung war nichts, was auf Dauer funktionierte, aber nun war doch alles anders. Nachdem sie sich nach ihrer letzten Trennung Wochen nicht gesehen hatten, ging es ihr schon etwas besser. Doch als sie erfuhr, dass er nach Bad Urach kommen würde, das nur etwas über eine Stunde entfernt lag, bemerkte sie, dass sie sich etwas vorgemacht hatte, und hatte neue Hoffnung geschöpft. Dabei hatte sie sich geschworen, dass sie das nicht nochmals mitmachen würde. Matthias tat ihr einfach nicht gut mit seinem Hin und Her. Gleichzeitig lenkten der Arbeitsalltag und der Tod, der beim Schäferlauf umging, sie zwar ab, schafften aber auch viel Nähe.

Traurigkeit lag in ihrem Blick, den Matthias auffing. Ihm ging es genauso, doch keiner sagte es dem anderen. Er dachte während des Essens nur an eins, nämlich an Martina, an ihre weiche, zarte Haut, ihre zierlichen Hände mit den niedlichen Handgelenken. Er vermisste sie als seine Geliebte, seine Gefährtin, ihren Humor. Was hatte er nur getan, als er sie anrief und ihr den Vorschlag machte, ihre Beziehung auf Freundschaft zu beschränken? In Bad Urach jagte ein Ereignis das nächste. Er sehnte sich nach ihrer Nähe. Jedes Mal, wenn sein Arm tagsüber den ihren versehentlich streifte, wurde ihm das bewusster. Eigentlich war er ja hierhergekommen, um mit ihr vor Dienstantritt Bad Urach kennenzulernen. Wenn er ehrlich zu sich selbst war, hatte er doch insgeheim gehofft, dass sie sich wieder näherkommen würden. Er hatte mal wieder alles vermasselt. So konnte es doch eigentlich nicht weitergehen!

Als sie bezahlt hatten, schlenderten sie in Richtung Schäferwagen und er fasste wie zufällig nach ihrer Hand. Es duftete nach Tannen und der Wind wehte mit einer leichten Brise durch ihr wunderschönes langes Haar. Matthias drehte sich zu ihr. Kübelchen bemerkte seinen sehnsuchtsvollen Blick und sie waren sich in diesem Augenblick so nah, dass kein Blatt dazwischen gepasst hätte. Er zog sie zu sich heran und ihre Lippen fanden sich. Für einen Moment gab es nur noch sie beide.

Sie hatte ganz vergessen, wie gut er küssen konnte. Fischer spürte ihre zarte, weiche Haut.

Doch Kübelchen schob ihn abrupt von sich weg.

»Das wollten wir doch lassen, Matthias! Ich kann das so nicht. Mal ja, mal nein!«

»Du hast recht! Tut mir leid! Ich war kurz etwas sentimental!«, erwiderte er verdattert. Was redete er denn da? Warum rückte er nicht mit der Wahrheit heraus?

Kübelchen überlegte hingegen, wie gerne sie das hätte noch mal geschehen lassen, aber sie wollte etwas Festes, Richtiges und das war mit ihm nicht möglich. Selbst nach der romantischen Kuschelei im Schäferwagen war er schnell wieder zur Tagesordnung übergangen.

So spazierten sie nebeneinander durch diese milde, herrliche Nacht wortlos zu ihrem Schäferwagen und jeder hing seinen Gedanken nach. Diese Nacht hätte ihnen gehören können.

WO IST FRIEDHELM?

Am Donnerstagmorgen meldete sich Quendolin gleich in der Früh in Fischers Büro. »Haltet euch fest. Der Knochen ist etwa dreißig Jahre alt. Das kann doch kein Zufall sein. Er könnte von Paul Nägele stammen. Wo hat der Hund den Knochen her?«

Nägele war also möglicherweise doch nicht mehr am Leben. Er hatte Bad Urach unter Umständen nicht, wie vom alten Moser und der Kripo damals vermutet, den Rücken zugekehrt und sich das Geld des Schäfervereins unter den Nagel gerissen. Dass die Knochen von ihm stammten, war doch ziemlich wahrscheinlich. Es lagen ja nicht überall dreißig Jahre alte Knochen herum. Nun galt es, den Rest herauszufinden und die Todesursache festzustellen, und dabei konnte ihnen vielleicht Lucifer ein ganzes Stück weiterhelfen. Sie konnten nur hoffen, dass es nicht noch einen Mordfall aufzuklären gab.

»Man fragt sich, wo dann eigentlich das Geld des Schäfervereins abgeblieben ist. Das muss doch irgendjemand anderes eingesteckt haben. Rätsel über Rätsel«, dachte Fischer laut.

Die beiden anderen stimmten ihm zu.

Kübelchen grübelte und vermutete: »Womöglich war das mit der Lade nur ein Ablenkungsmanöver, um von dem Mord abzulenken. So dachte jeder, Nägele hat sich aus dem Staub gemacht!«

Fischer fand das ebenfalls schlüssig.

»Wir müssen unbedingt gleich noch mal bei Sigrid Schnäbele vorbei. Vielleicht können wir Lucifer dazu bewegen, uns die Stelle zu zeigen, wo er den Knochen herhat. Es ist einen Versuch wert. Schließlich ist es möglich, einen Zusammenhang zwischen dem alten und den neuen Fällen zu finden. Immerhin gibt es Parallelen. Es waren beides Schäfer, es geschah am Schäferlauf und es waren zwei Männer, die dem weiblichen Geschlecht besonders zugetan waren«, spielte der Kommissar das Ganze durch. Der Hund konnte sie vielleicht zu seinem Herrchen führen. Es gab jede Menge Fragen, die sich auftaten. Irgendetwas musste doch zur Lösung führen! Sie hofften, dass sie näher an die Auflösung heranrückten.

»Alles klaro, dann schicke ich euch einen Kollegen mit dem Knochen vorbei. Den braucht ihr ja schließlich!«, sagte Quendolin.

Eine gute Stunde später holten Fischer und Kübelchen Sigrid und Lucifer ab. Kuschel jaulte los, als sie zur Türe hinauswollten. »Er ist immer da, wo Lucifer ist und wo ich bin!«, teilte Sigrid mit. »Es sieht ganz so aus, als ob Sie uns im Dreierpack mitnehmen müssen, damit die Suchaktion funktioniert.«

Sie hatten den Knochen mitgebracht. Sigrid Schnäbele hatte nach einem ungewaschenen Kleidungsstück von Friedhelm gesucht und nun standen sie ein weiteres Mal, diesmal zu dritt und mit den Hunden, unten an der Treppe zu den Wasserfällen. Das war ihre erste Suchstation. Wobei sie kaum Hoffnung hatten, hier noch etwas zu finden, weil jedes Blatt schon umgedreht worden war. Später wollten sie trotzdem noch mal Richtung Falkensteiner Höhle wandern, wenn sie hier nicht fündig wurden.

Die Kommissare hatten ja schon einige Erfahrung mit Polizeihunden gesammelt, aber die waren sehr streng erzogen und verstanden die Zeichen der Polizisten. Lucifer dagegen war nicht darauf spezialisiert, jemanden zu suchen, aber er wusste vermutlich, wo Herr Schnäbele abgeblieben war. Kuschel stand ebenfalls neben Sigrid Schnäbele und ließ sich den Kopf streicheln.

Schnäbeles Hund vermisste sein Herrchen garantiert und darauf bauten die Ermittler. Auch Sigrid setzte alle Hoffnung in Lucifer, der ihr nicht mehr von der Seite wich. Sie hielten ihm Friedhelms ungewaschenes Arbeitshemd für den Garten direkt unter die Nase und zeigten ihm den Knochen.

»Wo ist das Herrchen, Lucifer?«, fragte Sigrid ihn mehrmals hintereinander. Auf einmal kam Bewegung in ihn. Der Geruch regte ihn offensichtlich auf. Doch er machte keinerlei Anstalten, loszugehen. »Hm, vielleicht verlangen wir zu viel von ihm«, mutmaßte Frau Schnäbele.

Fischer schüttelte den Kopf. »So leicht geben wir nicht auf. Ich denke, wir sind vielleicht am falschen Ort. Hier ist Friedhelm nicht. Hier haben auch schon die Polizeihunde gesucht. Bis jetzt keine Spur, deshalb wird er nicht loslaufen.«

»Aber hier in der Nähe hat man doch seine Stetson-Mütze und seinen Ausweis gefunden. Das würde doch Sinn machen, wenn er hier wäre«, meinte Sigrid Schnäbele.

»Wer weiß, wie die Sachen hierhin gekommen sind. Das kann auch vom Täter als falsche Spur zur Irreführung platziert worden sein«, erklärte Matthias Fischer.

»Sie meinen, damit wir hier suchen, obwohl mein Mann sich eigentlich wo ganz anders befindet?«, fragte Sigrid überrascht.

»Ganz genau!«, antwortete der Kommissar. »Bis jetzt wissen wir ja nicht, ob es überhaupt jemanden gibt, der Ihren Mann in seinen Händen hat oder ob, entschuldigen Sie meine Offenheit, ihm sonst etwas passiert ist. Aber möglicherweise ist genau da der Hund begraben. Es kann sich um eine falsch gelegte Fährte handeln.«

»Aber wo sollen wir dann suchen?«, erkundigte sich Sigrid verzweifelt.

»Wo ist Ihr Mann sonst noch mit Lucifer Gassi gegangen?«, fragte Kübelchen.

»Richtung Kaltentalweiher! Seit er nicht mehr ganz so gut zu Fuß ist, hat er die schwierigeren Spazierwege normalerweise meistens ausgespart und sich Strecken mit kurzer Entfernung und gut begehbaren Wegen ausgesucht. Früher lief er zum Beispiel auch manchmal den steilen Fußweg zur Burg Hohenurach. Das macht er eigentlich auch nicht mehr.«

Die Kommissarin nickte. »Verstehe! Dann nichts wie hin zum Kaltentalweiher! Vielleicht hat er trotzdem mal wieder eine schwierigere Strecke gewählt. Könnte ja sein. Vielleicht reagiert Lucifer dort und zeigt uns, wo wir Ihren Mann finden.«

Der Weiher lag unweit des Campingplatzes. Es waren nicht mal dreißig Minuten zu Fuß. Dort lag auch das Kaltentalhäusle, das zwischen dem 18. und 19. Jahrhundert von dem königlichen Forstmeister Hügel erbaut wurde und auch *Villa Hügel* genannt wurde.

Sie redeten nicht viel, während sie mit den Hunden den Weg entlanggingen. Immer wieder hielten sie Lucifer das Hemd vor die Nase, aber er machte keine Anstalten, loszurennen. So langsam hatten sie Zweifel, dass sie Schnäbele noch finden würden.

Kübelchen sah Frau Schnäbele bedauernd von der Seite an. Sie kamen an den Kaltentalweiher. Das Wasser schimmerte in einem schönen, satten Dunkelgrün. In der Mitte befand sich sogar eine kleine Insel. Sie gingen am Ufer entlang, aber ohne Erfolg. Keinerlei Hinweise auf das Verbleiben des Vermissten.

»Also hier scheint sich Ihr Mann offensichtlich nicht aufzuhalten! Der Hund hat auch hier keinerlei Anstalten gemacht, dass er hier sein könnte!«, meinte Fischer bedauernd zu Sigrid Schnäbele. Er hoffte, dass der Mann noch lebte. »Vielleicht sollten wir nun doch noch die Burgruine Hohenurach in Betracht ziehen, auch wenn mir das sehr unwahrscheinlich vorkommt. Jetzt bringen wir Sie erst mal nach Hause und suchen alleine weiter! Sie sollten sich ausruhen!«, schlug der Kommissar vor, als er in das blasse Gesicht von Frau Schnäbele blickte.

Sigrid sagte nichts. Sie sah sehr niedergeschlagen aus. Auch auf dem Rückweg schwieg sie.

Als der Bungalow in Sichtweite war, standen Melanie und Eugen am Gartenzaun und warteten auf sie.

»Wir würden gerne bei der Suche helfen!«, sagte Eugen. »Immerhin handelt es sich bei Friedhelm nicht nur um einen guten Freund der Familie, sondern um so etwas wie meinen Schwiegervater.«

Melanie, Sigrids Tochter, hielt sich zurück. Man merkte, dass sie zu ihrem Vater Friedhelm kein gutes Verhältnis hatte, ging es Kübelchen durch den Kopf. Von daher war es ein netter Zug, dass sie bereit war, bei der Suche zu helfen.

Die Ermittler hatten immer noch ihre Zweifel, dass an ihrer Theorie, Schnäbele und Melanie hätten noch ein Verhältnis, etwas dran war. Vermutlich waren sie auf der völlig falschen Fährte. Es war einfach zum Mäusemelken. Irgendwann musste der Knoten doch wenigstens anfangen, aufzugehen.

Fischer erklärte Eugen und Melanie seine Absicht, doch noch einmal in Richtung Ruine Hohenurach zu suchen.

»Vielleicht hat er es doch mal wieder gewagt und ist gestürzt. Wer weiß!«, erklärte Fischer und hoffte für sich, dass der Anstieg nicht so schlimm war. Meist übertrieben die Leute ja in ihren Beschreibungen.

In diesem Moment bimmelte sein Handy. Er nahm ab, hörte kurz zu und nickte. »Alles klar! Danke, das ist ja schon mal was. Wir kümmern uns drum!«, sagte er, bevor er auflegte.

Die vier sahen ihn fragend an.

»Sie haben Friedhelms Wagen gefunden. Mitten im Wald in einem Seitenweg«, berichtete der Kommissar und beschrieb, an welcher Stelle das Auto entdeckt worden war.

Sigrid Schnäbele sah ihn überrascht an.

»Also doch! Da beginnt nämlich der Fußweg zur Ruine Hohenurach, Herr Kommissar! Das gibt es doch nicht! Er wird ja nicht da hochgelaufen sein!«, rief sie aufgeregt. »Früher lief er, wie gesagt, manchmal den steilen Stich da hoch. Seit er älter ist eigentlich nicht mehr, aber bei ihm kann man das nie wissen. Sie sehen es ja!«

»Auf jeden Fall haben wir jetzt einen Anhaltspunkt, wo wir suchen müssen. Dann nichts wie los! Vielleicht reagiert Lucifer dort und zeigt uns, wo wir Ihren Mann finden!«, rief Kübelchen. »Worauf warten wir?«

»Ich komme mit und zeige Ihnen den Weg«, schlug Eugen Fuchs vor.

Sie parkten ihre Autos unten am Fuß des Hügels neben der Jugendherberge Bad Urach. Sie wollten exakt die Strecke nehmen, die der alte Mann in jüngeren Jahren oft gegangen war. Manchmal wohl auch mit den Fuchskindern Eugen und Albrecht. Seinen Wagen hatte man allerdings weiter oben im Wald entdeckt. Dort würden sie laut Sigrid auf der Strecke vorbeikommen. Hätte er an der Jugendherberge geparkt, dann wäre sein Fahrzeug viel früher entdeckt worden.

Anfangs stieg der Weg leicht an und war noch geschottert. Fischer taten trotzdem jetzt schon die Füße weh. Er war gar nicht aufnahmefähig für den herrlichen Duft nach Moos und Erde, der im Wald von einem leichten Windhauch durch die Luft getragen wurde und ihnen in die Nase stieg. Ihn strengte das alles zu sehr an.

Kurz darauf kamen sie an Friedhelms Auto vorbei. Die Kollegen hatten es schon unter die Lupe genommen.

Lucifer zog so an der Leine, dass Sigrid Schnäbele, die nun doch mitgekommen war, ebenfalls nach Luft rang. Doch sie war recht zäh für ihr Alter. Es kamen ein paar große Sandsteine und sie setzte sich, um ein wenig zu verschnaufen. Matthias ließ sich auf den Felsen daneben plumpsen.

»Wir bleiben kurz hier sitzen!«, hechelte er den anderen zu. Sein Herz sprang ihm fast aus der Brust.

Eugen nahm die Hundeleine von Lucifer und Martina die von Kuschel.

Melanie folgte ihnen. Sie hatte die ganze Strecke kaum ein Wort gesprochen. Machte sie sich etwa Sorgen um den Mann ihrer Mutter oder um ihren ergrauten Liebhaber? Kübelchen hatte das Gefühl, dass sie hier fündig werden würden. Einerseits in Bezug auf Schnäbele, andrerseits bezüglich neuer Hinweise und Spuren.

An der ersten Abbiegung, ein paar Schritte weiter oben, nahm Eugen das Hemd, das Sigrid mitgebracht hatte, und hielt es Lucifer an die Schnauze. Er wedelte mit dem Schwanz und fing an zu ziehen. Er zog noch mehr als davor. Kuschel wirkte ebenfalls lebhafter, allerdings eher zögerlich. Fürchtete er sich etwa? Da er aber so auf Lucifer fixiert war, lief er trotzdem hinter seinem Freund her.

Kübelchen sah noch mal kurz zurück zu Fischer, der immer noch neben Frau Schnäbele auf dem Stein saß.

»Matthias, wo bleibst du denn? Ich glaube, Lucifer will uns was zeigen!«, rief sie auffordernd. Als diensthabender Kommissar sollte er doch an vorderster Front agieren!

»Ich geh runter zu meiner Mutter!«, bot Melanie an.

Martina nickte. Sie sah, wie Fischer schweren Fußes hochstapfte, während die junge Frau zu ihrer Mutter lief.

Fischer sah sehr gequält aus. Er sollte endlich anfangen, mehr Sport zu machen, sonst würde es ihn irgendwann mal umhauen. Martina machte sich Sorgen um ihn, weil sie ihn einfach so verdammt gernhatte.

Sie überquerten den Pfad und es ging einen letzten schmalen Fußweg zur Ruine Hohenurach hinauf. Lucifer lief zielstrebig voran. Entweder, weil er den Weg vor Jahren so oft gegangen war und sich daran erinnerte oder weil er wusste, dass sein Herrchen dort seine Hilfe brauchte. Sie erhaschten von unten durch die Büsche ein paar Blicke auf die Mauern der Burgruine. Der Hund bellte, als ob er jemandem mitteilen wollte, dass er in der Nähe war. Es klang für Kübelchen so, als würde er rufen: »Wir sind gleich da! Keine Sorge!«

Lucifer führte sie um die Ruine herum und sie kamen an eine Art Einstieg. Ein dunkles enges Loch, das von Sandsteinen umrahmt war, sah ihnen entgegen. Es stand auch ein Schild da, das wegen Einsturzgefahr davor warnte, hier einzusteigen. Das Gitter, das diese gefährliche Stelle ursprünglich abgesichert hatte, war geöffnet.

»Also das ist mir zu riskant. Da bekommt mich keiner rein! Besser ich bleibe hier draußen!«, sagte Eugen Fuchs sehr deutlich und reichte Martina die Hundeleine von Lucifer. Kuschel behielt er bei sich.

Der Kommissarin war klar, dass sie ihn nicht überreden konnte, aber es war trotzdem gut, wenn einer draußen blieb und notfalls Hilfe holen konnte.

Fischer kam noch eben nach Luft ringend dazu. Es half nichts, sie konnte nicht warten, bis er sich etwas erholt hatte. Sie musste wissen, warum der Hund da unbedingt hineinwollte. Vermutlich weil Herr Schnäbele da drin war!

»Kein Problem! Du kannst ja nachkommen, Matthias!«, schlug Martina vor, und eh sich die beiden Männer versahen, war sie schon mit Lucifer in das Loch geschlüpft und verschwunden.

Fischer zögerte. »Martina, kannst du mich hören?« Keine Antwort. Das schwarze Loch hatte sie verschluckt.

Hoffentlich ging das gut! Sollte er hinterhergehen? Dann musste er Eugen vertrauen, obwohl er noch immer verdächtig war, aber er konnte doch Kübelchen nicht alleine lassen!

Unterdessen war Martina mit dem Vierbeiner in einem der unterirdischen Kellergewölbe der Burg angekommen. Es war ihr klar, dass es nicht ganz ungefährlich war, aber wenn sich Friedhelm hier aufhielt, dann brauchte er ihre Hilfe. Es war dunkel und feucht und sie musste ihre Handy-Taschenlampe anschalten, weil man kaum die eigene Hand vor Augen sehen konnte.

Lucifer fing an zu bellen und zog immer aufgeregter.

Im nächsten Raum befand sich eine riesige Truhe, um die er nun wie wild herumrannte und bellte. Sie versuchte, den schweren Deckel anzuheben, aber es ging nicht. Verdammt! Sie war verschlossen! Wo blieb Matthias? Sicher würde er sie nicht im Stich lassen. Alleine war das nicht zu schaffen. Sie sah sich um, ob es einen Hammer oder Ähnliches gab, um die Truhe aufzubrechen.

Kaum hatte sie zu Ende gedacht, sah sie das Licht einer Taschenlampe, das näherkam, und ihr Kollege streckte endlich seinen Kopf zur Türöffnung herein.

»Da bist du ja!«, rief sie erleichtert. »Komm, hilf mir bitte!« Sie deutete auf die Truhe.

Fischer nahm einen großen Stein und schlug das Schloss kaputt. Als sie den Deckel aufschoben, erschraken sie.

Drin lag der alte Schnäbele, total eingepfercht in die zu enge Truhe und rührte sich nicht! Es war ziemlich eng in seinem Gefängnis. Man hatte ihn lebendig in der Truhe dem Tode geweiht.

Martina fasste nach seinem Handgelenk und fühlte seinen Puls.

Sehr schwach, aber er lebte! Am Kopf war Blut.

Sie wollte zurückrennen, um die Rettung zu rufen.

Fischer hielt sie zurück.

»Halt, bleib hier! Eugen hat das eine Funkgerät und ich habe das andere.«

Zum Glück hatten sie daran gedacht.

»Fischer an Fuchs. Bitte kommen!«

Eugen ging sofort ran und mit wenigen Worten war erklärt, dass sie Schnäbele gefunden hatten und der junge Mann den Rettungshubschrauber rufen sollte.

Die Ermittler hievten den alten Mann inzwischen aus seinem Gefängnis, betteten ihn, so gut es ging, auf die Seite auf eine der alten Jutesäcke, die herumlagen, und Lucifer leckte seinem geretteten Herrchen über das Gesicht.

»Das hast du fein gemacht, Lucifer!«, lobte Kübelchen das Tier. Sie gab ihm ein paar von den Leckerlis, die Sigrid ihr vorhin zugesteckt hatte.

Da man bei der Ruine nicht landen konnte und man Schnäbele aus der schwer erreichbaren Position abholen musste, bewies der Pilot außerordentliches Geschick. Am Rettungshubschrauber war eine Seilwinde angebracht, womit er auf einer Trage im Flug hochgehoben und verladen werden konnte, damit man ihn schnellstmöglich zur Klinik bringen konnte.

Eugen und Melanie kümmerten sich um Sigrid und um die beiden Hunde. Sie machten sich gemeinsam auf den Rückweg.

Die Kommissare sahen sich nun erst mal richtig in dem Kellerverlies um. Es befand sich hier ein Sammelsurium an alten Waffen. Kein Mensch wusste, wie dieses Lager entstanden war.

»Vielleicht noch aus dem Krieg!«, meinte Fischer.

»Also ich könnte mir vorstellen, dass die Mine auch von hier stammen könnte. Das wäre doch ein arger Zufall, wenn es so eine Ansammlung noch ein zweites Mal in Bad Urach gäbe«, ergänzte Kübelchen seine Überlegungen.

Am interessantesten war das menschliche Skelett, das sie in der Ecke unter alten Leinensäcken entdeckten. Ohne den Oberschenkelknochen, den Lucifer ja bereits mitgebracht hatte. Das waren aller Wahrscheinlichkeit nach Paul Nägeles Überreste.

Der Übeltäter würde jetzt bestimmt auf der Hut sein. Sie hatten sein Versteck gefunden. Er hatte sich vermutlich für den Tod von Paul Nägele zu verantworten und für das, was er Friedhelm Schnäbele angetan hatte. Natürlich konnte es sein, dass er auch für die Vergiftung von Peter Wentsch und die Explosion verantwortlich war, aber das mussten sie erst mal beweisen. Sie sahen sich weiter in dem Raum um, während sie auf die Kollegen warteten, und entdeckten dabei auch ein paar Reagenzgläser, die in einem Holzständer auf einem alten Tisch standen. Kübelchen bückte sich plötzlich.

»Schau mal Matthias. Unter dem Tisch liegen Pflanzenreste! Womöglich könnte hier auch das Gift, das man an Wentschs Instrument gefunden hat, von hier stammen«, rief sie aufgeregt aus.

Fischer kam näher heran und nickte. »Gut möglich! Wir werden sehen, was die Spusi dazu sagt!« Momentan waren das ja nur Spekulationen.

In dem Moment kamen die Mitarbeiter der Spurensicherung um die Ecke. Sie packten ihre Utensilien aus und fingen sofort mit ihrer Arbeit an. Die Kommissare gaben den Kollegen kurz ein paar Informationen.

»Es wird sich schnell herumsprechen, dass wir den alten Mann gefunden haben. Leider war er momentan nicht ansprechbar, sonst hätten wir ihn fragen können, wer ihm das angetan hat. Dann wäre zumindest ein Teil des Falles gelöst. Es bleibt uns leider nichts anderes übrig, als zu warten, bis wir zu ihm dürfen, falls er überlebt!«, bedauerte Kübelchen.

Für den Abstieg ließen sie sich Zeit. Zwei Kollegen hatten sie abgelöst, um den Eingang zu bewachen, falls der Täter zurückkam. Nach den ganzen Ereignissen wollten sie alles noch mal Revue passieren lassen und machten sich auf zu Fischers Büro.

DER FALL PAUL NÄGELE

Kaum öffneten Eugen Fuchs und Melanie die Haustür, als Albrecht auf sie zugestürmt kam.

»Und, gibt es was Neues von Friedhelm? Ich habe den Rettungshubschrauber gehört. Als ich aus dem Fenster geschaut habe, flog er zur Burgruine.«

Melanie nickte. »Ja, wir haben ihn gefunden.« Mit diesen Worten ging sie an ihm vorbei und Eugen und Albrecht kamen hinterher. Alle ließen sich auf die Couchgarnitur plumpsen.

»Wie geht es ihm?«, wollte Albrecht besorgt wissen.

»Er lebt, aber es war knapp und noch ist er nicht über den Berg«, berichtete Melanie und schluckte.

Albrecht sagte nichts mehr und setzte sich schockiert auf den Sessel. Wieder verfiel er in eine Art Trance und starrte vor sich hin. Seine Hände zitterten. Für ihn waren die Geschehnisse kaum zu ertragen. Ständig passierte etwas Unvorhergesehenes.

»Übrigens haben wir einen Heimplatz für dich bekommen, Albrecht«, haute Eugen in diesem unpassenden Moment unsensibel heraus. »Du standst ja lange genug auf der Warteliste. Auf unserer Hochzeit bist du noch dabei, aber dann wollen wir unser eigenes Leben beginnen, eine Familie gründen. Hoffentlich bekommen wir kein Kind, das so ist wie du!«

Melanie beschwichtigte ihn. »Jetzt hör doch auf, Eugen. Sei doch nicht immer so grob!«

Albrecht fing an, sich aufzuregen und hineinzusteigern,

bis er begann, seinen Bruder anzubrüllen. So wie nach der Explosion beim Schäferlauf. Er kam völlig aus sich heraus. Er heulte und schluchzte.

»Das könnt ihr doch nicht machen! Das hier ist auch mein Zuhause! Melanie, sag doch auch was! Ich dachte du …«

Sie hielt ihm den Mund zu, bevor er sich und alle anderen unglücklich machte. Hätte sie sich nur nie hinreißen lassen! Sie legte den Zeigefinger ihrer anderen Hand auf ihre schön geschwungenen rosa Lippen und er verstummte.

»Beruhige dich, Albrecht. Wir reden noch mal in Ruhe darüber!«, versprach sie ihm, obwohl sie wusste, dass das nicht stimmte. Sie hatte ihn in der Hand.

Eugen Fuchs hatte gar nicht mehr richtig zugehört. Es interessierte ihn nicht, was sein Bruder in einem seiner Anfälle von sich gab. Würde sein Vater Karl noch leben, der hätte jetzt ganz andere Saiten aufgezogen. Da war er dagegen ja richtig harmlos. Allerdings wusste er nicht, was er machen würde, wenn Albrecht ihn weiter so nervte, aber zum Glück war das ja bald überstanden, wenn er erst mal im Heim untergebracht war. Da konnten sich dann andere um ihn kümmern, die den Beruf gewählt hatten, weil sie sich mit solchen Behinderten beschäftigen wollten. Ihn hatte nie jemand gefragt, ob er mit so einem bescheuerten Bruder sein halbes Leben verbringen wollte.

Es war gut, dass niemand seine schlechten Gedanken lesen konnte.

Schon als Kind hatte er sich immer gefragt, warum seine Eltern Albrecht nicht weggegeben hatten. Dann wäre endlich Ruhe eingekehrt. Er störte ihn nur. Manchmal hatte er sich vorgestellt, wie es wäre, wenn man ihn als blinden Passagier auf ein Schiff verfrachtete und es in See stechen würde auf Nimmerwiedersehen.

Als Kübelchen und Fischer vor dem Polizeigebäude eintrudelten, saß Quendolin Moser auf der Mauer davor und rauchte eine Zigarre. Martina grinste. Die Rechtsmedizinerin grinste zurück.

»Und, habt ihr endlich mal wieder was für mich? Vielleicht eine klitzekleine Leiche?«

»Nein, leider nicht. Nur fast!«, antwortete Fischer lachend.

»Wie ›fast‹?«, fragte sie neugierig und richtete sich auf, während sie kringelige Rauchwolken aus ihrem Mund pustete.

»Na, fast eben. Wir haben endlich den alten Friedhelm gefunden. Im halb verschütteten Verlies der Burgruine. Er lebt noch«, entgegnete Matthias.

»Also vorerst keine weitere Leiche?«, erkundigte sich Quenn bedauernd.

»Doch, wir haben ein Skelett. Den Rest, der ziemlich sicher zu dem Oberschenkelknochen gehört!«, teilte Kübelchen der Kollegin eifrig mit, die das sichtlich spannend fand.

Fischer nickte. »Ja, da kannst du dich austoben und beweisen, dass es sich um Paul Nägele handelt. Schließlich liegen nicht jeden Tag Skelette mit fehlendem Oberschenkelknochen in Bad Urach herum. Die Chance ist also groß, dass er es ist. Wir befragen solange die Leute aus seinem Umfeld. Zum Beispiel Traudl Nägele. Die kennst du vielleicht!«

»Klar, natürlich kenne ich sie. Nägeles Schwester. Das ist jetzt aber nicht euer Ernst, dass ihr die als Täterin in Erwägung ziehen wollt oder handelt es sich nur um das Sammeln von Infos?«, wollte Quenn wissen.

»Genau, wir müssen ja irgendwo anfangen! Und man weiß nie, wer etwas damit zu tun hat, bevor man es beweisen kann. Selbst wenn man jemanden gut kennt!«, setzte Fischer hinzu.

Die Kollegen von der Spusi kamen nach mehreren Stunden von der Ruine Hohenurach zurück und brachten das Skelett und was sie sonst noch gefunden hatten.

»Hier, das haben wir auch noch gefunden«, sagte einer der jüngeren Mitarbeiter der Spurensicherung. Er streckte Fischer ein Tütchen entgegen, bevor er die Treppe hinunterging. Es war eine Anstecknadel vom Schäferlauf.

»Die Nadel kenne ich!«, reagierte Quenn prompt. »Genau dieselbe hatte mein Opa früher. Sie ist auf ganz vielen alten Fotos zu Hause zu sehen. Muss ihn mal fragen, wo sie geblieben ist.«

Die beiden Kommissare sahen sie mit seltsamem Blick an.

»Nein, nein, das ist jetzt nicht euer Ernst, Leute, oder? Ihr glaubt doch nicht, dass mein Opa, als ehemaliger Polizist, etwas mit dem Verschwinden von Nägele zu tun hat und das nur, weil er zufällig dieselbe Nadel hat oder hatte, die im Verlies der Ruine gefunden wurde?«

Matthias versuchte, sie zu beruhigen. »Ach was, natürlich nicht, Quenni!« Zum Glück konnte man seine Gedanken nicht lesen. Als erfahrener Kommissar konnte er sich einiges vorstellen.

»Das wäre auch noch schöner. Die Nadeln gibt es bei jedem Schäferlauf in rauen Mengen!«, meinte sie mit gespielt grimmigem Blick.

Kübelchen machte mit ihrem Handy ein Foto von der Anstecknadel, bevor sie diese zu Frau Dr. Wolf nach Reutlingen in die KTU schickte.

Die Rechtsmedizinerin fuhr nach Tübingen und widmete sich ihrem Job, während die beiden Ermittler sich auf den Weg zum Bauernhof von Traudl Nägele machten.

In Kübelchen hallte es immer noch nach. »Die Nadel kenne ich …!« Wer wusste schon, ob Quendolins Opa nicht doch etwas mit der Sache zu tun hatte oder mehr wusste, als er zugab. Sie behielt ihre Gedanken vorerst für sich. Fischer kannte Quendolin schon länger und würde das sowieso abschmettern. Martina konnte ja nicht wissen, dass Matthias ihren Gedanken teilte.

Sie fuhren am Biosphärenhotel *Graf Eberhard* vorbei, wo sie an ihrem ersten Abend so gut gegessen hatten. Der Hof lag etwas auswärts. Es dauerte nicht mal zehn Minuten, bis sie die Einfahrt passierten. Mehrere Hühner rannten, aufgescheucht vom Motorengeräusch, über den Hof in Richtung eines hohen Misthaufens, von dem ein bunter Gockelhahn aufgeregt krähte und aufschreckte, dass die Federn nur so flogen.

»Von wegen die krähen nur bei Sonnenaufgang und -untergang«, meinte Matthias schmunzelnd, während er den Mustang vor der Triertränke abstellte und sie ausstiegen.

Neugierig streckten ein paar gescheckte Kühe ihren Kopf aus dem Stall heraus. Was für eine Idylle! In diesem Moment kam Traudl Nägele mit einer Schubkarre um die Hausecke. Sie stellte sie ab und kam mit fragendem Blick auf die beiden zu.

»Hallo, was machen Sie denn hier?« Sie kannte Martina und Matthias ja noch vom Leistungshüten im Ortsteil Wittlingen letzten Samstag. Dort hatte sie auch schon erwähnt, dass sie ihrem Bruder den Diebstahl der Zunftlade nicht zutraute.

»Tag, Frau Nägele, wir müssen Sie kurz sprechen!«, erklärte Fischer.

»Ist was passiert?«

»Am besten, wir gehen kurz rein, wenn Sie einverstanden sind!«, bat Kübelchen.

Melanie nickte, runzelte ihre Stirn und sah beunruhigt aus.

Sie betraten die Küche und fühlten sich in eine andere Zeit versetzt. An der Wand stand noch ein alter weißer Holzherd mit Wasserschiff, rotkarierte Vorhänge zierten die Fenster. Auf dem Tisch stand ein Blech mit Apfelkuchen, so als ob Frau Nägele nur auf sie gewartet hätte. Eine schwarze Katze sah den beiden vom Polster der Eckbank gähnend entgegen. Sie hatten sie geweckt. Kübelchen ging hin und streichelte ihr das glänzende schwarze Fell.

Über dem Platz hing ein Familienfoto. Man konnte Frau Nägele als junge Frau erkennen. Bei den beiden älteren Leuten handelte es sich wohl um die Eltern und dann war noch ein junger Mann auf dem Foto. Es zeigte vermutlich Paul Nägele, dessen Skelett sie ziemlich sicher heute gefunden hatten, auch wenn die Bestätigung der Rechtsmedizin noch fehlte. Er kam Martina bekannt vor, obwohl das gar nicht sein konnte, oder war sie ihm früher als Kind beim Besuch des Schäferlaufs mit Oma und Opa schon mal begegnet? Sie wusste es nicht.

Sie setzten sich und Martina rückte mit der Neuigkeit heraus. »Also, Frau Nägele. Wir haben heute ein altes Skelett im Gewölbe der Ruine Hohenurach gefunden. Es sieht alles danach aus, dass es sich um Ihren Bruder Paul handeln könnte.«

Die Frau brach sofort fassungslos in Tränen aus. Insgeheim hatte sie das natürlich genauso in Erwägung gezogen wie die Vorstellung, dass er noch lebte, aber nun war es womöglich wahr und das Gefühl, dass sie ihren geliebten Bruder nun wirklich nie mehr sehen würde, übermannte sie.

Die Ermittler schätzten die Chance, dass es sich nicht um Nägele handelte, sehr gering ein. Es gab in dieser Gegend keine weiteren Vermisstenanzeigen aus den letzten dreißig Jahren.

Kübelchen sprach weiter. »Um seine Identität zweifelsfrei festzustellen, benötigen wir unbedingt etwas, das ihm gehört hat. Ob so etwas nach der langen Zeit allerdings noch existiert, können nur Sie wissen.« Sie zeigte ihr das Foto von der Anstecknadel, die Frau Dr. Wolf gerade untersuchte.

Traudl zuckte mit den Schultern. »Kann schon sein, dass die Nadel Paul gehörte!«, schniefte sie. »Er sammelte sowas. Da hat es oben noch mehr davon.«

»Frau Nägele, es tut mir unendlich leid für Sie, aber wir müssen ein paar Fragen loswerden! Sie möchten doch sicher auch, dass Sie mit der Sache endlich abschließen können«, versuchte Martina ihr zu erklären.

»Ja, fragen Sie nur, aber das bringt Paul auch nicht mehr zurück!«, antwortete Traudl Nägele erschüttert.

»Erzählen Sie uns alles, was Sie noch wissen. Gab es Feinde, hatte Ihr Bruder Probleme, gab es eine Frau in seinem Leben?«

»Also Paul war ein sehr friedlicher Mensch. Hilfsbereit und nett. Vielleicht war er nicht besonders klug, aber er hatte ein gutes Herz.«

»Ist er das da auf dem Foto?« Kübelchen zeigte hinüber zur Wand.

Die Frau nickte.

»Also er hat auf jeden Fall sehr gut ausgesehen!«, stellte die Kommissarin fest.

Traudl nickte. »Ja, das war das Einzige, das ihm manchmal Schwierigkeiten bereitete. Die Frauen himmelten ihn an. Ihn, den netten jungen Kerl, der so attraktiv war und dazu noch extrem hilfsbereit. Immer wieder wurde ihm das zum Verhängnis. Da gab es manchmal einen eifersüchtigen Ehemann oder Verlobten, mit dem er aneinandergeriet.

Aber das habe ich Ihnen schon beim Leistungshüten erzählt.«

Matthias nickte. »Ja, stimmt. Können Sie sich erinnern, ob es damals zur Zeit seines Verschwindens auch gerade eine Dame seines Herzens gab?«, fragte er.

»Also ich hatte das Gefühl, dass er verliebt war, aber er wollte mir nicht sagen, ob ich recht hatte und wer es war. Leider. Ich denke, dass es ein Geheimnis bleiben sollte. Vielleicht war die Dame verheiratet. Das war damals viel schlimmer als heute. Mir schien es so, als ob es etwas Ernstes war. Aber wie gesagt, das sind nur Vermutungen! Erzählt hat er mir nichts davon! Er war kein Mann der großen Worte!«, berichtete Traudl und fing wieder an zu weinen.

Was die Ermittler hier erfuhren, gab ihnen zu denken. Der Fall Nägele und der Fall Michael Lämmle wiesen Parallelen auf. Handelte es sich um denselben Täter und das nach fast dreißig Jahren? Oder war es Zufall? War alles aus Eifersucht geschehen?

»Frau Nägele, um Pauls Tod zu bestätigen, benötigen wir irgendeinen Gegenstand, den Sie aufbewahrt haben und der ihm gehörte. Gibt es da noch etwas?«

Sie nickte. »Folgen Sie mir! Ich habe sein Zimmer so gelassen, wie es war.«

Sie betraten den Raum, der wirkte, als ob gerade noch jemand darin gewohnt hätte. Nur die Spinnweben und der Staub zeugten davon, dass dem nicht so war. Auch die Bettdecke und das Kopfkissen waren noch vorhanden. Auf dem Nachttisch stand eine Holzkiste.

»Darf ich?«, fragte Matthias höflich.

Traudl Nägele hatte nichts dagegen.

In der Kiste befanden sich besagte Nadeln des Schäferlaufs in allen möglichen Ausführungen.

Auf dem Kopfkissen saß ein alter, zerknautschter Steiffbär. Als Martinas Blick darauf fiel, erklärte Traudl Nägele:

»Paul hatte ihn immer besonders in Ehren gehalten. Es war eine Erinnerung an unsere Eltern.«

An der Wand hing ein Ölgemälde, auf dem eine Schafherde sich um einen Schäferwagen scharte. Ein Schafhirte stand mit nacktem Oberkörper an der Tür und strahlte ihnen entgegen. Es war derselbe Mann, der unten auf den Fotos in der Küche zu sehen war.

Paul Nägele.

»Nanu, wer hatte denn da so ein künstlerisches Talent?«, erkundigte sich Kübelchen beeindruckt.

Traudl zuckte mit den Schultern. »Das Bild hat er ein paar Wochen vor seinem Tod hier angeschleppt und aufgehängt. Ich fand es etwas, na ja, befremdlich, dass er nicht mit seinem Schäferhemd gemalt wurde, sondern oben ohne. Das kam mir doch sehr intim vor. Ich weiß auch nicht! Unten steht ein Name, aber ich kann die schnörkelige Schrift nicht entziffern.«

Den beiden Ermittlern ging es genauso. Sie machten ein Foto von der Unterschrift und packten den Teddybären in eine Tüte für die KTU. Auch das Kissen packten sie ein. So konnte man mit ein bisschen Glück DNA-Spuren finden und mit denen des Skeletts vergleichen.

Nachdem sie alles bei Frau Dr. Wolf abgeliefert hatten, machten sie erst mal Feierabend, um auf die Ergebnisse von Quendolin und Frau Dr. Wolf zu warten, die sie frühestens am kommenden Morgen bekommen konnten. Beide hatten ihnen zugesichert, dass sie eine Nachtschicht einlegen würden, weil es dringend war.

Am Freitagmorgen warteten sie in Fischers Büro ungeduldig auf eine Nachricht vom Krankenhaus, von Quendolin und von Frau Dr. Wolf. Ihre Gedanken kreisten um Friedhelm Schnäbele. Hoffentlich überlebte er und konnte demnächst aussagen. Er musste ja eigentlich wissen, wer ihn in dem Verlies der Burgruine Hohenurach eingesperrt hatte. Das würde sie bestimmt ein großes Stück weiterbringen, vielleicht sogar zur Lösung des Falles führen.

Quendolin kam zur Tür herein. Sie sah sehr übernächtigt aus. »Ich hoffe, ihr hattet Erfolg bei eurer Befragung und Traudl Nägele konnte euch weiterhelfen.«

»Sie hat über ihren Bruder erzählt. Wie er so war, aber ob das nun zur Lösung führt? Und wie siehts bei dir aus, Frau Forensikerin?«, scherzte Matthias.

»Also das Alter des Skeletts hat gepasst, Geschlecht und Größe ebenfalls. Das Gebiss des Mannes war nahezu perfekt. Keinerlei schiefe Zähne oder Zahnkronen. Dann wäre es einfacher gewesen, ihn zu identifizieren. Eure Mitbringsel waren auf jeden Fall das noch fehlende Glied in der Kette. Also ein Volltreffer. Es ist eindeutig Paul Nägele. Aber jetzt kommts: Der Schädelknochen weist Verletzungen an der Stirn auf. Da hat jemand ordentlich draufgeschlagen. So ähnlich wie bei Lämmle. Vor seinem Tod gab es eindeutig Fremdeinwirkung. Jemand hat ihm ganz schön zugesetzt. Er starb keinesfalls eines natürlichen Todes.«

»Dachte ich mir fast. Ich habe das Gefühl, wir sind ganz nah dran!«, warf Matthias ein. »Tragen wir noch mal alles zusammen. Wollen wir doch noch mal alles in Erinnerung rufen und Revue passieren lassen! Vielleicht kommt uns dann die Erleuchtung!«

Er stellte sich an die Tafel mit den Fotos der Toten und der Personen, die mit dem Fall in Zusammenhang standen.

»Also wir haben zwei tote Schäfer, die im Abstand von etwa dreißig Jahren an einem Schäferlauf-Wochenende getötet wurden. Der von damals war ein friedliebender, gut aussehender Mann mit einem Schlag bei den Frauen, ob jung oder alt, ob verheiratet oder nicht. Vermutlich hat ihn eine sogar in seiner ganzen Pracht gemalt. Leider können wir den Namen auf dem Ölgemälde nicht lesen. Wer weiß, sonst wüssten wir womöglich, wer ein Motiv hatte. Der Tote Michael Lämmle, der mit Melanie ein Gspusi hatte, hat dafür gesorgt, dass Eugen Fuchs einen Grund gehabt hätte, ihn umzubringen. Allerdings würde das nur dann Sinn machen, wenn er die Explosion seines Wagens mit dem Schäfer Ferdinand Däschle inszeniert hätte, um von sich abzulenken. Doch es könnte genauso sein, dass der Anschlag Eugen galt.

Ein weiterer Vorfall war der Vergiftungsversuch des Musikanten Peter Wentsch, der auch Schäfer ist und beide Toten gekannt hat. Er ist gleichzeitig auch noch der Schwager von Friedhelm Schnäbele, der im Verlies eingesperrt war und in Lebensgefahr schwebt. Warum sollte Eugen Fuchs den beiden nach dem Leben trachten? Außerdem war Eugen Fuchs in U-Haft, als man versuchte, Wentsch mit dem Kissen zu ersticken. Gut, Peter Wentsch selbst ist ein eher unangenehmer Zeitgenosse. Wir haben ihn ja kennengelernt. Bei ihm würde ich auf jeden Fall noch weitere Nachforschungen betreiben. Von ihm wissen wir viel zu wenig. Sigrid Schnäbele ist seine Schwester. Sie ist so durch den Wind wegen ihrem Mann, dass ich mir kaum vorstellen kann, dass sie irgendetwas mit der Sache zu tun hat. Wobei die angeblichen Übergriffe ihres Mannes auf ihre Tochter ein Motiv sein könnten, aber das ist doch ziemlich unwahrscheinlich, da sie ja nicht zu glauben scheint, dass da etwas dran ist.

Weiter zu Melanie Wentsch. Sie ist verlobt mit Eugen Fuchs. Sein Vater Karl Fuchs war der Chef ihres Onkels Peter Wentsch und ihres Stiefvaters Friedhelm Schnäbele. Dieser ist vor Kurzem verstorben und hat die beiden Söhne hinterlassen. Friedhelm als Freund der Familie hat noch sehr engen Kontakt zu den Brüdern Fuchs. Der zweite Bruder, Albrecht, hat ein sehr kindliches Wesen und soll nach dem Tod des Vaters in ein Heim, da er nicht alleine zurechtkommt. Eugen hat weder die Zeit noch die Geduld, sich um ihn zu kümmern.«

»Da haben wir ja auch schon mehrmals die andere Seite von Eugen kennengelernt!«, ergänzte Kübelchen.

»Tatsächlich?«, wollte Quendolin wissen. Sie kannte Eugen aus Schulzeiten. »Also ich kenne ihn auch von zwei Seiten. Er ist im Grunde genommen ein netter Kerl, solange ihm nichts gegen den Strich geht. Allerdings hatte er auch früher manchmal Aussetzer. Da war er wie verwandelt und hatte sich überhaupt nicht im Griff. So war das schon als Kind. Er ist sogar mal auf den Lehrer losgegangen und hat ihn in den Arm gebissen. Die Anzeige wegen Körperverletzung und Schlägereien im Erwachsenenalter habt ihr ja schon mitbekommen.«

Der Verdacht auf Eugen Fuchs war noch lange nicht vom Tisch.

So ein Zorn-Igel! Irgendwann musste man doch einen Beweis finden und ihn festnageln, falls er der Täter war, dachte Kübelchen.

Die Ermittler hatten nun schon sehr viele unterschiedliche Spuren. Womöglich gab es noch einen völlig unbekannten Täter. Dafür hatten sie aber keinerlei Hinweise. Sollte es noch jemanden geben, dann hätte er sich wirklich gut im Hintergrund gehalten.

Quenn verabschiedete sich mit den Worten: »Seid mir

nicht böse, Leute, aber ich gehöre dringend ins Bett!«, bevor sie zur Tür hinausging.

Kübelchen sah Matthias einer Eingebung folgend an. »Du, Matthias, ich würde jetzt doch gerne noch mal gemeinsam mit dir die Schaufenster mit den Bildern vom Schäferlauf anschauen. Das Foto und das Ölgemälde von Paul Nägele gehen mir nicht aus dem Kopf. Vielleicht entdecken wir doch noch was.«

»So ein bisschen frische Luft tut uns sicher auch ganz gut, Martina.« Mit diesen Worten schnappte er sich seine Jacke von der Stuhllehne und folgte ihr nach draußen.

Die Gassen des wunderschönen Städtchens Bad Urach waren gefüllt mit Fußgängern, die in ihnen umherwandelten und sich auf den einladenden Stühlen und Bänken der Biergärten niederließen, um etwas zu trinken oder zu essen. Es herrschte eine friedliche Stimmung und niemand würde glauben, dass solche Dinge in diesem beschaulichen Ort in jüngster und auch vergangener Zeit geschehen waren.

Die beiden Ermittler genossen den vorübergehenden Frieden, von dem man sich leicht und gerne einlullen ließ. Sie wandelten über den Marktplatz, bis sie an das Schaufenster kamen, in dem besonders viele Fotos ausgestellt waren und bei denen Kübelchen schon letztes Mal etwas länger verharrt war. Es waren auch sehr viele alte Bilder in Schwarz-Weiß dabei. Während ihre Augen das Fenster auf- und abwanderten, stutzte sie plötzlich. Vielleicht war es nur ein kleines Detail und es hatte nichts zu bedeuten. Auf einem der Bilder war eine Frau zu sehen, die einen Pinsel und eine Leinwand hielt. Möglicherweise war das ein Zufall. Irgendetwas sagte der Kommissarin, dass es eine Bedeutung hatte.

»Schau mal, Matthias. Erinnerst du dich an das Öl-Bild in Paul Nägeles Zimmer?«

»Ja, wieso, was ist damit?«

»Die Frau da. Sie hat Malutensilien in der Hand. Vielleicht malte sie damals die Motive vom Schäferlauf. So viele Künstlerinnen gibt es hier bestimmt nicht. Könnte doch sein! Möglicherweise könnte sie auch die Dame seines Herzens gewesen sein. Nägeles Herzens. Stell dir vor, sie war verheiratet und schwupps hätten wir den alten Fall womöglich gelöst. Doch wer ist sie nur?«

Er sah sie an. Gar nicht so abwegig, was Kübelchen da entdeckt und sich zusammengereimt hatte. Vielleicht war das ja eine neue Spur!

»Also möglich wäre es schon, dass sie das Bild von Paul gemalt hat und vielleicht auch, dass die Frau ein Verhältnis mit ihm hatte. Am besten versuchen wir herauszufinden, wer sie ist. Einer der alten Schäfer wird sie schon kennen.«

Auch das Krankenhaus würde bestimmt bald Bescheid geben, ob Friedhelm wieder ganz gesund werden würde und ob er vernehmungsfähig war. Auch ihn würden sie nach der Künstlerin fragen.

»Aber wir brauchen unbedingt das Bild!«

Mit der Buchhändlerin waren sie ja bereits bekannt. Sie kannte den Namen der abgebildeten Malerin auch nicht, überließ ihnen jedoch das Foto gerne für ihre weiteren Ermittlungen.

DAS ÖLGEMÄLDE

Leider lag Friedhelm Schnäbele an diesem Vormittag immer noch im Koma und die beiden konnten ihn nicht fragen, wer ihm dieses Leid angetan hatte. So mussten sich die beiden Ermittler in Geduld üben und hoffen, dass ihre Theorie mit dem alten Foto stimmte und sie wenigstens einen Knopf unter den Fall Nägele machen konnten.

Peter Wentsch lag ebenfalls noch in der Klinik. Sein Aufenthalt hatte sich nach dem versuchten zweiten Mordanschlag um einige Tage verlängert. Ihm würden sie das Foto aus dem Schaufenster der Buchhandlung zeigen müssen, und so fuhren sie zur Steinenbergklinik nach Reutlingen.

Als sie aus dem Aufzug traten, sahen sie schon Sigrid Schnäbele auf dem Flur sitzen.

»Haben Sie etwa die ganze Nacht hier gesessen, Frau Schnäbele?«, erkundigte sich Fischer besorgt.

Sie nickte. Ihre Augen hatten rote Ränder, ihr sonst für ihr Alter so entspanntes, freundliches Gesicht wirkte zusammengefallen. Sie sah sehr besorgt aus.

»Mein Friedhelm ist noch immer nicht wach!«, berichtete sie den beiden Ermittlern.

Eine Schwester schob einen Wagen mit dem Frühstück aus der Krankenhausküche vorbei. Alles war mit einer Haube bedeckt. Oben drauf standen Thermoskannen, die sicher mit Tee und Kaffee für die Patienten gefüllt waren. Kübelchen fiel dabei ein, dass Sigrid vermutlich noch nichts gegessen hatte.

»Soll ich Ihnen in der Kantine Frühstück holen, Frau Schnäbele?«

»Ich habe keinen Hunger!«, war die kurze Antwort.

»Sie müssen was essen!«, warf Fischer dazwischen. »Sie müssen bei Kräften bleiben. Ihr Mann braucht Sie!«

»Na gut!«

Er konnte ganz schön überzeugend sein und Kübelchen sah ihn dankbar an. In solchen sehr menschlichen Momenten liebte sie ihn besonders.

Während sich Martina auf den Weg zum Kiosk machte, ging Matthias zu Peter Wentsch ins Zimmer.

Dieser saß aufrecht in seinem Krankenbett und stopfte sich gerade eine aufgerollte Wurstscheibe in den Mund. Der Mann machte einen sehr erholten Eindruck.

»Na, Ihnen scheint es ja wieder gut zu gehen!«, grüßte Fischer und setzte sich auf einen der umstehenden Stühle neben dem Bett.

»Tag, Herr Kommissar. Sie wissen doch: ›Unkraut vergeht nicht!‹«, meinte er lachend. Er schien sehr froh zu sein, dass er dem Tod zweimal hintereinander von der Schippe gesprungen war. Sonst war er ein eher rauer, unfreundlicher Geselle, doch heute war seine Laune bestens.

Fischer zog das Foto aus seiner Jackentasche. »Kennen Sie die Frau auf diesem Bild?«

Täuschte er sich und Peter Wentsch zuckte leicht zusammen?

»Wieso fragen Sie?«, erkundigte sich sein Gegenüber.

»Ich kann Ihnen momentan nichts dazu sagen, außer dass sie vermutlich Paul Nägele ein paar Wochen vor seinem Tod gemalt hat. Also, wie ist es nun. Kennen Sie die Frau oder nicht?«

Wentsch zögerte einen Moment zu lange. »Hm, keine Ahnung.«

Matthias Fischer glaubte ihm nicht so ganz. Seine Zurückhaltung gab ihm eher das Gefühl, dass der Mann mehr wusste, als er zugab. Also waren sie vermutlich auf der richtigen Fährte. Sein Verhalten war mehr als auffällig. Allerdings konnte der Kommissar nichts machen, wenn der Mann sich so bedeckt hielt. Aus Erfahrung wusste er, dass die Antworten immer dürftiger wurden, je mehr man da nachbohrte. Das hatte momentan also keinen Sinn.

Draußen erzählte er Martina, wie sich alles zugetragen hatte. »Vielleicht sagt Wentsch auch die Wahrheit. Allerdings fand ich, er hat schon sehr merkwürdig reagiert.«

Frau Schnäbele kam gerade von der Toilette zurück und schnappte den letzten Satz noch auf. »Um wen geht es denn?«, wollte sie wissen.

»Um Ihren Bruder. Wir haben ein Foto in einem der Schaufenster am Marktplatz entdeckt und wollten wissen, ob er die Frau kennt«, erklärte der Kommissar. »Leider Fehlanzeige! Aber zu Ihnen wäre ich deshalb auch noch gekommen.«

»Zeigen Sie doch mal!«, forderte Sigrid Schnäbele die beiden auf. »Vielleicht kann ich Ihnen weiterhelfen.«

Fischer gab ihr das Bild.

»Na klar kennt Peter die Frau. Die kennen viele von uns alteingesessenen Urachern. Sie war die Ehefrau von Karl Fuchs, dem ehemaligen Stadtschäfer. Das ist Maria Fuchs. Sie starb vor etwa zwei Jahren. Verstehe gar nicht, warum Peter sie nicht erkannt hat. Na, vielleicht lässt sein Gedächtnis langsam nach.«

Die Ermittler fanden das sehr aufschlussreich. Die beiden hatten nicht den Eindruck, dass Peter Wentsch unter Demenz litt. Sollte es eine Verbindung zwischen Maria Fuchs und dem damals verschwundenen Schäfer Paul Nägele geben, dann hatten sie womöglich eine Spur. Es war doch verdächtig, dass er so tat, als würde er die Frau seines ehemaligen Chefs nicht kennen. Wollte er etwas verheimlichen? Matthias ging noch mal zu ihm, um ihn mit der Tatsache, dass er die Frau sehr wohl kannte, zu konfrontieren. Martina begleitete ihren Kollegen.

»Nanu, Herr Kommissar, haben Sie etwas vergessen?«

»Das trifft wohl eher auf Sie zu. Eine Frage hätte ich noch: »Wieso haben Sie gesagt, dass Sie die Frau auf dem Bild nicht kennen würden? Das ist Maria Fuchs. Die verstorbene Frau Ihres früheren Chefs Karl Fuchs.«

Er schluckte ertappt und tat so, als ob es ihm gerade wieder einfallen würde. Doch er war ein sehr schlechter Schauspieler.

»Zeigen Sie noch mal her. Oh, tatsächlich, da habe ich wohl nicht so genau hingeschaut!«, behauptete er.

Die beiden Ermittler sahen sich an. Sie fanden seine Reaktion mehr als verdächtig. Sie würden auf jeden Fall noch mal nachhaken. Hatte er womöglich etwas mit dem alten Fall zu tun? Draußen vor der Tür meinte Fischer:

»Hoffentlich wacht der alte Schnäbele bald auf. Er kennt seinen Peiniger. Bis dahin gehen wir mal dem Leben und Wirken der Künstlerin Maria Fuchs auf den Grund. Was meinst du, Martina?«

»Guter Vorschlag. Ich hatte von Anfang an das Gefühl, dass dieses Ölgemälde von Paul Nägele uns weiterbringt. Jetzt, wo wir wissen, wer das gemalt hat, fällt mir erst auf, dass bei Familie Fuchs ganz viele gemalte Bilder im Hausgang hängen. Womöglich sind die alle von ihr. Da könnten wir die Unterschriften vergleichen.«

»Na, dann auf zum Fuchsenhof. Mal wieder!«, lachte Fischer. Sie waren ja mittlerweile fast schon Dauergäste. Wer weiß, vielleicht kamen sie anhand der Ölbilder auf weitere Spuren und Ergebnisse.

Eugen kam gerade ums Hauseck, als sie in den Hof fuhren.

Er hob die Hand zum Gruß.

»Wir kommen eben von der Klinik«, grüßte Kübelchen zurück. Konnte er doch etwas mit dem Fall zu tun haben? Kübelchen war hin und her gerissen, da er manchmal sehr grob mit seinem Bruder umging. Matthias Fischer konnte sich den Mann als Täter ebenfalls durchaus noch immer vorstellen.

»Und wie geht es dem alten Knaben?«, fragte Eugen Fuchs scheinbar besorgt.

»Bis jetzt keine Veränderung. Weder gut noch schlecht. Er liegt immer noch im Koma. Aber der Grund, weshalb wir eigentlich hier sind, ist Ihre Mutter!«, antwortete Fischer.

»Meine Mutter? Wieso das denn? Sie ist schon zwei Jahre tot!«, wunderte sich Eugen.

»Also vielmehr interessieren wir uns für ihre künstlerische Ader und ihre Bilder!«, erklärte Fischer. »Können wir sehen, was sie so gemalt hat?«

»Ach so. Klar, der Gang hängt doch voll mit ihren Bildern! Hätte gar nicht vermutet, dass Sie sich für Kunst interessieren!« Eugen hatte nichts dagegen, auch wenn er sich wunderte, dass die Kripo dafür Zeit hatte. Er konnte ja nicht ahnen, dass sie eine Spur witterten und suchten, die mit seiner Mutter zusammenhing.

Kübelchen sah seinen fragenden Blick. Sie erinnerte sich an die vielen Kunstwerke, die ihr schon bei ihrem ersten Besuch aufgefallen waren. »Hat Ihre Mutter eigentlich Paul Nägele gekannt?«

Er nickte. »Denke schon. Er hat bei meinem Vater gearbeitet, da muss sie ihn auf jeden Fall wenigstens flüchtig gekannt haben. Also ich war damals noch ein Kind, da vergisst man manche Leute wieder, wenn man nicht gerade viel mit ihnen zu tun hat. Warten Sie mal. Ich hole das Album meiner Eltern. Vielleicht gibt es da ein paar Fotos, auf denen er zu sehen ist. Sie können sich ja derweil die Ölgemälde meiner Mutter anschauen. Bin gleich zurück.«

Die Ermittler ließen sich das nicht zweimal sagen. Auf den Ölgemälden waren sehr viele Sehenswürdigkeiten in und um Bad Urach abgebildet. Natürlich hatte Maria Fuchs auch Gemälde vom Schäferlauf gemalt. Den Schäferreigen, den Umzug, das Leistungshüten. Es waren sehr lebendige, farbenfrohe Bilder, die vom Stil her dem ähnelten, das sie bei Traudl Nägele gesehen hatten. Sie verglichen die Unterschrift. Sie schien auf den ersten Blick dieselbe zu sein. Das würden sie von Frau Dr. Wolf natürlich noch überprüfen lassen, damit sie ganz sicher sein konnten, ob Maria Fuchs Paul gemalt hatte und das auf eine sehr persönliche, intime Art und Weise. Darüber sagten sie dem Sohn natürlich vorerst nichts. Kübelchen fragte sich sowieso, wie das Gemälde entstanden war, ohne dass Karl Fuchs davon Wind bekommen hatte. Vielleicht im Schäferwagen oder auf der Weide?

Wenige Minuten später kam Eugen ohne Fotoalbum wieder ins Zimmer. Er sah ratlos aus und zuckte mit den Schultern.

»Also ich verstehe das nicht. Das Album ist nicht mehr da. Es war immer an seinem Platz in der Kommodenschublade in Vaters Schlafzimmer. Seltsam. Tut mir leid. Keine Ahnung, wo es hingekommen sein könnte. Wofür brauchen Sie es eigentlich?«

Die beiden sahen sich an. Sie wollten keine schlafenden Hunde wecken, bevor sie sich nicht sicher waren. Nicht, dass Eugen Fuchs unnötig beunruhigt wurde, und vor allem sein Bruder Albrecht brauchte keine unnötige Aufregung. Außerdem wussten sie ja immer noch nicht, ob Eugen etwas mit dem Fall zu tun hatte. Vielleicht hatte er das Album ja selbst auf die Schnelle verschwinden lassen, damit ihm niemand auf die Schliche kam.

»Nicht so schlimm. Vielen Dank. Falls es noch auftaucht, können Sie uns ja Bescheid geben.« Damit verabschiedeten sie sich. Vielleicht gab es mittlerweile schon Neuigkeiten über DNA-Spuren an der Anstecknadel oder am Teddybären von Paul Nägele oder möglicherweise sogar von Friedhelm Schnäbele. Doch das verschwundene Fotoalbum der Familie Fuchs ließ den beiden Kommissaren keine Ruhe. Irgendwie hatte Kübelchen das Gefühl, sich dunkel an etwas in Bezug auf Albrecht Fuchs und ein Album zu erinnern. Doch es fiel ihr einfach nicht ein. Möglicherweise hatte sie es bei ihm gesehen, als sie bei ihm mal im Zimmer war. Doch das wäre ja nichts Ungewöhnliches, wenn er das Album seiner Familie in seinem Zimmer hätte.

Fischer bestellte trotzdem vorsichtshalber noch mal einen Mitarbeiter von der Spurensicherung.

»Vielleicht wurde das Fotoalbum ja während des Einbruchs vor einigen Tagen gestohlen, Matthias! Meinst du, es hat jemand absichtlich entwendet, um Spuren zu verwischen?«

»Der Verdacht liegt doch sehr nahe, weil ansonsten keinerlei Gegenstände entwendet worden sind, Martina!«

HALBWAHRHEITEN

An diesem Nachmittag gingen sie bei dem kleinen Bäcker vorbei, der sich gegenüber des Residenzschlosses befand. Draußen standen ein paar kleine Tischchen, auf denen man sich niederlassen konnte. Während sie von ihrer Butterbrezel abbissen, lasen sie nebenbei die Sage, wie die Brezel in Bad Urach erfunden wurde. Die Geschichte stand auf einer farbigen Wandtafel am Eingang des kleinen Bäckerladens.

Bei der Erfindung der Brezel spielte Graf Eberhard eine entscheidende Rolle. Er gab einem Bäcker namens Frieder, der ein Langfinger war, eine letzte Chance, mit dem Leben davonzukommen, wenn er es schaffte, ein Brot zu backen, durch das dreimal die Sonne schien. In den ersten beiden Tagen fiel dem Bäcker nichts ein und er sah sein Ende schon nahen. Doch am dritten Tag kam ihm die zündende Idee, als er seiner Frau beim Werkeln zusah und sie die Arme dabei so verschränkte, dass die Sonne dreimal durchschien. Er versuchte, diese Form mit Teig nachzubilden und es entstand eine Brezel. Diese gefiel Graf Eberhard so gut, dass Frieders Bäckerleben verschont blieb. Seitdem hat die Brezel nach und nach das ganze Land erobert.

Matthias und Martina hatten noch nie etwas von dieser Geschichte gehört.

»Manchmal nimmt man Dinge, die man schon von Kindesbeinen an kennt, als gegeben hin und denkt nicht einen Augenblick daran, dass sie irgendwann erfunden wurden, und dann stößt man hier auf so eine interessante Geschichte«, ließ Kübelchen begeistert verlauten. Die Kommissarin fand es schön, andere Orte, Menschen und Erzählungen kennenzulernen.

Matthias schien diese Freude mit ihr zu teilen, als plötzlich sein Handy bimmelte. Er nahm ab. Kübelchen beobachtete ihn derweil heimlich von der Seite. Wie attraktiv er doch war mit seinem leicht ergrauten Dreitagebart, den blauen Augen und dem leicht gebräunten Teint. Daneben würde sogar Pierce Brosnan erblassen. Gut, vielleicht nicht bei der Figur, aber sonst … Sie lächelte in sich hinein.

Matthias hatte an seinem dunkelblauen Hemd zwei Knöpfe offengelassen und sie fand das ungemein aufregend. Puh! Es war ziemlich heiß heute oder war das ihr Herz, das den Blutdruck so nach oben trieb? Bei dem ganzen Stress vergaß sie zum Glück meistens, wie wichtig er ihr war und wie sehr sie sich nach ihm verzehrte. Irgendwann wollte sie wieder zurück in ihren Heimatort. Weg von Fischer, bevor sie ihm wieder endgültig verfallen würde.

Er legte auf und sah sie an. »Endlich! Der alte Friedhelm Schnäbele ist wach und vernehmungsfähig.«

Martina fühlte sich erleichtert bei der Vorstellung, dass sie vielleicht endlich weiterkommen würden und Fischer drückte bei seinem Mustang aufs Gas, dass der Motor nur so brummte. Leider kannte das Radar am Straßenrand dabei kein Pardon und blitzte erbarmungslos.

Kübelchen kicherte. »Da haben die Kollegen bei der Verkehrspolizei schon mal ein aktuelles Foto vom neuen Kommissar.«

»Sehr witzig!«, erwiderte der Kommissar etwas geknickt. Matthias Fischer ärgerte sich über solch unnötige Geldausgaben und nahm sich vor, sich in Zukunft genauer an die Geschwindigkeitsangaben zu halten.

In der Klinik wurden sie schon erwartet. Der alte Schnäbele war wach und lag mit einem Verband um den Kopf in seinem Bett. Er drehte den Kopf in ihre Richtung, als sie eintraten. Man hatte ihn aus der Intensivstation in ein normales Zimmer verlegt.

»Und wie geht es Ihnen?«, fragte Matthias.

»Ganz gut!«, entgegnete der alte Mann. Er hatte erstaunlich viel Energie für sein Alter. Der Beruf des Schäfers mit dem täglichen Aufenthalt in der Natur und der frischen Luft hatte sicher einiges dazu beigetragen.

»Wir sind froh, dass es Ihnen besser geht und Sie aufgewacht sind. Natürlich auch, weil Sie uns jetzt bestimmt sagen können, wer Sie so zugerichtet hat!«, meinte Fischer zuversichtlich.

Schnäbele sah die beiden Ermittler an und schüttelte unerwartet den Kopf.

»Leider nein! Ich kann mich nicht erinnern. Ich spürte einen Schlag von hinten, dann wurde alles dunkel!«

Das konnte wirklich nicht wahr sein! Die Kommissare sahen sich ungläubig an und hatten so ihre Zweifel an seiner Antwort. Seine Kopfwunde war hinten, aber sie hatten gehofft, dass er den Übeltäter davor gesehen hatte und vielleicht sogar kennen würde.

»Können Sie sich an irgendetwas erinnern? Davor? Oder danach? Alles könnte uns helfen, den Fall zu lösen. Jedes kleine Detail! Wie sind Sie denn überhaupt da hingeraten? Der Anstieg zur Burgruine Hohenurach ist doch recht anstrengend und steil.«

»Ich bin da hochgelaufen, weil ich da schon so lange nicht mehr war und weil ich Lucifer gesucht habe. Mir ging es an diesem Tag ausgesprochen gut und mein Hund ist mir wichtig. Er ist es allemal wert, dass ich diese Strapazen auf mich genommen habe.«

Für Matthias Fischer klang das anfangs nicht glaubwürdig, da er selbst die Erfahrung des Anstieges hinter sich hatte.

»Und warum fand man Ihre Mütze und Ihren Ausweis am Wasserfall? Können Sie sich das erklären?«, wollte er wissen.

Schnäbele schüttelte den Kopf. »Keine Ahnung. Als ich den Weg zur Ruine hochging, weil Albrecht meinte, er hätte Lucifer dort gehört, hatte ich noch alles bei mir.«

»Ach, das wissen Sie also noch?«, fragte Matthias provozierend. Das machte ihn misstrauisch.

»Ja, das weiß ich noch. Auch, dass ich oben auf einem der Sandsteine im Wald eine Pause machen musste, weil mir die Luft und die Kraft ausgingen. Zum Glück hatte ich ein kleines Vesperbrot dabei und eine Flasche Wasser. Meine Frau zwingt mich grundsätzlich, immer etwas dabeizuhaben. Auch wegen meiner Diabeteserkrankung. Sonst würde sie mich nicht weglassen.«

»Sie haben echt Glück, dass Sie einen solch klugen Hund haben!«, lobte Kübelchen.

Er grinste. »Allerdings! Habe schon gehört, dass ich Lucifer meine Rettung zu verdanken habe.«

»Dann haben Sie sicher auch mitbekommen, was er noch gefunden hat, oder?«

»Ja, Sigrid hat es erzählt. Die Knochen von Paul Nägele, den damals alle verdächtigt haben, er hätte sich mit dem Inhalt der Zunftlade aus dem Staub gemacht. Ich hatte ihm das ebenfalls zugetraut!«, gestand er. »Konnte ja niemand ahnen, dass ihm was zugestoßen ist. Haben Sie schon herausgefunden, was mit ihm passiert ist?« Er wirkte für die Kommissare irgendwie seltsam, als er das fragte. Es schien ihn brennend zu interessieren.

Die beiden Ermittler sahen sich einvernehmlich an. »Nein, wir wissen momentan nichts Genaues. Die Untersuchungen dauern noch an.« Es war besser, wenn sie gegenüber ihm, der eventuell in irgendeiner Form in den Fall involviert war, noch keine Infos und Vermutungen aussprachen, auch wenn schon klar war, dass Paul Nägele keines natürlichen Todes gestorben war.

Fischer zog das Foto von Maria Fuchs aus seiner Tasche, bevor die fünf Minuten, die sie ihn befragen durften, um waren. Vielleicht hatte Sigrid ihrem Mann das mit dem Foto von Maria Fuchs noch nicht erzählt.

Er hob die Augenbrauen. Leider hatte der »Sigrid-Service« wie immer tadellos funktioniert, was in diesem Fall nicht so günstig war.

Mist!, schoss es Kübelchen durch den Kopf.

»Meine Frau hat mir schon gesagt, dass Sie ein Foto von Maria Fuchs haben. Allerdings verstehe ich nicht, was das mit Ihrem Fall zu tun haben soll.«

»Lassen Sie sich überraschen!«, erwiderte Fischer. Irgendetwas sagte ihm, dass Schnäbele mehr wusste, als er sagte.

Genau wie bei Peter Wentsch.

»Gibt es irgendetwas bezüglich der Frau Ihres ehemaligen Chefs, Karl Fuchs, was Sie uns noch sagen könnten?«

Er schüttelte den Kopf und die Stationsschwester schaute in diesem Augenblick herein und gab ihnen zu verstehen, dass sie gehen sollten.

Aus dem alten Mann war sowieso nichts herauszubekommen. Die Kommissare waren auf der Hut. Peter Wentsch und auch Friedhelm Schnäbele verschwiegen etwas, da waren sich Fischer und Kübelchen einig.

Das spürten sie.

Zurück im Büro, kam Frau Dr. Wolf herein. Gefolgt von Quendolin Moser. Die Rechtsmedizinerin konnte nun zweifelsfrei bestätigen, dass es sich bei dem Skelett um die sterblichen Überreste von Paul Nägele handelte.

Die Anstecknadel hatte allerdings eine andere DNA. Auch auf Friedhelm Schnäbeles DNA war diese überprüft worden. Es war auch nicht die seine.

»Seid ihr deshalb extra zu uns nach Bad Urach gefahren, um uns das mitzuteilen?«, fragte Fischer erstaunt.

Quenn und Frau Dr. Wolf sahen sich grinsend an.

»Frau Dr. Wolf ist die Einzige im Team, die Bad Urach noch nicht kennt«, erklärte Quendolin. »Da haben wir die Gelegenheit beim Schopf gepackt und das Nützliche mit dem Angenehmen verbunden. Ich zeige ihr meine Heimatstadt.«

»Und gehen noch einen Kaffee trinken«, ergänzte die Leiterin der KTU.

Offenbar verstanden sich die beiden ziemlich gut, hatten sich vielleicht sogar angefreundet.

»Ich denke, wir müssen nochmals alle Leute überprüfen, die irgendwie mit den Vorkommnissen zusammenhängen. Möglicherweise hat der Täter den Anstecker im Verlies oben verloren!«, schlug Martina vor und tippte nachdenklich auf das Foto der Nadel an ihrer Ermittlungswand.

»Es bleibt uns vermutlich nichts anderes übrig!«, antwortete ihr Kollege.

Plötzlich klopfte es an die Bürotür und Martina öffnete. Eugen Fuchs stand davor. Er trug eine eingerissene hellblaue enge Jeans, Stoffturnschuhe und ein lässiges anliegendes T-Shirt in Schwarz. Kübelchen fand das sehr sexy und machte keinen Hehl daraus. Sie lächelte ihn an.

Vielleicht ein bisschen zu lang.

Er schien sich seiner Wirkung bewusst zu sein und strahlte zurück. Es sah fast so aus, als zwinkerte er.

Fischer bedachte das Geschehen mit grimmigem Blick und schluckte. Er spürte, wie sein Blut in Wallung geriet, und wäre dem Kerl am liebsten an die Gurgel gesprungen. Herrgott!, er musste sich als neuer Kommissar im Griff haben! Lange hielt er das allerdings nicht mehr aus. Er musste mit Martina reden und sie mussten eine Entscheidung treffen.

So konnte es nicht weitergehen.

»Was machen Sie hier, Herr Fuchs? Man sollte doch meinen, Sie hätten genug von der Polizei, wo Sie doch erst kürzlich hier residiert haben!«, spottete er bezüglich der noch nicht lange aufgehobenen U-Haft.

Eugen sah ihn irritiert an. Er nahm sich zusammen, das war deutlich zu erkennen. Kübelchen bemerkte, wie er die Fäuste in seinen Hosentaschen ballte. Fuchs konnte es sich nicht leisten, einem Kriminalkommissar eins auf die Nase zu geben, auch wenn er in diesem Moment nichts lieber getan hätte.

»Ich dachte, ich komme kurz vorbei. Schließlich ist Friedhelm ein enger Freund unserer Familie. Ich wollte fragen, ob es Neuigkeiten gibt. War gerade sowieso im Supermarkt drüben.«

Fischer schüttelte den Kopf. »Hallo, Herr Fuchs. Leider nein!«, antwortete er genervt.

Der Blick des Stadtschäfers fiel auf die Wand mit den Fotos. »Nanu, die Anstecknadel kenne ich doch!«, fuhr es ihm heraus. »Das ist eine ganz besondere! Sie ist ziemlich kostbar und gehörte meinem Vater. Wo haben Sie die her?«

Damit hatten die beiden nicht gerechnet. »Sie war im Verlies. Dort, wo Friedhelm gefunden wurde!«, platzte es aus Martina heraus.

»Was hat das zu bedeuten?«, erkundigte sich Eugen Fuchs.

»Das wissen wir noch nicht. Immerhin können wir diese dank Ihnen möglicherweise Ihrem Vater als Besitzer zuordnen. Wir werden sehen, ob es für die Ermittlungen wichtig ist.« Fischer dachte daran, was Quenn gesagt hatte. Eine seltene Anstecknadel vom Schäferlauf, die ihrem Großvater oder Karl Fuchs gehört haben sollte?

Eugens Überraschung war ganz offensichtlich nicht gespielt. Wer hatte die Anstecknadel dort oben im Verlies der

Ruine Hohenurach verloren? Außer Eugen hatten Albrecht, Friedhelm und Melanie Zugang zu dem Zimmer von Karl Fuchs. Oder gab es noch jemanden? Vielleicht war sie aber auch dreißig Jahre dort oben im Verlies gelegen.

»Ich begleite Sie noch nach draußen!«, bot Martina freundlich, aber bestimmt an und warf ihrem Kollegen einen verspäteten rügenden Blick zu.

»Also Herr Fuchs wird ja wohl den Weg alleine finden!«, fuhr Matthias sie an. Ihm passte es nicht, dass Kübelchen immer noch an Eugens Unschuld zu glauben schien und ihn jetzt auch noch hofierte. Auch die gierigen Blicke des Mannes, mit denen dieser seiner Ansicht nach Martina ansah, machten ihm Sorgen. Und überhaupt, was wollte er hier? Hatte er doch »Dreck am Stecken« und versuchte Näheres über ihre Ermittlungsergebnisse zu erfahren? Seltsam.

Kübelchen ging mit Eugen zur Bürotür hinaus. Sie ließ sich doch nichts verbieten. Innerlich jubilierte sie, dass Matthias offensichtlich eifersüchtig war. Es wurde wirklich Zeit, dass sie mit offenen Karten spielte. Sie ging davon aus, dass sie schon bald heimfahren und ihre Sehnsucht und ihren Schmerz mitnehmen würde. Lieber gewesen wäre ihr, dass sie beide doch noch zusammenfanden. *AlbTherme*, 4-Gänge-Menu im *Restaurant Eberhard* mit leckerem Wein, anschließend… Sie träumte beim Hinausgehen kurz vor sich hin und seufzte sehnsüchtig, während ihr Herz bei der Vorstellung Saltos schlug. Doch Matthias machte ja keinerlei Anstalten! Da er zuerst vom Beenden der Fernbeziehung gesprochen hatte, musste er auch den ersten Schritt machen, falls er es wollte. Nicht sie!

»Geht es Ihnen nicht gut, Frau Kübler?«, fragte Eugen Fuchs auf dem Hof besorgt, weil sie so ein entrücktes, trauriges Gesicht machte und die Hand auf ihr Herz legte.

Sie schüttelte den Kopf, was Matthias durchs Fenster

beobachtete. Er konnte ja nicht ahnen, dass sie an ihn dachte und nicht wegen Eugen Fuchs diesen entrückten Blick an den Tag legte. Diesem dahergelaufenen Typen würde er es schon noch zeigen!

Allerdings fand Fischer es seltsam, dass Fuchs das mit der Nadel freiwillig erzählt hatte. Hätte er sie dort oben im Verlies verloren, dann hätte er doch eher geschwiegen, wenn er der Täter wäre. Aber wer konnte es dann gewesen sein?

Auf der Fahrt zurück zum Schäferwagen schwieg Matthias. Sein Kopf war hochrot vor Verzweiflung. Konnte er nicht endlich was sagen? Seine Kehle fühlte sich trocken an und die Hände schwitzten am ledernen Lenkrad seines Ford Mustangs.

Martina ahnte, dass er sie beobachtet hatte, und ließ ihn schmollen. Selber schuld. Wollte er oder wollte er nicht? Dieser Mann machte sie wahnsinnig!

Er setzte sich schweigend auf einen der Klappstühle vor dem Schäferwagen und machte sich Notizen. Martina dagegen hatte eine eigene Idee.

»Ich gehe noch mal zu Sigrid Schnäbele!«, sagte sie im Vorbeigehen.

Er hob nicht mal den Kopf und brummte nur: »Ist gut!«

Die alte Dame saß auf der Terrasse ihres Bungalows, als sie ankam und sie begrüßte. Sie kraulte Kuschel und Lucifer den Oberkopf. Scheinbar gab es die Vierbeiner nun nur noch im Doppelpack.

»Schön, dass Sie mich besuchen kommen. Friedhelm wird wohl noch ein Weilchen in der Klinik bleiben müssen.«

»Ja, aber er hat Glück gehabt!«, sagte Martina. »Das hätte auch anders ausgehen können.«

»Ich verstehe einfach nicht, wieso er sich überreden ließ, auf die Ruine Hohenurach zu steigen. Er weiß doch, dass ihm das zu viel ist. Eugen hätte Lucifer doch sicher dort für ihn geholt«, redete Sigrid weiter.

Die Kommissarin stutzte. Hatte sie gerade gesagt, er habe sich überreden lassen? Aber von wem? Friedhelm hatte doch ausgesagt, dass er da hinaufgestiegen war, weil er Lucifer suchte. Merkwürdig. Da hatte der alte Mann tatsächlich nicht die Wahrheit gesagt. Das war verdächtig. Wollte er etwas vor der Polizei verheimlichen? Jetzt hieß es mit Bedacht vorgehen, sonst würde Frau Schnäbele womöglich etwas bemerken.

»Manchmal gibt man halt nach, wenn man jemanden mag und ihm gern einen Gefallen tun will. Geht mir genauso.«

»Da haben sie recht. Bei den Jungs von Karl kann er einfach nicht Nein sagen!«, plapperte Sigrid tatsächlich gedankenlos weiter.

»Es gab sicher einen wichtigen Grund, wenn sie ihn da hoch gebeten haben!«, versicherte Martina. Sie sprach ganz bewusst in der Mehrzahl, um herauszulocken, ob es sich um beide Fuchsenbrüder handelte, die den alten Mann da hoch bestellt hatten oder um einen bestimmten.

Sigrid erwiderte prompt: »Es waren nicht beide. Nur Albrecht. Bei ihm ist es besonders wichtig, dass man auf ihn eingeht. Er braucht oft Unterstützung! Albrecht hat es sicher gut gemeint und wollte helfen. Schließlich hat er gehört, wie Lucifer gebellt hat und wusste, dass Friedhelm ihn suchte. Die Jungs und Friedhelm sind immer eng vernetzt, wenn etwas ist. Albrecht war ganz sicher nicht klar, dass das für meinen alten Knaudel zu anstrengend sein könnte. Da ist Albrecht wegen seiner Behinderung überfordert.«

Die Kommissarin hörte hellwach zu und nickte scheinbar verständnisvoll.

Sigrid Schnäbele zog sich den warmen Schal enger um den Hals und stand abrupt auf. »Kommt, meine beiden!«, sagte sie zu Kuschel und Lucifer und sah Martina dabei an. »Mir ist leider kalt! Ich muss rein! Nicht, dass ich auch noch krank werde und schwächle. Friedhelm braucht mich jetzt mehr denn je. Und die zwei Hübschen hier auch!«, sagte sie noch schnell mit glasigen Augen. Das alles hatte ihr doch sehr zugesetzt. Kübelchen bemerkte es und verabschiedete sich.

Sie würde zum Schäferwagen gehen und Matthias von den Neuigkeiten berichten, die sie soeben vernommen hatte.

Als sie zurückkehrte, war Fischer in seinem Liegestuhl eingeschlafen und machte grunzende Geräusche. Martina berührte ihn vorsichtig an der Schulter.

»Matthias, wach auf! Ich muss dir was erzählen!«

»Was ist denn los…?« Als er die Augen öffnete und sie vor ihm stand, war es endgültig um ihn geschehen. Er zog sie völlig überraschend zu sich herab auf seinen Schoß und drückte sie fest an sich, so als wollte er sie nie mehr loslassen.

Sie spürte seinen Atem, seine Wärme und seine starken Arme.

»Matthias, ich bekomme fast keine Luft!«, japste Martina. »Jetzt lass mich doch los! Was ist denn mit dir? Ich muss dir unbedingt was Wichtiges erzählen!«

Er ließ enttäuscht von ihr ab. Warum gab sie ihm keine Chance? Natürlich, weil sie sich seiner nicht sicher war. Er war so ein verdammter Idiot! Erst mal reden wäre gescheiter gewesen.

»Tut mir leid, Martina! Ich bin einfach verrückt nach dir!«

Sie schluckte. Hatte er das gerade wirklich gesagt?

»Du weißt echt nicht, was du willst, Matthias! Ich möchte keine deiner Bettgeschichten sein. Du solltest dir erst mal überlegen, was du möchtest. Dann können wir reden.«

Er nickte. »Du hast recht! Doch dafür haben wir jetzt leider keine Zeit. Vielleicht bei einem guten Essen. Irgendwann?«

Sie nickte. »Das wird das Beste sein!«

Dann gingen sie zur Tagesordnung über. Sie setzten sich nebeneinander, damit Martina ihm berichten konnte, was bei Sigrid herausgekommen war. Es wurde höchste Zeit, dass sie den Fall abschlossen. Immer geisterten irgendwelche Spuren, Verdächtige und neue Informationen in ihren Köpfen herum. Als sie ihm alles berichtet hatte, auch von Friedhelms unehrlicher Antwort, warum er auf die Ruine hochgestiegen war, sprang er auf.

»Also da hat uns der Alte doch tatsächlich vorenthalten, dass Albrecht ihn angerufen und dort oben auf ihn gewartet hat! Aber warum? Da ist doch eigentlich nichts dabei. Hm … Ist Albrecht vielleicht doch nicht so harmlos und der Alte weiß das und versucht ihn zu schützen?«

Martina schüttelte den Kopf. »Also wirklich, Matthias, das kann ich mir beim besten Willen nicht vorstellen. Und wieso sollte der alte Schnäbele ihn dann in Schutz nehmen? Nur aus purer Solidarität? Außerdem ist Albrecht geistig nicht in der Lage, jemanden in die Ruine zu locken und ihm etwas anzutun! Warum auch? Noi, noi, des kannsch vorgessa!«, verfiel die Kommissarin ins Schwäbische.

Trotz ihrer überzeugenden Worte blieb ein Rest Zweifel in den Köpfen beider. Sie würden Friedhelm Schnäbele fragen. Bestimmt gab es eine ganz einfache, logische Erklärung.

»Wir müssen sofort noch mal ins Krankenhaus und den Alten mit seiner Aussage konfrontieren, bevor seine Frau ihm erzählt, was sie dir gesagt hat!«, rief Fischer aus. »Sie ist ja sehr mitteilsam.« Er schnappte seine Jacke und wie konnte es anders sein, fuhr er ein zweites Mal an diesem Tag durch dasselbe Radar und fluchte. »Verdammt noch mal! Nicht schon wieder!«

Als sie in Friedhelm Schnäbeles Zimmer traten, schlief er schon. Kübelchen weckte ihn vorsichtig.

»Herr Schnäbele, es tut uns leid, dass wir so spät noch mal stören, aber wir haben da etwas nicht verstanden. Es ist wichtig!«

Er öffnete langsam die Augen. Als er richtig wach war, stellte Fischer ihm die Frage, die den beiden so auf der Zunge brannte:

»Herr Schnäbele, wir haben erfahren, dass Sie uns etwas verschwiegen haben. Warum haben Sie uns erzählt, dass Sie aus eigenen Stücken auf die Ruine hochgestiegen sind? In Wirklichkeit hat Albrecht Fuchs Ihnen gesagt, dass er Ihren vermissten Hund da oben gehört hat!«

Der Alte wirkte überrumpelt und begann zu stammeln.

»Ich, ähm, ich wollte nicht, dass er da hineingezogen wird. Schonen wollte ich ihn, den armen Kerl. Sonst hätten wieder alle auf ihm rumgehackt, weil er nicht daran gedacht hat, wie anstrengend das für mich ist.«

So richtig nahmen ihm die beiden seine Erklärung nicht ab, auch wenn es bezüglich Albrecht Fuchs plausibel klang. Schnäbele hatte sich bis jetzt noch nie rücksichtsvoll und sensibel gezeigt. Wieso sollte das plötzlich anders sein? Nur weil ihm jemand auf den Kopf gehauen hatte, veränderte er nicht sein ursprüngliches Wesen.

Kübelchens Gedanken schweiften ab zu Melanie Wentsch, seiner Stieftochter, mit der er ein Techtelmechtel gehabt haben sollte. Hatte sie ihn dort oben eingesperrt? Wer wusste das schon. Menschen taten manchmal seltsame Dinge, um zu verhindern, dass etwas ans Tageslicht kam. Vielleicht hatten sie immer noch etwas miteinander und keine Ahnung, was … Es konnte tausend Gründe geben.

»Können Sie uns sagen, wie das abgelaufen ist?«

Nach kurzem Zögern legte er los: »Er hat mich angerufen und gesagt, dass er oben auf der Ruine war. Ich hatte ihm und Eugen eine Nachricht geschickt, dass Lucifer abgedüst ist, als ich im Wald geparkt habe und losgelaufen bin. Albrecht hatte zurückgeschrieben, beim Suchen zu helfen. Eugen hat meine Nachricht vielleicht erst später gelesen oder auch gar nicht. Albrecht rief eine Stunde später zurück und erzählte am Telefon, dass er dort oben unterwegs wäre und Hundegebell gehört habe. Zuerst habe ich gezögert, weil es so anstrengend ist, aber er meinte, er wäre ganz sicher, dass es sich um Lucifer handelt. Da bin ich natürlich gleich los. Er bat mich nur, dass ich Eugen ja nicht sagen soll, dass er alleine auf die Ruine hoch ist. Der rastet sonst gleich wieder aus!«

»Und haben Sie Eugen trotzdem informiert, dass Albrecht sich gemeldet hat, weil er Lucifer gehört hat?«, hakte Fischer nach.

»Nein! Natürlich nicht! Sonst sperrt er ihn bloß wieder ein.«

»Das heißt, Eugen wusste nichts davon, dass Albrecht Lucifer dort oben gehört hatte?«, fragte Kübelchen.

Der Alte schüttelte den Kopf. »Also von mir jedenfalls nicht. Außer er hätte Albrecht belauscht, als er mich angerufen hat.«

Den beiden Ermittlern erschien das doch alles sehr seltsam. Wenn Eugen nichts davon gewusst hatte, dann war es doch sehr unwahrscheinlich, dass er dem alten Mann dort aufgelauert und ihn niedergeschlagen hatte. Aber das konnte doch unmöglich Albrecht gewesen sein!

»Und hat Albrecht oben gewartet, als Sie ankamen?« Kübelchen war nun doch sehr gespannt.

»Ja, er wartete oben, brachte mich zum Eingang vom Verlies und schickte mich hinein. Seltsam war, dass die

Vergitterung nicht verschlossen und die Öffnung zugänglich war. Albrecht sagte, er hätte Platzangst. Ich versuchte, ihn zu überzeugen, dass er sich nicht so anstellen soll und mitkommt, aber keine Chance. So ein Weichei. Er redete sich raus, dass er schnell nach Hause müsse, bevor er gesucht wird und weg war er. Der Feigling.«

Da war er wieder, der alte Schnäbele und seine grobe, unsensible Art. Davor hatte er ja noch so getan, als ob er Albrecht vor seinem Bruder in Schutz nehmen wollte und nun diese Bemerkungen! Die Widersprüche machten die Ermittler stutzig. Doch wenn Albrecht so unter Platzangst litt, dann konnte er unmöglich der Übeltäter gewesen sein. Das passte auch gar nicht zu dem sensiblen jüngeren Fuchs-Bruder. Also blieben eigentlich nur noch Melanie oder Eugen übrig oder wer auch immer.

»Und sind Sie dann alleine in das unterirdische Verlies, obwohl Einsturzgefahr herrschen konnte? Man weiß das bei so alten Gemäuern ja nie!«, erkundigte sich Matthias Fischer.

»Ja, natürlich, Lucifer war doch da drin! Ich habe nichts gesehen, aber ich habe ihn gehört! Mein Hund ist mir das Wichtigste auf der Welt. Ich habe mich, wie schon erwähnt, nur gewundert, wieso das Eingangsgitter nicht mehr verschlossen war. Da kann seit über dreißig Jahren wegen der Einsturzgefahr niemand mehr hinein. Natürlich bin ich trotzdem reingegangen. Langsam halt. Als ich meinen Hund endlich in der Nähe geglaubt habe, bekam ich einen harten Schlag auf den Hinterkopf und mir wurde schwarz vor Augen. Aus die Maus! Mehr weiß ich nicht mehr!«

Die beiden Ermittler sahen sich an und wussten, dass sie dasselbe dachten. Irgendetwas stimmte nicht. Sie mussten unbedingt bei den Fuchs-Brüdern vorbeigehen. Sofort machten sie sich auf den Weg. Albrecht konnte sich vielleicht erinnern, ob ihm beim Abstieg jemand begegnet war.

Fischer sah Kübelchen von der Seite an. »Aber wieso hat Albrecht nicht draußen vor dem Eingang auf Friedhelm gewartet? Es hätte ja auch etwas einstürzen können?« Er wirkte skeptisch.

Doch Kübelchen hatte eine plausible Erklärung dafür. »Oh, Matthias, jetzt hör doch endlich auf! Ist doch klar, dass ein geistig beeinträchtigter junger Mann gar nicht so weit denkt. Er ist bestimmt schnell heimgelaufen, weil er Angst hatte, dass Eugen ihn sucht und ausflippt!«

Vermutlich hatte sie recht. Also machten sie sich schnurstracks auf zum Hof von Familie Fuchs, um nach dem Jüngeren der Fuchs-Brüder zu sehen und ihn zu fragen, ob er jemandem begegnet war.

Eugen und Melanie fuhren gerade in den Hof, als die Kommissare vor ihrem Haus aus dem Auto stiegen. Vielleicht hatte das Paar auch gemeinsames Spiel getrieben. Hatten die zwei Friedhelm niedergeschlagen oder einer von beiden?

Mal sehen, wie sie auf die Neuigkeit bezüglich Albrechts Anruf bei Schnäbele reagieren würden.

Fischer und Kübelchen grüßten und Matthias erklärte kurz, dass Albrecht den alten Mann offensichtlich dazu gebracht hatte, zur Ruine hochzusteigen, weil er Lucifer bellen gehört hatte.

Man konnte Eugen Fuchs ansehen, wie er sich über seinen Bruder aufregte. Oder war es nur gespielt?

»Das ist mal wieder typisch! Albrecht kann man keine Sekunde alleine lassen! Ihm ist gar nicht klar, was er mit so einer Aktion anrichtet. Selbst der Aufstieg ist für den alten Mann zu anstrengend! Davon abgesehen hat Albrecht da oben alleine sowieso nichts zu suchen. Meine Güte, kann man sich denn gar nicht mehr alleine irgendwo hinbegeben?«

Er reagierte tatsächlich so, wie Friedhelm es befürchtet und vorausgesagt hatte. Doch den Ermittlern blieb aufgrund der prekären Lage nichts anderes übrig. Fischer nahm Eugen Fuchs sein Verhalten nicht ganz ab. Vielleicht machte er ihnen nur etwas vor und war in Wirklichkeit derjenige, der den alten Schnäbele niedergeschlagen hatte.

Melanie versuchte, Eugen Fuchs etwas zu beruhigen, indem sie ihm den Arm streichelte und ihn davon abhielt, ins Haus zu stürmen und seinem Bruder die Leviten zu lesen.

»Jetzt reg dich doch nicht so auf! Albrecht kann doch nichts dafür. Wir reden gleich mal in Ruhe mit ihm.«

Kübelchen traute hingegen der Verlobten des jungen Stadtschäfers nicht. Ihr Getue war mehr als unglaubwürdig. Doch jemandem glauben oder misstrauen zählte nicht. Sie brauchten Fakten.

»Wo kommen Sie denn gerade her? War das so wichtig, dass Sie Albrecht alleine lassen mussten?«, erkundigte sich Martina.

Blitze schossen aus Eugens Augen.

»Immer Albrecht hier und Albrecht da!« Er schien sehr genervt über die Rücksichtnahme, die seinem behinderten Bruder zuteilwurde. Die Antwort auf die eigentliche Frage blieb er schuldig.

Die Ermittler wussten langsam nicht mehr, wem sie glauben sollten. Wo war denn der Zusammenhang? Wer hatte den alten Mann so zugerichtet und wieso?

Martina hatte bis jetzt immer gedacht, dass Eugen auf keinen Fall ein Mörder und Attentäter sein konnte, aber in diesem Moment war sie nicht mehr so sicher. Dieser ballte jetzt die Hände zu Fäusten und wirkte sehr ungehalten. Hatte er etwa doch irgendwie erfahren, dass Friedhelm auf die Ruine gestiegen war, und hatte ihn dort oben niedergeschlagen? Aber warum denn? Es gab doch offensichtlich keinen Grund dafür. Oder etwa doch?

Sie drehten sich im Kreis.

Melanie schloss die Tür auf. »Jetzt kommen Sie erst mal rein. Ich schau mal nach Albrecht.« Mit diesen Worten stieg sie die Treppen hoch.

Hoffentlich brachte Albrecht etwas Licht ins Dunkel, falls er etwas gesehen hatte, das weiterhalf.

Kaum eine Minute später kam Melanie zurück. Sie wirkte erschrocken.

»Er ist nicht da! Hoffentlich macht er keine Dummheiten. Ein paar Klamotten fehlen! Sein Pullover, der immer über dem Stuhl hängt… Wo will er nur hin? Hoffentlich nicht Friedhelms Peiniger suchen! Womöglich hat er etwas gesehen!«

Eugen und Melanie stürmten hoch, die Kommissare hinterher.

Das Zimmer war nicht so ordentlich wie sonst.

»Schauen wir mal, ob wir einen Hinweis finden, wo er hingegangen sein könnte«, schlug Fischer vor. Sie nahmen das ganze Zimmer auseinander. Nichts. Oder doch.

»Sein Rucksack fehlt!«, fiel Melanie plötzlich auf. »Ja, stimmt und seine teure Taschenlampe. Sie steht eigentlich immer auf dem Fensterbrett!«, rief Eugen.

»Und schaut mal!« Kübelchen zeigte auf den Boden unter dem Schreibtisch. »Da liegen überall kleine Papierfetzen.«

Eugen bückte sich und hob sie auf. Sie waren aus etwas dickerem strukturiertem Papier in einer leichten Gelbfärbung.

»Das Material kenne ich! Solche Papierseiten hatte das alte Fotoalbum meines Vaters, das verschwunden ist!«, rief er aus.

Kübelchen schwante es so langsam. Jetzt fiel ihr wieder ein, warum sie Albrecht mit dem verschwundenen Album in Verbindung gebracht hatte. Ihr Gefühl sagte ihr, dass Albrecht noch mal zur Ruine gegangen sein könnte.

»Wir sollten ihn suchen. Nicht, dass noch etwas passiert. In die Höhle wird er zum Glück nicht gehen, wenn er Platzangst hat.«

»Platzangst?«, fragte Eugen verblüfft. »Also das ist ja mal was ganz Neues. Wer hat denn das erzählt? Also wenn einer in jedes enge Loch kriecht und jedes Bergwerk von innen sehen will, dann ist das mein Bruder!«, meinte er überzeugt.

Also hatte Friedhelm Schnäbele schon wieder gelogen? Doch warum nur? Was hatte er davon, wenn die Kommissare dachten, dass er nur alleine mit Lucifer im Verlies war? Sehr seltsam! Womöglich hatte Schnäbele etwas mit dem Tod von Paul Nägele zu tun und legte deshalb falsche Fährten? Allerdings passte da der Schlag auf den Kopf überhaupt nicht dazu. Besonders erschrocken oder überrascht wegen des Knochenfunds hatte Friedhelm Schnäbele jedenfalls nicht reagiert. Auch das alte Foto im Schaufenster der Buchhandlung hatte die drei Schäfer gezeigt. Sie kannten sich und wer wusste, was damals wirklich passiert war! Doch nun ging es um den aktuellen Fall. Den Mord an Michael Lämmle, den Tod Ferdinand Däschles bei der Explosion, den Giftanschlag auf Peter Wentsch und den Überfall auf den alten Schnäbele. Es eilte. Um den alten Fall würden sie sich später kümmern.

»Hat Ihr Bruder ein Handy?«, wollte Fischer wissen.

Eugen nickte. »Ja, klar!« Sofort wählte er die Nummer. Mailbox!

»Eigentlich klar. Falls er in dem unterirdischen Verlies ist, dann gibt es keine Verbindung. Dann hilft es nichts. Wir müssen auf unser Bauchgefühl hören und noch mal auf die

Ruine Hohenurach!«, schlug Kübelchen vor und sah den Blick von Matthias. Nun musste er diese Tortur noch mal mitmachen.

»Am besten teilen wir uns auf«, schlug Martina vor. »Wo könnte Albrecht noch sein?«

Melanie meinte: »Ich habe eine Idee, wo er auch sein könnte! In der Scheune bei den Schafen!«

Eugen und seine Verlobte machten sich sofort auf den Weg. Dort hatte Albrecht sich doch kürzlich schon mal versteckt.

Die Ermittler fuhren schon vor zum Parkplatz an der Jugendherberge, um zur Ruine hochzusteigen. Unterwegs erzählte Martina Fischer die Sache mit dem Album. »Mir ist vorhin plötzlich wieder eingefallen, warum ich Albrecht mit dem Fotoalbum in Verbindung bringe. Als ich letztens oben bei ihm im Zimmer war, lag es auf seiner Bettdecke, als er geschlafen hat. Ich habe es nur nicht so genau beachtet, da es damals noch keine Bedeutung für unsere Ermittlungen hatte. Zumindest war es uns da noch nicht klar. Als es darum ging, dass es beim Einbruch gestohlen worden sein könnte, hat er gar nichts gesagt. Womöglich lag es noch in seinem Zimmer. Vielleicht hat er nicht drangedacht. Oder er wollte etwas vertuschen, das man auf einem Foto sehen könnte!«

»Was willst du mir denn damit sagen? Was sollte er denn verheimlichen? Albrecht ist doch gar nicht in der Lage, solche Gedankengänge zu vollziehen!«, fragte Fischer skeptisch.

Seine Kollegin sah ihn an. »Ich habe mir schon die ganze Zeit überlegt, an wen mich der Schäfer auf dem Foto in der Buchhandlung erinnert. Und gerade eben in seinem Zimmer fiel es mir wie Schuppen von den Augen. Er sieht irgendwie ein bisschen aus wie Albrecht.«

Matthias kapierte immer noch nicht, worauf sie hinauswollte, während er den Wagen parkte und sie den Fußweg zur Ruine hoch einschlugen.

Sie erzählte weiter. »Also Matthias, wenn Maria Fuchs ihren Geliebten Paul Nägele in sehr intimer Weise gemalt hat und Albrecht ihm ähnlich sieht… Na, fällt dir was auf…?«

»Ach, du meinst…«, antwortete er.

Sie nickte. »Ja, genau! Vielleicht ist er gar nicht der Sohn von Karl Fuchs, ihrem Mann, sondern von…!«

»… Paul Nägele…!«, ergänzte Fischer.

Fischer musste zugeben, dass das sehr nahe lag. Die Ähnlichkeit war tatsächlich da. Dass ihnen das nicht schon früher aufgefallen war! »Du hast recht. Vom Alter her würde es auch passen. Doch wie soll das mit dem Fall zusammenhängen, Martina? Du glaubst ja nicht im Ernst, dass Albrecht ein Mörder ist? Was sollte der Grund sein? Er ist gar nicht in der Lage, sich so etwas auszudenken!«

Sie schien auch nicht so ganz überzeugt. »Wahrscheinlich hast du recht. Ist vielleicht nur ein Hirngespinst. Trotzdem deutet gerade manches auf einen Zusammenhang mit Albrecht hin. Einmal das Fotoalbum, das im Zimmer war, dann die Ähnlichkeit und vermutlich Verwandtschaft mit dem toten Paul Nägele von damals, dann die angebliche Platzangst…! Vorstellen kann ich mir das auch nicht, aber wer weiß!«

Sie machte ein sehr skeptisches Gesicht.

DIE GANZE BITTERE WAHRHEIT

Als sie im Wald zu den Sandfelsen kamen, setzte Fischer sich hin, um zu verschnaufen, so, wie beim letzten Mal auch. Der Aufstieg verlief schneller als gestern, weil sie Albrecht suchten, doch Matthias konnte wirklich nicht mehr. Sein Herz sprang fast aus der Brust.

»Also, ich tippe noch immer auf Eugen Fuchs! Vielleicht hatte er auch einen Grund, den Verdacht auf Albrecht zu lenken.« Er hechelte. »Womöglich hat er den Fehltritt seiner Mutter herausbekommen und wollte seinen Halbbruder loswerden. Tatsache ist, dass Karl zumindest auf dem Papier sein Vater war und er somit auch erbberechtigt ist. Er hat also Grund genug, wütend zu sein. Auch fällt mir kein Motiv ein, wieso Albrecht Michael Lämmle erschlagen haben sollte. Das ist völlig absurd.«

Seine Kollegin zuckte mit den Schultern. »Also wenn ich es nicht besser wüsste und Albrecht nicht so schrecklich lieb und nett wäre und dazu noch so eine geistige Behinderung hätte, dann …!«

Matthias sah das genauso. »Was ist, wenn Albrecht doch zu so etwas fähig ist, Martina? Aber was hat denn der alte Friedhelm damit zu tun, dass man ihm auf den Kopf hauen und ihn in eine enge Kiste pferchen muss, wo er jämmerlich geendet wäre, wenn wir ihn nicht rechtzeitig gefunden hätten?«

Martina überlegte kurz. »Also tatsächlich, das klingt alles ziemlich unwahrscheinlich. Möglich, dass es doch Eugen war. Die Eifersucht auf Lämmle, die Schlägerei. Das Erbe.

Was Peter Wentsch und Friedhelm anbelangt, weiß ich allerdings keine Antwort! Wo sollte da ein Motiv sein?«

Matthias sah sie an. »Vielleicht gibt es noch etwas, was wir nicht wissen. Möglicherweise in Bezug auf Maria Fuchs.«

Seine Kollegin wurde langsam ungeduldig und wollte weiter.

»Ich gehe schon mal vor, Matthias!«, meinte Martina. »Komm einfach nach, wenn du dich ein bisschen erholt hast. Ich habe so ein ungutes Gefühl.«

Es war natürlich nicht ganz ohne, dass sie alleine vorausging. Matthias war das gar nicht recht. Er hatte zwar Verstärkung angefordert, aber die Kollegen waren alle im Einsatz und es würde noch dauern, bis sie kamen.

Er sah ihr mit einem mulmigen Gefühl hinterher und nahm sich vor, schnellstmöglich nachzukommen. Doch seine Beine schmerzten wie Feuer und waren schwer wie Blei. Eugen und Melanie würden sicher auch bald da sein, falls sie Albrecht nicht in der Scheune gefunden hatten. In Anbetracht ihrer Überlegungen war das allerdings auch nicht so ganz ungefährlich, denn wenn Eugen wirklich der Täter war, stellte er eine Gefahr dar.

Martina erreichte unterdessen zügig den Eingang zum Kellerverlies. Das neue Schloss, das die Spusi nach dem Überfall auf Schnäbele zum Abschließen des vorhandenen Gitters angebracht hatte, war aufgebrochen worden. Sie ging hinein. Es hatte geregnet und das Wasser hatte nasse Erde in den Eingang gespült. Dadurch war es ziemlich rutschig und Kübelchen fiel auf den Hintern und flog rücklings in den Matsch. Sie stand schnell wieder auf und ging, ab jetzt vorsichtig Schritt vor Schritt setzend, tapfer weiter.

Die Gänge waren sehr niedrig und uneben in den Stein gehauen. Sie musste aufpassen, dass sie sich nicht den Kopf an den herabstehenden Steinspitzen anschlug. Es war sehr dunkel und nur der Schein ihrer Taschenlampe erhellte den Weg. Sie fing an zu rufen.

»Albrecht, sind Sie hier?«

Keine Antwort. Sie ging weiter voran. Wieder rief sie nach ihm. Plötzlich hörte sie ein kratzendes Geräusch, als ob etwas Schweres geschoben wurde. Es kam vom Fundort des Skelettes. Sie bog um die Ecke.

Tatsächlich. Es war Albrecht! Er drehte sich zu ihr um.

»Bin ich froh, dass Sie da sind, Frau Kübler!«, rief er erleichtert und fiel ihr um den Hals.

So ganz wohl fühlte er sich hier nicht.

»Schauen Sie mal, was hier liegt!« Er zeigte in die Truhe. Sie ging an ihm vorbei und warf einen Blick hinein. Eigentlich konnte da nichts drin sein, da die Spurensicherung den ganzen Raum auseinandergenommen hatte, was sie stutzig werden ließ. Trotzdem behielt sie ihre Gedanken für sich, während die Worte bezüglich des jüngeren Fuchs-Bruders, die sie kurz davor mit Matthias gewechselt hatte, in ihrem Kopf fest verankert waren. Sie war misstrauisch geworden und sah Albrecht jetzt mit etwas kritischeren Augen. Hatte er doch etwas mit dem Fall zu tun? Oder wusste er etwas?

Sie warf einen knappen Blick in die Truhe.

»Nanu, das ist ja ein Fotoalbum! Womöglich das Ihres Vaters, das verschwunden war!«, meinte die Kommissarin überrascht und nahm es heraus.

Er nickte. »Ja, tatsächlich!« Albrecht sah ihr gespannt dabei zu, wie sie es aufschlug.

Kübelchen grübelte und sprach nun doch aus, was sie dachte. »Wirklich komisch. Es kann nicht sein, dass wir das beim Durchsuchen des Raumes übersehen haben. Vielleicht war der Täter danach noch mal hier und hat es nachträglich hergebracht?«, sagte sie zu dem jungen Mann. Dabei wartete sie auf seine Reaktion. Womöglich war doch er derjenige, der es hier deponiert hatte. Die Kommissarin leuchtete mit ihrer Taschenlampe auf das Album und sie konnten es genauer ansehen.

Albrecht hielt das Album fest, während Martina Seite für Seite das gelbliche, feste Papier umblätterte. Die Kommissarin fühlte sich unwohl, da sie das Papier als das erkannte, das in Schnipseln auf dem Boden von Albrechts Zimmer gelegen hatte. Alles in ihr wehrte sich dagegen, dass Albrecht vielleicht doch kein so guter Mensch sein könnte wie gedacht.

Sie horchte immer wieder, ob Fischer nicht endlich auf dem Weg hierher war. Nichts. Plötzlich stutzte sie. Es kam eine zerfledderte Seite zutage, die offensichtlich verwüstet worden war. Die Gesichter aller Personen auf dem Foto waren durchbohrt worden. Man sah nur noch die Schäferhüte auf den unkenntlich gemachten Köpfen. Wieder erinnerte sie sich an die Papierfetzen in Albrechts Zimmer. Sie schluckte, ließ sich aber nichts anmerken. Selbst der Hundekopf auf dem Foto hatte dran glauben müssen. Jemand musste eine Riesenwut gehabt haben.

Nur einer der Männer auf dem Bild war unversehrt.

Langsam dämmerte es Martina. Es war dasselbe Foto, das sie im Schaufenster des Buchladens gesehen und ausgeliehen hatten! Vier Männer waren darauf und es gab nur einen, der nicht durchlöchert war. Das war der Hübscheste von allen.

»Kennen Sie die Männer auf dem Bild?«, erkundigte sie sich bei Albrecht.

In diesem Moment kam endlich jemand den Gang entlang.

Kübelchen dachte: »Matthias!« Doch sie irrte sich.

Wenige Sekunden später kam Eugen Fuchs mit einer großen Stabtaschenlampe um die Ecke.

»Ach, da seid ihr ja!«, rief er aus, während sein Blick auf das Fotoalbum in Albrechts Hand fiel. »Wie kommt das denn hierher? Sag bloß, du hast das mitgehen lassen, Albrecht! Das ist von Vater!«

Sein Bruder sah bitterböse drein, und ehe sich Kübelchen versah, rannte Albrecht mit vollem Karacho und wütendem Schrei auf seinen Bruder zu und schlug auf ihn ein. Sie war gar nicht darauf gefasst. In diesem Moment konnte sie nur noch eins denken. Eugen Fuchs musste der Täter sein. Jemand, der so rücksichtslos sein konnte, der … Sie sah, wie die beiden sich auf dem Boden wälzten. Es blieb ihr nichts übrig, als einzugreifen. Sie packte Eugen und zog ihn weg.

»Schluss jetzt, Herr Fuchs! Widerstand ist zwecklos!« Sie hielt den älteren Fuchs-Bruder mit einem raffinierten Polizeigriff in Schach.

»Herzlichen Dank, Frau Kommissarin!«, hörte sie Albrecht neben sich in merkwürdig verändertem Tonfall sagen, als er sich gerade hinter ihnen vom Boden aufgerappelt hatte. Eugen und Martina drehten sich zu ihm um und blickten völlig unerwartet in den Lauf einer Pistole.

Er gab Eugen mit Handzeichen zu verstehen, dass er sich zurückhalten sollte.

»Bleib ja stehen, Bruderherz! Ich kann für nichts garantieren.«

Dann begann er zu reden. »Sie haben mich nach den Männern auf dem Bild gefragt. Das sind mein angeblicher Vater Karl Fuchs und die Schäfer Peter Wentsch, Friedhelm Schnäbele und Paul Nägele.« Seine Stimme klang verändert. »Mein Vater war nicht Karl Fuchs, sondern Paul Nägele, aber auf die Idee sind Sie vielleicht auch schon selber gekommen.«

Eugen stand mit offenem Mund da und schwieg. Er hatte anscheinend gar nichts gewusst oder er stand unter Schock.

Sie hatte also den richtigen Riecher gehabt und antwortete: »Sie sehen ihm sehr ähnlich, das ist mir allerdings erst heute bewusst geworden. Haben Sie den Einbruch inszeniert, das Album geklaut und das Foto zerstört, Albrecht? Wie lange wissen Sie das mit Nägele überhaupt schon?« Noch immer hatte sie Zweifel an seiner Schuld.

Eugen war immer noch sprachlos. Er hatte Respekt vor der Knarre, mit der sein Bruder ihn und Martina in Schach hielt.

Albrecht starrte geradeaus, während er sprach. »Ja, ich war das mit dem Bild! Woher ich das weiß?! Als Kind habe ich es aufgeschnappt, als die sich Jahre später darüber unterhielten, wie sie ihn umgebracht haben, als meine Mutter mit mir schwanger war! Belauscht habe ich die Übeltäter!«, wetterte er los. »Diese Bastarde haben ihn gemeinsam erledigt und ich habe alles mit angehört. Zu dritt haben sie ihm das angetan. Karl, Friedhelm und Peter. Zusammengeschlagen haben sie ihn und dann hierher verfrachtet, als sie bemerkten, dass er tot war. Dann haben sie die Zunftlade samt Inhalt geklaut, damit alle denken, er wäre ein Dieb und hätte sich aus dem Staub gemacht.«

Es brach aus ihm heraus und er wurde immer lauter.

Die Kommissarin stellte sich vor, wie der kleine Albrecht hinter der Tür stand und lauschte. Das musste sehr schlimm gewesen sein. Doch jetzt stellte der aufgelöste junge Mann in seiner Verfassung eine Gefahr dar. Nicht, dass der Revolver losging!

»Haben Sie etwas mit den Vorkommnissen zu tun, Albrecht?«

Er schaute ihr tief in die Augen und sein Blick war ihr unheimlich. Aus ihnen blickte die pure Wut. »In der Nacht habe ich zufällig Friedhelm Schnäbele in der Kirche gesehen, nachdem ich Michael Lämmle eins mit der Schäferschippe übergebraten hatte.« Er verstummte plötzlich.

Ihn hatte er also auch auf dem Gewissen. Martina überlegte bange, wo bloß Matthias blieb. Dass sie Albrecht als Mörder entlarven würde, hätte sie nie gedacht. Eugen stand noch immer sprachlos neben ihr.

»Als ich den alten Friedhelm beten sah …«, stammelte er. »Ich hatte ja gerade selbst jemand umgebracht. Da war alles … alles war wieder da, als ob es gestern gewesen wäre. So als ob jemand das Licht eingeschalten hätte. Es war so wie Fernsehgucken … Wie ein … ja, wie ein Film, verstehen Sie? Deshalb hat Karl Fuchs mich immer so gehasst und gequält, weil meine Mutter Paul Nägele geliebt hat. Ich war sein Kind … ich bin von ihm!«

Albrecht steigerte sich immer mehr in seine Aufregung hinein.

»Ich habe damals auch mitgekriegt, dass sie ihn hier oben im Verlies versteckt haben.«

Martina verstand, dass ein Kind, wenn es so etwas hörte, in den Verdrängungsmodus umstellte, da so etwas für eine Kinderseele unerträglich war. Doch tief in Albrechts Innerem war die Erinnerung vergraben gewesen und diese war nun wegen Friedhelms Erscheinen und der Bluttat an Michael Lämmle nachts in der Kirche wieder hervorgekrochen. Der Hass hatte Albrecht Fuchs viele Jahre innerlich vergiftet und gestreut bis in die Tiefen seiner Seele und ihn am Ende zu diesen grausamen Taten getrieben. Wie schrecklich!

Matthias war immer noch nicht zu hören. So langsam wurde es brenzlig hier unten. Zusammen mit einem Mörder und Eugen, dem es offensichtlich die Sprache verschlagen hatte.

»Und als Sie sich erinnert haben, sind Sie hier hochgegangen, haben die Knochen in der alten Truhe gefunden und Friedhelms Hund hier unten eingesperrt, um den

Mann herzulocken, spielten ihm Platzangst vor und haben ihn danach niedergeschlagen?«, wollte Kübelchen wissen.

»Ich wusste ja, dass der Alte mit dem Hund immer zu den Wasserfällen geht, und habe den Hund oben angelockt und mitgenommen. Er kennt mich ja. Dann habe ich ihn eingesperrt und Friedhelm hat mich zu meinem Glück angerufen und mich um Hilfe bei der Suche gebeten. Da hat er es mir leicht gemacht. Sonst hätte ich ihn wie zufällig angerufen und er hätte es mir erzählt und ich hätte meine Hilfe angeboten. So musste ich nur etwas später rückmelden, dass ich auf der Ruine gesucht und was gehört habe. Ich tat besorgt und bin ihm ein Stück entgegengelaufen, nachdem er unten am Weg in der Nähe der Jugendherberge geparkt hatte.«

Kübelchen war schwindelig, wie fließend er plötzlich sprechen konnte! Wie hatten sie sich nur so in ihm täuschen können!

»Ach, und später haben Sie den Wagen dann im Wald versteckt?«, fragte sie.

»Sie sind ganz schön schlau, Frau Kommissarin. »Da hatte ich Friedhelms Mütze auf und habe sie zusammen mit seinem Ausweis dann noch zum Wasserfall gebracht. Ich habe zwar keinen Führerschein, aber fahren kann ich trotzdem.« Er erzählte weiter. »Ich kannte das Verlies hier, weil die drei darüber gesprochen hatten. Sie redeten auch darüber, dass sich der Schlüssel für das Schloss in Vaters Kommode beim Album befand. War also kein Problem, hier hereinzukommen. Mein angeblicher Vater hat mich in meinem Leben so oft bestraft und gequält, auch wenn ich nichts Schlimmes getan habe. Manchmal hat er mich geschlagen, auf den nackten Hintern! Das hat sehr wehgetan! Ganz abgesehen von den … vielen Gemeinheiten, die er immer zu mir gesagt hat!«

Albrecht atmete zitternd durch.

»Ich habe mich an allen gerächt, die schuld waren, dass ich ohne meinen richtigen Vater aufwachsen musste. Mein Leben wäre ganz anders verlaufen. Peter Wentsch habe ich mit dem Gift am Mundstück versucht zu ermorden. Darüber habe ich im Internet gelesen. Hier oben gibt es ja genug blauen Eisenhut.«

»Sag mal Albrecht, bist du eigentlich von allen guten Geistern verlassen?«, fragte Eugen, der die ganze Zeit zugehört und geschwiegen hatte und langsam begriff, was los war.

»Sei still!«, antwortete Albrecht sehr bestimmend und richtete die Pistole auf Eugens Kopf.

Kübelchen wurde langsam das ganze Ausmaß bewusst. Albrecht Fuchs war nicht nur der Mörder Michael Lämmles, sondern hatte auch versucht, Peter Wentsch zu vergiften und Friedhelm Schnäbele eingesperrt, dass es ihn beinahe das Leben kostete. Er war unberechenbar und zu allem fähig.

»Bitte Albrecht, seien Sie doch vernünftig und nehmen Sie das Ding da weg!«, versuchte sie ihn zu überzeugen, aber man hörte ihr an, dass sie innerlich zitterte.

Als Antwort hielt er jetzt Kübelchen seine Waffe unter die Nase. Martina hoffte, dass er nicht abdrückte oder sie im besten Fall gar nicht geladen war.

»Es täte mir sehr leid um Sie, Frau Kübler, weil Sie immer so nett zu mir waren, aber an Ihrer Stelle wäre ich lieber vorsichtig!«, erwiderte er und sie wusste, er meinte es ernst.

Oje, hoffentlich kam sie hier noch lebend raus!

Er sah zu seinem Bruder hinüber und der Lauf zielte wieder auf Eugens Kopf. »Um dich täte es mir nicht leid.«

Trotz der bedrohlichen Situation versuchte Kübelchen, mit ihm zu reden, ihn abzulenken und Zeit zu schinden in der Hoffnung, dass Matthias bald auftauchen würde.

Sie wollte auch nicht dabei zusehen, wie er seinen Bruder abknallte.

»Und die Explosion? War die Mine auch von hier? Wieso wollten Sie auch noch Ihren Bruder töten? Er kann doch nichts dafür!«

Albrecht fing an zu lachen. »Klar, die habe ich hier entdeckt und hatte sofort die Idee mit dem Wagen. Ha, als ob mein Bruder nichts für sein Benehmen kann! Der ist doch keinen Deut besser wie mein Vater. Er hat mich immer schlecht behandelt, aufgezogen und gequält, wo er konnte und wollte mich demnächst in ein Heim stecken. Er wusste, dass er von Karl bevorzugt wurde, und hat keinerlei Mitleid mit mir gehabt. Meine Kindheit war die Hölle! Dabei ist der Fuchsenhof genauso mein Zuhause. Das ist der eine Grund und der zweite ist, dass ich Melanie liebe und ich bin sicher, sie liebt mich auch.«

»Wie kommst du darauf, dass Melanie dich liebt?«, brach es aus Eugen heraus.

Kübelchen starrte besorgt auf die Knarre an seinem Schädel.

»Frag sie doch selber! Als wir kürzlich abgehauen sind, waren wir in einer Scheune. Es war der schönste Tag in meinem Leben. Und jetzt heiratet sie trotzdem? Du hast sie in der Hand, du Lump! Wärst du bei der Explosion ins Auto gestiegen, dann wäre jetzt alles gut. Sie wäre mein. Lämmle hatte ich ja schon aus dem Weg geräumt, nachdem ich den beiden gefolgt war und zugesehen habe, wie das Dreckschwein …« Er spuckte angeekelt auf den Boden. Da wusste ich, es war richtig, ihn zu erschlagen!«

Er schluckte.

Eugen hatte mit offenem Mund zugehört. Er schaute betroffen drein. »Das kann nicht sein. Als ob sich Melanie auf so einen Idioten wie dich einlässt!«, rutschte es ihm heraus.

Albrechts Hand mit der Pistole zitterte. »Sei bloß still, sonst drück ich ab!«, drohte er.

Kübelchen schluckte. »Albrecht, bitte! Lassen Sie ihn!«

Er ließ von ihm ab, schlug ihm mit der Waffe auf den Kopf und trat einen Schritt zurück.

Eugen sackte bewusstlos in sich zusammen, schlug mit dem Schädel am Rand der Truhe auf und rührte sich nicht mehr.

»Das hat sich von selber erledigt!«, bemerkte er eiskalt.

Die Kommissarin war entsetzt, der junge Mann war völlig gefühllos. Kein Wunder bei allem, was er sich an Schuld aufgeladen hatte. Sie hielt sich zurück. Wäre sie zu Eugen hingegangen und er wäre nicht tot, dann würde Albrecht ihm womöglich doch noch eine Kugel durch den Kopf jagen. Mensch, wo blieb nur Fischer? So eine Situation hatte sie schon mal in Trier. Da kam ihr Kollege auch zu spät und sie wäre fast verblutet.

Nun brach alles aus dem jungen Mann heraus: »Das wäre alles nicht geschehen, wenn mein falscher Vater nicht so ein böser Mensch gewesen wäre. Aber ich habe ihm gezeigt, wie es ist, wenn man schwach ist und ein anderer das ausnutzt!«

»Wie meinen Sie das?«, wollte Kübelchen wissen, während ihr Herz vor Angst bis zum Hals schlug. Es wurde ihr mulmig. Dieser Mann war keineswegs so harmlos, wie sie immer vermutet hatten, und es schnürte selbst ihr als erfahrener Polizistin fast die Kehle zu vor dem, was weiter geschehen würde.

Albrecht lachte wie ein Wahnsinniger. »Er lag krank da und ich habe ihm einfach das Kissen ins Gesicht gedrückt. Das hat so gutgetan. Ich habe mich an die vielen Qualen erinnert, die mein unechter Vater mir angetan hat. Später fiel mir alles nach und nach wieder ein. Die drei redeten über Restaurationsarbeiten an der Ruine Hohenurach und ob

Gefahr bestand, dass man Nägeles Überreste finden würde, weil sie ihn umgebracht und dort oben versteckt hatten. Dann wäre alles herausgekommen. Sie hatten Glück. Wegen der Einsturzgefahr wurde das Verlies sogar mit einem Gitter verriegelt. Hätte ich nicht zufällig mitgehört, wäre das alles nie herausgekommen.«

Kübelchen war fassungslos. Was für eine Katastrophe! Nie hätte sie gedacht, dass ein solch freundlich wirkender Mensch wie Albrecht Fuchs so viel Hass empfinden und so furchtbare Dinge anrichten konnte. Einen hilflosen Menschen ersticken. Er musste unglaublich unglücklich sein und unerträglich gelitten haben. Die Last seiner Qualen schien unendlich schwer. Vor allem war er längst nicht so dumm, unterbelichtet und schwachsinnig, wie sein Bruder und manch anderer glaubten. Offensichtlich hatte er es sich zunutze gemacht, dass man ihn falsch einschätzte.

Irgendwie musste sie es schaffen, ihm die Waffe wegzunehmen. Doch beim kleinsten Versuch fuchtelte er sofort mit der Pistole herum.

»Albrecht, ich bitte Sie, tun Sie die Waffe weg! Ich verspreche Ihnen, dass ich mich für Sie einsetzen werde!«, redete Kübelchen vorsichtig auf ihn ein und streckte ihm die Hand hin. »Kommen Sie, geben Sie mir die Pistole!«

»Sie bleiben jetzt da, wo Sie sind, Frau Kommissarin. Keinen Schritt näher!«, befahl er in ganz ungewohntem, bestimmendem Ton und sie zog ihre Hand zurück.

Der freundliche Albrecht zeigte ein ganz anderes Gesicht. Es war unfassbar, dass er für die ganzen Vorfälle verantwortlich war. Martina spürte, dass es ihm mit seinen Drohungen ernst war und schwieg. Wo blieb nur Matthias?

Albrecht war momentan unberechenbar und sie wusste, dass sie jetzt aufpassen musste. Eugen lag noch immer regungslos auf dem kalten Steinboden. Vielleicht war er tot.

»Geben Sie mir Ihr Handy!«, befahl Albrecht Fuchs in barschem Ton.

Oh nein, damit hatte sie die ganze Zeit den Raum erleuchtet… Er entriss es ihr und ließ sie und den regungslosen Eugen plötzlich allein im Dunkeln zurück.

Sie wartete kurz, damit sie nicht wieder in sein Schussfeld geriet, und folgte ihm vorsichtig. Sie konnte Eugen momentan sowieso nicht helfen, außer schnell hier herauszukommen und den Notarzt zu rufen. Mit tastenden Händen fühlte sie die Wände des dunklen Ganges, da sie nicht viel erkennen konnte, außer den schwachen Schein ihres Handys, das sich immer weiter entfernte.

Als er aus ihrem Blickfeld verschwunden war, war es stockdunkel. Seine Schritte hallten immer schwächer durch die dunklen Gänge des Verlieses. Sie konnte nicht mehr sehen, nur hören, welche Richtung er nahm. Sie fühlte sich wie eingesperrt, da sie keine Ahnung hatte, wo es hinging. Immer wieder schlug sie sich den Kopf an den Felsen an, da die Gänge teilweise sehr niedrig waren und sie nichts sehen konnte. Sie spürte, wie Blut über ihre Stirn lief. Was hatte er vor? Und wo war Matthias? Sollte sie zurück zu dem Verletzten? Das machte keinen Sinn.

Plötzlich hörte sie jemanden ihren Namen rufen und sah in der Ferne ein Licht aufblitzen. Es kam näher. Es war Matthias. Wie war Albrecht bloß unbemerkt an ihm vorbeigekommen?

»Um Himmels willen, Martina, was ist passiert? Ich habe Albrecht draußen getroffen und er hat mir ganz aufgeregt erzählt, dass er dich nicht mehr gefunden hat. Da bin ich sofort los, um dich zu suchen! Mensch, du blutest ja!« Er nahm sie, heilfroh, dass er sie gefunden hatte, in den Arm.

Sie unterbrach ihn und schob ihn ein Stück von sich

weg. »Matthias, hör mir zu! Vergiss das Blut. Ist halb so schlimm!« Kübelchen erzählte kurz und knapp, was passiert war. »Albrecht hat eine Waffe. Ich weiß nicht, was er im Schilde führt, aber wir müssen ihn finden! Er hat dich angelogen. Ich war nicht verschwunden. Albrecht hat mich mit einer Pistole bedroht und Eugen niedergeschlagen. Er ist mit dem Kopf auf den Rand der Truhe geknallt und ist leblos liegen geblieben. Albrecht sagt, dass Karl Fuchs nicht sein Vater war, sondern Paul Nägele. Er hat auch Karl getötet.«

Fischer war bestürzt, verstand aber schnell, dass sie sich in Albrecht getäuscht hatten. Die Zeit war knapp. Sie mussten ihn stellen, bevor er noch von seiner Waffe Gebrauch machte.

So schnell wie möglich spurteten sie zum Ausgang. Dort angekommen sahen sie zur Mauer hoch, die steil zum Hang abfiel, weil sie eine Bewegung wahrnahmen, und entdeckten ganz vorne auf dem Mauerrand Albrecht Fuchs. Wollte er sich etwa von da runterstürzen? War das Gewicht seiner Verbrechen doch zu schwer?

Matthias näherte sich und versuchte, mit dem jungen Mann zu sprechen. Doch der antwortete ihm nicht.

Sie würde nicht mehr länger tatenlos zusehen und warten, bis er von der Mauer herabstürzte. Die Kommissarin hatte die Hoffnung, dass sie ihn überzeugen konnte, nicht zu springen. Sie gab Matthias ein Zeichen, dass sie es versuchen wollte, und tastete sich ein paar Meter näher heran.

Albrecht sah ihr entgegen. »Was wollen Sie beide hier? Immerhin habe ich Ihnen eine Waffe vor die Nase gehalten, Frau Kübler! Wenn Sie noch einen Schritt weitergehen, dann springe ich!«, drohte er. Er schob seine Füße ein Stück weiter an den Rand der Mauer und beugte sich etwas mehr nach vorne. Dabei begann er zu zittern. Es fehlte nicht mehr viel und er würde abstürzen. Oder verließ ihn der Mut für solch einen Schritt? Er hatte noch immer die Pistole in der Hand.

»Warten Sie bitte, Albrecht! Ich will mit Ihnen reden! So beruhigen Sie sich doch bitte! Ich will Ihnen helfen!«, redete Matthias auf ihn ein. Fischer drückte Martina sein Handy in die Hand. »Hier, ruf die Kollegen und einen Notarzt für Eugen!«

Während sie telefonierte, hörte sie, wie Matthias versuchte, den jungen Mann zu beruhigen.

»Albrecht, machen Sie keine Dummheiten«, redete er beschwichtigend auf ihn ein.

In diesem Moment kam Melanie unterhalb der Ruine aus dem Wald heraus. Als sie ihren Schwager da oben stehen sah, entfuhr ihr ein entsetzter Schrei.

»Albrecht, nein!«

Sie starrte wie gebannt zu ihm hin, da er ganz knapp an der Kante der dicken Sandsteinmauer stand, und beeilte sich, zu ihm zu kommen. Ein Ruck und es wäre passiert.

»Keinen Schritt näher, Herr Kommissar!«, rief Albrecht, als Fischer sich bewegte, und feuerte einen Schuss ab, bei dem er fast von der Mauer stürzte. Fischer ließ einen schmerzhaften Schrei los und sackte in sich zusammen. Er hatte ihn getroffen.

Kübelchen rannte sofort zu ihm hin. Der Schuss hatte ihn offenbar nur gestreift.

Albrecht lachte wie ein Wahnsinniger von der Mauer herunter und fuchtelte mit der Waffe herum.

Melanie kümmerte sich um Fischer, der stöhnte vor Schmerzen.

Kübelchens Blick war unaufhörlich auf Albrecht gerichtet. Der junge Mann war völlig aufgelöst. Was für ein Dilemma! Martina ging noch einen Schritt auf ihn zu, auch auf die Gefahr hin, dass er ein weiteres Mal schoss. Sie war nur noch einen Katzensprung entfernt.

»Ich helfe Ihnen, Albrecht, wenn Sie nur von der Mauer heruntergehen, bevor noch mehr passiert!«

Nie hätten die Kommissare gedacht, dass ein solch freundlich wirkender Mensch wie Albrecht Fuchs so furchtbare Dinge tun konnte. Er musste unglaublich unglücklich sein und unerträglich gelitten haben. Die Last seiner Qualen schien unendlich schwer.

Albrecht sah zu Melanie herüber. Sie rappelte sich auf, rannte auf ihn zu und rief verzweifelt seinen Namen.

»Nicht!«

Martina stürzte fast gleichzeitig los.

Fischer rief gequält: »Bleiben Sie zurück!«

Doch die junge Frau hörte nicht mehr zu und … Albrecht machte einen Schritt nach … Doch er hatte nicht mit der Schnelligkeit der Kommissarin gerechnet.

DER TOD LÄUFT MIT BEIM SCHÄFERLAUF

Matthias saß am Samstag frühmorgens vor dem Schäferwagen, hatte sein verletztes Bein, zum Glück nur ein Streifschuss, hochgelegt und las den *Reutlinger General-Anzeiger*.

»Der Tod läuft mit beim Schäferlauf« belegte heute die Titelseiten sämtlicher Zeitungen. Martina schmökerte neben ihm im *Ermstalboten*. Alles wurde überall haarklein berichtet und Fischer war froh, dass die Berichterstattung diesmal sehr positiv für die Kripo ausfiel. Der Fall Paul Nägele, der die Morde und Mordversuche ausgelöst hatte. Es wurde über das Bild der Künstlerin Maria Fuchs berichtet, Albrechts Mutter, die dreißig Jahre später mit einem Gemälde von ihrem Geliebten eine Spur hinterlassen hatte.

Ihr Ölbild schmückte die Titelseite.

Der arme, unglückliche Albrecht Fuchs, der sein ganzes Leben gehänselt, gequält und gedemütigt wurde und nun hinter Gitter saß. Dessen Leben mit einem anderen Vater vielleicht ganz anders verlaufen wäre. Der freundlich wirkende Albrecht Fuchs, der diese ganzen Gräueltaten zu verantworten hatte, nachdem in ihm ein Monster erwachte, das seit Kindertagen in ihm geschlummert hatte.

Nie hätten die beiden Kommissare damit gerechnet.

Seinem Bruder hingegen hätten sie manches zugetraut, vor allem Matthias. Kübelchen weniger.

Selbst sein Bruder Eugen hätte Albrecht das alles nie zugetraut. Er hielt ihn jahrelang für einen schwachsinnigen Trottel mit wenig Verstand. Da hatten sie sich alle schwer getäuscht. Auch das Gift vom blauen Eisenhut am Mundstück der Trompete von Peter Wentsch wurde erwähnt. Was für eine Idee! Von Kreativität zeugte auch das Legen der Kriegsmine, die Albrecht in der Ruine entdeckt und verwendet hatte. Er war kein gewöhnlicher Mensch und auch seine Mordmethoden und Mordversuche waren ungewöhnlich.

Auch Friedhelm Schnäbele und Peter Wentsch hatten alles gestanden und mussten sich für die Beihilfe am Mord von Paul Nägele verantworten. Sie hatten ihrem Chef, dem Stadtschäfer Karl Fuchs, geholfen, den Leichnam verschwinden zu lassen und jahrelang geschwiegen. Einerseits, weil sie ihm treu untergeben waren, aber auch des Geldes wegen. Auch den Inhalt der Zunftlade hatten sie geteilt. Das war ihr Schweigegeld. Peter Wentsch hatte damals hohe Schulden und Friedhelm baute davon den Bungalow auf dem Campingplatz aus. Der Mord war eigentlich nicht geplant gewesen, sondern es war passiert, als sie ihm eine Abreibung verpassten.

Kübelchen wollte heute noch nach Hause fahren. Sie hatte gemischte Gefühle, weil alles zwischen ihnen so unausgesprochen und nicht geklärt war.

Matthias hatte keinerlei Anstalten mehr gemacht, ihr nahezukommen. Auch das Gespräch bei einem guten Abendessen hatte nicht stattgefunden.

»Also dann, Matthias, ich gehe jetzt packen!«, sagte sie enttäuscht und drehte sich Richtung Schäferwagen.

Fischer sah ihr hinterher. Er zögerte, legte dann aber die Zeitung weg und stand von seinem Liegestuhl auf.

Schlagen wir das Buch zu und geben ihm Gelegenheit, ihr nachzugehen. Vielleicht gelingt es den beiden, alles zu klären, eine Entscheidung zu treffen und hoffentlich die langersehnte Zweisamkeit nachzuholen, während wir einen letzten Blick auf unseren Täter werfen.

EPILOG

Mit leerem Blick sah er durch das vergitterte Fenster. In die Ferne, die für ihn so unerreichbar war. Die Bilder zogen an ihm vorbei. Alles, was er getan hatte. Auch das, was man ihm angetan hatte. Er hörte immer wieder Stimmen. Sie riefen aus der Ferne. Schwachkopf. Ja, das war er wohl. Ein Schwachkopf. Zumindest für die da draußen. Der erste Teil seines traurigen, verkorksten Lebens war dahin. Vergeudet mit vielen qualvollen Stunden. Nun saß er da und manchmal erschien ihm das bleiche Gesicht seines Ziehvaters Karl Fuchs mit den herausstehenden Augen, nachdem das Kissen ihm die Luft genommen hatte. Er hatte es auf das Gesicht gepresst und die Arme hatten gezuckt. Auch als sie nicht mehr zuckten, drückte er immer noch. Ohnmächtig. Bis seine Arme wehtaten und ihn die Kräfte verließen. Er nahm das Kissen weg und erschrak zuerst über das, was er getan hatte. Gleichzeitig fühlte er sich erleichtert und zufrieden, nicht mehr das Opfer zu sein, nicht mehr derjenige, der gequält wurde. Nein, er spürte, wie es war, wenn man plötzlich auf der anderen Seite stand, fähig, das Schicksal zu seinen Gunsten zu wandeln. Nicht mehr der Geplagte zu sein. All seine Qualen und seine Wut fielen von ihm ab. Ein Gefühl der Erleichterung machte sich breit. So empfand er es auch beim nächsten Mal, als Lämmles Blut an die Wände des Wagens spritzte, so lange, bis er sich nicht mehr rührte. Ja, er hatte es getan. Draufgehauen hatte er, immer wieder. Er konnte sich gar nicht mehr erinnern, wann er nach der Schippe gegriffen hatte. Plötzlich hatte er sie in der Hand, den Holzstab fest umklammert schlug er zu. Erbarmungslos. Anfangs hatte Lämmle noch kurz geschrien, die Hände in Abwehrhaltung, aber dann … Er befand sich wie in einem Rausch, einem Rausch, der nicht zu stoppen war, der nicht zuließ, dass er zweifelte und aufhörte.

Nach der Explosion des Autos seines Bruders Eugen, die er durch eine alte Kriegsmine ausgelöst hatte, fühlte er sich sehr niedergeschlagen und der missglückte Anschlag lag wie eine schwere Last auf ihm. Nicht weil er seine Taten bedauerte, sondern vielmehr, weil seine Pläne nicht mehr aufgingen. Eugen war einfach so davongekommen und das, obwohl er ihn von Kindesbeinen an so schlecht behandelt und gedemütigt hatte. Die Macht über Leben und Tod hatte ihn verlassen. Die Macht des Richters, die ihm so viel Genugtuung verschafft hatte, die seine inneren Wunden heilen ließ. Auch die beiden Mitschuldigen am Tod seiner Mutter, Maria Fuchs, überlebten. Peter Wentsch den Giftanschlag mit dem blauen Eisenhut, und Friedhelm Schnäbele wurde rechtzeitig im Verlies gefunden, bevor er das Zeitliche segnete. Die beiden hatten das Ganze ohne größere Schäden überstanden. Dabei wollte er doch keinen von ihnen zurücklassen. Auch nicht sich selbst. Und nun saß er hier. Er war am Leben. Nur der Himmel wusste, warum er nicht rechtzeitig gesprungen war. Rechtzeitig bevor Melanie und die Kommissarin ihn festhielten. Er starrte aus dem Fenster. Nicht, weil er das Leben draußen vermisste. Nein, hier in diesen vier Wänden wurde ihm so viel Respekt entgegengebracht wie noch nie in seinem Leben. Es herrschte ein freundlicher, wertschätzender Umgangston. Er hatte sich noch nie so angenommen und sicher gefühlt, aber sein Werk war noch nicht zu Ende und nur die Freiheit würde ihm die Leere vertreiben und Genugtuung verschaffen. Die Freiheit, über Leben und Tod zu bestimmen, brauchte er wie die Luft zum Atmen.

Auch Melanie kam anfangs zu Besuch. Nur unter Aufsicht. Doch er wollte sie nicht mehr sehen. Sie hatte Eugen doch tatsächlich geheiratet. Eines Tages war eine Karte gekommen mit der Aufschrift: *Wir haben uns getraut*!

›Getraut‹ ist gut!, dachte er sarkastisch. Das würde sie noch bereuen. Wie konnte sie nur, wo sie doch nur ihn liebte! Doch Wohlstand und Geld bedeuteten ihr anscheinend mehr als die Liebe zu ihm. Sehen sollte er sie. Nur sehen, aber mehr nicht. Sie war so grausam. Er wusste nun, dass sie ihm niemals gehören würde. Doch dann auch keinem anderen. Das hatte er beschlossen. Nur einen einzigen Tag hatte sie ihm geschenkt, damals in der Scheune. Doch das Märchen war noch nicht zu Ende. Nachts träumte er immerzu von einem Apfel mit roten Backen und von Melanie, die ihn ansah und hineinbiss. Der Saft lief ihr von den Wangen, bevor … Doch wenn er erwachte, war er schweißgebadet, stand er vor dem Nichts. Keine Hoffnung. Innere Leere war alles, was blieb. Sie hatte ihn benutzt, erniedrigt, getäuscht und führte nun mit seinem Bruder ein Leben in Saus und Braus. Zumindest stellte er sich das so vor. Er ballte seine Hände zu Fäusten.

Der Schlüssel wurde umgedreht und ein Vollzugsbeamter kam herein. Er grüßte freundlich. Albrecht nickte höflich zurück und bedankte sich lächelnd. Erst als die Tür wieder ins Schloss fiel, ließ er seine Maske fallen. Er war ein Meister der Täuschung. Er glaubte daran, dass er bei guter Führung seine Mission schneller zu Ende bringen konnte. Dann, wenn er hier herauskam. Mit leerem Blick starrte er wieder aus dem Fenster. Immer wieder dieselben Bilder. Dieselben Gedanken.

Draußen fielen schon die ersten Schneeflocken. Sie schwebten sanft zur Erde, wo sie sich wie eine Wattedecke auf dem Boden ausbreiteten. Alles wirkte so rein, weiß und friedlich. Das warme Abendessen stand auf dem Tisch und dampfte. Die Obstration des Tages lag neben dem Teller. Ein rotbackiger, saftiger Apfel. »Melanie und Eugen« hallte es in seinem Kopf. Immer wieder. Doch er würde diesen Gespenstern den Garaus machen, denn er wusste, irgendwann würde er diese Gefängnismauern verlassen.

Andrea Pfrommer

Andrea Pfrommer ist Schwarzwälderin, hegte schon immer eine Leidenschaft fürs Schreiben und für spannende, unterhaltsame Geschichten und hat ein Faible für Land, Leute und Besonderheiten der unterschiedlichen Regionen, die sie gerne bereist. Nach ihren erfolgreichen Krimis »Moselkork« und »Der Fluch des Schorchwalds« ist das Buch »Der Tod läuft mit beim Schäferlauf« ihr dritter Kriminalroman mit den Ermittlern Martina Kübler, genannt Kübelchen und ihrem Kollegen Matthias Fischer.

Dieser Kriminalroman spielt an realen Schauplätzen. Alle Personen und Handlungen sind frei erfunden. Sollten sich dennoch Ähnlichkeiten mit lebenden oder verstorbenen Personen ergeben, so sind diese rein zufällig und nicht beabsichtigt.

CO_2-Kompensation
2023 Printprodukt
mit FirstClimate.com

Postfach 16 42 · 72706 Reutlingen

Titelbild: © Adobe Stock
Gestaltung: PMP Agentur für Kommunikation, Reutlingen
Lektorat: Bernd Storz
Satz: Uhl + Massopust, Aalen
Druck und Bindung: CPI books GmbH, Leck
Printed in Germany
ISBN 978-3-96555-139-8

Des darf doch ned wohr sei: Draußa em Schorchwald stolpert Kommissarin Martina Kübler über einen Verletzten in mittelalterlicher Bekleidung, der kurz darauf tot und kopflos in Agenbach im Heu entdeckt wird. Matthias Fischer, Ex-Schwarm und Ex-Kollege, eigentlich im Urlaub in Bad Teinach, kann nicht anders, als die Frau seiner Träume bei ihren Ermittlungen zu unterstützen.

Immer wieder werden die beiden mit einer alten Schwarzwald-Sage konfrontiert. Als auch noch eine Schauspielerin des Würzbacher Bauerntheaters verschwindet, beginnt ein Wettlauf mit der Zeit. Undercover übernachten sie im Zelt beim Mittelalter-Spektakel beim Hirsauer Kloster und geraten in eine seltsame Gegenwelt. Können sie weiteres Unheil verhindern?

ISBN 978-3-96555-118-3 | 11,95 Euro